昨日書香

——新文學考據與版本敘說

龔明德◎著

認識大陸作家系列

諾阿，諾阿——芳香的舊書（代序一）

張阿泉

龔明德教授特別喜歡舊書，認為新書的底蘊比起舊書來，要差很遠。我們曾多次一起討論「舊書比新書好」這個話題。

把零散的討論內容歸納一下，「舊書的好處」當有以下五點。

其一，價格便宜，幾十塊錢一般能買一大摞成色十足的舊書。

其二，搜淘舊書的過程如同掘金探寶，一旦有所斬獲，則可獲得巨大的滿足感與發現之樂。

其三，舊書都是有歷史的、有閱歷的，多殘破古舊，留下了時代風尚、歲月磨損之痕，可以讓人恍然進入「時光隧道」，重返過去，過足懷舊之癮。

其四，有不少好書絕版既久，尋覓頗難，只能到具有「回收功能」的舊書店或跳蚤冷攤碰運氣，有時候經常不費功夫便「妙手偶拾」，遭遇到夢寐已久的逸品。

其五，已經進入「深閱讀」的人，譬如做主題研究、做考據或寫書話，需要「弄清楚」許多細微的流變和史實，這就更得時時把自己當成拾荒匠，下功夫搜齊某一本書的各種不同版本（特別是初版本），以便反覆進行參閱彙校，從中理出暗埋的線索和評談的掌故，進而寫出有識見有趣味的文章。龔明德教授關於亞米契斯《愛的教育》的長篇研究文章、挑《新華字典》瑕疵的系列糾謬文章，都建立在一大堆舊書的「版本收藏」之上。

像法國哲學家薩特「把書當成唯一的宗教」一樣，龔明德教授「自主讀書四十年」，其收書段位定在「中國新文學」，最青睞「稀見的民國版子」（「民國版子」是他最常說的一句口頭禪），這就注定他浮生苦戀廝磨的使命，是「為舊書招魂」。

自一九八三年夏入住成都至今，龔明德教授長久輾轉在成都賣舊書的攤肆之間，悉心揀存了不少「書黃紙冷」，他大部分工資、獎金外加「出賣文章」得來的散碎銀兩，全都投在了「一擲千金」的舊書購存上。而與此相反的，是其日常生活的粗樸，一直保持著布衣粗食的農耕文明習慣。

流沙河先生有一篇著名的短文叫《願做職業讀書人》，龔明德教授即是最標準的「職業讀書人」，以愛書為打工掙錢之外的最大職業，心無旁騖，「只為書狂」。

聞名中國讀書界的六場絕緣齋，是一座富集著中國新文學珍稀書刊資料的金礦，礦長就是龔明德教授。這一處普通的出版社職工宿舍幾乎沒有裝修過，光線偏暗，環壁及客廳中間皆書牆，室內彌漫著濃郁的古舊書報刊散發出來的特有味兒。巡視架上藏書，可以發現一個規律，就是魯迅、胡適、巴金、沙汀、艾蕪、老舍、茅盾、丁玲、章衣萍、徐志摩、林徽因、陳西瀅、凌叔華等一大批中國現當代作家的著作和相關研究專著，都分別闢出獨立單元，做成「書以人聚」、「集大成」的專題收藏，聚攏了力所能得的各種版本。

這種專題型藏書方式，源於龔明德教授的治學理念。他格外強調原典紙閱讀，閱讀和引證的書籍資料全都是第一手的，言必有據，不道聽途說。這種研究方法顯然是有些笨拙，不夠聰明機巧，但卻是最牢靠、最扎實、最見功力的治學正道。龔氏品牌的責編圖書、中國新文學系列考索文札乃至具有拓荒性質的名著版本研究，都是採取這般手工作坊式的實法子打磨淘礪出來的真東西。

我是多次造訪過六場絕緣齋的人，所以有機會深嗅書香，得以與齋主一同外出淘書或安坐齋內吃茶談書。常常是，我們在炎熱的天氣裏拎書倦歸，進了齋門，就趕緊脫去外衣，只穿薄短褲，裸躺在平鋪於水泥地面的竹席之上，一邊納涼，一邊翻書、拆信或啜茶，臉上露出滿足醺然的神情。龔明德教授喜歡喝新鮮的綠茶，慣用通明的、厚而高的玻璃杯子，因為這樣能看到綠茶在白開水中綻開美妙的葉片，可以邊欣賞邊品味。

有時，龔明德教授也喜歡蜷到竹椅或籐椅裏小憩、閱讀，習慣於雙腿下墊一把小方凳子，把雙腿完全放平伸直，以解疲乏。他把這件最廉價的自愛行為，戲稱為「腐敗」，每次找凳子墊腿時，都要說：「讓我腐敗一下。」

多年以前，我曾在成都的古玩市場淘到一幅極精緻的竹刻名聯，即「室雅何須大，花香不在多」。我把上聯「室雅何須大」竹刻贈與了六場絕緣齋，把下聯「花香不在多」竹刻帶回了泉齋，暗示著南北兩齋「竹聯璧合」的遙相呼應。說來兩齋也多有默契之處，譬如六場絕緣齋裏有一盞鐵皮燈罩、變形螺旋燈頸的老式樣舊臺燈，而泉齋也早就搜到這樣一盞老檯燈，除顏色略有差別外，其他幾乎一模一樣。

龔明德教授既是我的仁兄、摯友，也是我的採訪與研究對象，當然這種採訪與研究是長期的、深入的、隨時隨地的、不露痕迹的、下意識的。新聞記者多追捧「天邊的大師」，豈不知「身邊的大師」更值得關注和養護。我在二〇〇九年一月應邀為龔明德教授新著《有些事，要弄清楚》所作的序言《書香聖地——成都市玉林北街三十四號》，即比較集中地釋放了十幾年來我對六場絕緣齋及其齋主的追蹤考察與體悟。二〇〇九年四月十一日，我在成都百花潭公園內的慧園與流沙河、龔明德、張歎鳳、冉雲飛幾位先生一起參加內蒙古教育出版社《紙閱讀文庫》之「原創隨筆系列（第一輯）」成都首發暨研討活動，在活動現場，拿到龔明德教授贈我的毛邊本《有些事，要弄清楚》，他在扉頁題了這樣一句話：「此書的序言可謂對我的一次深度清理，更是我們情感型互動理解的有力佐證。」

受龔明德教授影響，我也「近墨者墨」（吳鴻語），藏書走向開始大幅度向舊書偏移、靠攏。任何一爿回收和販賣舊書的鋪面，均是我們癡迷不已的琅嬛勝地。把精挑細選、鳳毛麟角的舊書搬回家，不斷填充到插架裏，我們的書齋就有了生長，我們的生命就有了提純。遠遠地閑望一眼巍峨的、森林一樣的書牆，心裏就已滿是安寧爽朗，更別說晴窗燈下無限愜意的閱讀了！

記得法國畫家高更寫過一本小書《諾阿，諾阿——芳香的土地》，記錄他在南太平洋塔西提島經歷的一段生活。「諾阿」是塔西提島上的毛利人語言，意思是「好香」。我覺得用「諾阿」這個詞來形容舊書，也非常合適。我們貪吸舊書舊報舊刊的味兒，正如同毛利人貪吸泥土和海洋的氣味、蒙古人貪吸草原和牛馬的氣味、鄂倫春人貪吸野麅和山雞的氣味。

二〇〇九年五月十日母親節安靜寫于內蒙古大學桃李湖畔

最後的文人——致龔明德先生（代序二）

眉睫

龔前輩：

先生來信囑晚生作序，實不敢當！當今之世，能有先生如此舉動，可謂鮮矣。自「解放」以來，學風日見其壞。不少「學人」出書，大都找「名師」、「大師」作序，以標榜自己的「成就」。而一群友朋，互相作序題跋，以求切磋的傳統，倒漸漸失去了。至於像先生這等找晚生作序，在時下只怕「駭人聽聞」了。晚生不敢為「駭人聽聞」之事，以觸怒眾「清流」。此其一。

讀先生的《昨日書香——新文學考據與版本敘說》，都是關於民國文人的。這些都是我所感興趣的。尤其是看到這一連串比較陌生的名字，如野夫、葉伯和、章衣萍、何植三、蓼子、梅痕等，我見到他們真是含著眼淚的。因為我對於這些文人都是有著同情心的。我從不懷疑一些無名文人在藝術上的執著追求，也從不懷疑他們具有文人的風骨。他們只是因為現實的種種原因，被埋沒了；甚至在當時，就已經因人為或偶然性的因素被埋沒了。我是一個沒有主流或正統文學史觀的人，只信奉「一個人的文學史」。於你而言，這個文人可以進入你的閱讀視野，這個人有流傳價值，你撰文播揚即可，無需還談什麼他的「文學史地位」。文學的傳播、文化的流傳，不是依靠所謂官方、主流、正統的文學史來完成的，而是依靠各個「一個人的文學史」來推動。據說，陶淵明、杜甫生前名聲都不彰顯，倒是改朝換代過了數百年以後，有少量的「一個人」的推崇，方才進入眾多讀書人的視野。我相信，在陶、杜二人盛名聞天下之前，肯定有少量的「一個人」在默默地欣賞、傳閱並播揚他們的詩文的。先生所做的工作，正是我所說的「一個人的文學史」的整理研究工作——無論先生所研究的這些文人是否真的會流傳後世。面對這些文人，我心懷敬意；面對先生的大著，我心懷嚮往之心。目今囑晚生「作序」，未免顯得對這一群文人的不夠尊重。此其二。

民國文人大多既有傳統文人的精神、意趣，又有公共知識份子的胸襟和視野。而當下所謂文化人，大多既無文人風骨，又無公共知識份子抱負，成為一技一隅之「專業技術人員」。這既是文人精神的喪失，又是時代使然。我們生活在一個思想禁錮、日益邊緣化的時代裏，還能做些什麼呢？這些讓我深深感到，民國文人是最後的文人，是最後的真正的文人。現今，我們只不過是在尋覓他們曾經留下的一串串腳印和一個個影子而已！先生走在前面，我才剛剛上路，我還隱約見到了許多先行者，於是我從心底感到了一股勇氣在上升。然而，失去了「文人之魂」的一群如我等，如何可以為先生之大著寫所謂傳統文人所重視的「序」呢？此其三。

以上算是報告一些人生的心得、感受，我不知道有多少讀書人，與我一樣懷著這樣的心境在生活、生存著的。現在，說出來與先生交流，懇請先生教我。

敬祝

夏安

後學：眉睫　敬上

二〇〇九年六月十二日，時為二十五周歲生日

目次

《愛的教育》在中國

《愛的教育》的原始文種為義大利文，原書名是《Coure》，中文音譯是《考萊》，中文意譯該是《心》或《真心》，也有譯成《愛的學校》和《一個義大利小學生的日記》的，最終以夏丏尊譯《愛的教育》為定名。

作者 Edmondo De Amicis，全音譯成中文可以作「埃德曼多·德·亞米契斯」。中國譯界都大多只簡譯出作者姓氏，分別譯為各小有不同的「阿米齊斯」、「亞米齊斯」、「亞彌契斯」等，最終仍以夏丏尊譯的「亞米契斯」為通譯，沿用至今。

亞米契斯一八四六年十月二十一日出生，一九〇八年三月十二日去世。《愛的教育》是一八八六年在義大利公開出版的，深受義大利教育界的歡迎，幾乎是在校學生人手一冊，達到了家喻戶曉的普及程度。

到一九〇四年，原文版《愛的教育》在僅有兩三千萬人口的義大利已重印近百次，而且先後有大量的外文譯本出現，成為廣受全世界歡迎的文學名著。就在義大利原文版《愛的教育》重版近百次後的第五個年頭即一九〇九年二月，商務印書館創辦的《教育雜誌》月刊自創刊號起，到次年的第一期，連載了一部「天笑生」的「教育小說」《馨兒就學記》。這部名曰創作即「著」的小說，其實是意譯、縮編和改寫了的普及兒童讀物，依據的就是日本文譯本《愛的教育》。可以肯定地說，「天笑生」所「著」的這部「教育小說」《馨兒就學記》是中國最早的《愛的教育》「譯本」把天笑生的《馨兒就學記》當作「譯本」，有點勉強，加上引號，表明的便是這個意思。「天笑生」即著名的中國新文學通俗小說大家包天笑，他接觸亞米契斯《愛的教育》時剛三十歲出頭。包天笑除了十六七歲在家中私塾設帳授徒外，這回他在山東青州府中學堂又擔任了校長，當年稱之為「監督」。對本職行當的熱切關注使包天笑一見到《愛的教育》就產生了濃厚的興趣，立即動手「翻譯」。

沒有找到包天笑當時的有關自述，在其晚年所撰《釧影樓回憶錄》一書中，他是如此回憶的：「這時我每從青州回蘇州，或從蘇州去青州，每次必道經上海。到上海後，必到虹口的日本書店，搜尋可譯的日文書，往往擁取四五冊以歸，那都是日本的作家翻譯歐西各國文學者，我便在此中選取資料了。於是第一部給《教育雜誌》的便是《苦兒流浪記》，第二部給《教育雜誌》的便是《馨兒就學記》，第三部給《教育雜誌》的是《棄石埋石記》。」由於年老健忘，加之時間久遠，在將書名《埋石棄石記》誤為《棄石埋石記》的同時，包天笑還把給《教育雜誌》發表的第一部「教育小說」《馨兒就學記》當成了第二部。包天笑所「著」的三部「教育小說」中，《馨兒就學記》是最暢銷的一部，其單行本的發行量高達幾十萬冊。這個數目，在那時幾乎是個天文數字。到一九四八年，單行本《馨兒就學記》已印至第十八版。

包天笑自己晚年曾回顧當年《馨兒就學記》暢銷的原因：「《馨兒就學記》何以銷數獨多呢？有幾個原因：一、那書的初版是庚戌年，即辛亥革命的前一年，全國的小學正大為發展。二、那時的商務印書館，又正在那時候向各省、各大都市設立分館，銷行他們出版的教課書，最注重的又是國文。三、此書情文並茂，而又是講的中國事，提倡舊道德，最適合十一二歲知識初開一般學生的口味。後來有好多高小學校，均以此為學生畢業的獎品，那一送每次就是成百本。那時定價每冊只售三角五分。所以書到絕版止，當可有數十萬冊。」

何以將「日文書」轉譯為中文書，就成為「講的中國事」呢？包天笑解釋道：

> 《馨兒就學記》我是從日文轉譯得來的，日本人當時翻譯歐美小說，他們把書中的人名、習俗、文物、起居一切都改成日本化。我又一切都改變為中國化。……有數節，全是我的創作，寫到我的家事了。

包天笑所言「我的家事」，最突出的莫過於被編入商務印書館的高小國文課本中的該書中描述清明掃墓的一節文字了，這節近千字的繪聲繪色的段落是《愛的教育》日譯本中所沒有的。原來，「馨兒」這個書中小主人公的名字是借用了包天笑一個兒子「可馨」的名字而來的。可馨活潑、聰明，極受包氏夫婦寵愛，當《馨兒就學記》編譯到一半時，可馨不幸因病夭折。為了悼念可愛的兒子，包天笑和淚插入了一段祭文。

原著《愛的教育》是採用日記體並使情節發展前後呼應相互連接的小說，但不宜像一些工具書將其定為「短篇小說集」。《愛的教育》共分十卷，每卷大多為十個故事，剛好共一百個故事。包天笑沒有全譯出來，他只編譯出約八萬字，而原著譯成中文應該有二十多萬字。《馨兒就學記》只有五十個故事，比原著少了一半，自然是精選的，那就更吸收讀者了。《馨兒就學記》使用的語言是淺顯的文言文，書中所有的地名、人名等都被換上了道地的中國式的地名、人名，如學校就叫「明德小學堂」，作品中的人名改成土得鄉俗氣十足如「馨兒」，還有不少乾脆按照學堂的氛圍改為「張生」、「袁生」、「江生」等。書中的原義大利等外國地名、稱呼，在日譯本中早被「日本化」了，這回又統統被包天笑「改變為中國化」了。

《馨兒就學記》先在《教育雜誌》上連載，起於一九〇九年二月第一卷第一期即創刊號，止於一九一〇年二月第一卷第十三期，其中第一卷第二期缺載，實際共連續刊載十二期。庚戌年即一九一〇年八月由商務印書館以單行本初版發行，正三十二開，從頭至尾，密密麻麻地連排了一百六十九頁，無前言、後記之類的文字。

如前所述，《馨兒就學記》是一部暢銷書，產生的社會效益尤其令人滿意。所以，中華民國成立後不久，時任教育部次長的袁觀瀾（希濤）就為《馨兒就學記》等包天笑「著」的三部「教育小說」頒了獎。照包天笑的分析，獲獎後的《馨兒就學記》就更好賣，往往有新生入校，學校都要成百成百地買來作為禮物送給學生；也有作為獎品，獎給獲獎學生和教師的。

查不到包天笑「譯」的《馨兒就學記》即《愛的教育》的縮編改寫本的準確印行實況，但從一九一〇年到這個世紀的四十年代末一直是在銷行，可以無疑。

就在「天笑生」即包天笑的《馨兒就學記》廣為流行的上個世紀二十年代初，也是教育工作者的三十五六歲的夏丏尊讀到了日譯本《愛的教育》，他又參照英譯本，較為忠實地翻譯出《愛的教育》，夏丏尊譯本的出現使我國有了第一個真正的中譯本《愛的教育》。

夏丏尊自述他是一九二〇年接觸到日本三浦修吾的日文譯本《愛的教育》的，並流著眼淚讀完了這本書。夏丏尊認為這不是一般被認為的「兒童讀物」，應該視為成人、兒童都應該閱讀的「普通的讀物」，他說：「特別地敢介紹給與兒童有直接關係的父母教師們，叫大家流些慚愧或感激之淚。」

夏丏尊說的「流些慚愧或感激之淚」，是希望讀者們讀此書時像他一樣興奮。作為「二子二女的父親」和「執過十餘年的教鞭的教師」，夏丏尊從《愛的教育》所描述的「親子之愛，師生之情，朋友之誼，鄉國之感，社會之同情」和由此構成的「近於理想的世界」，受到很大的感動。感動得「流淚」之後，又聯想到「學校教育」的現實：

> 學校教育到了現在，真空虛極了。單從外形的制度上方法上，走馬燈似地更變迎合，而於教育的生命的某物，從未聞有人培養顧及。好像掘池，有人說四方形好，有人又說圓形好，朝三暮四地改個不休，而於池的所以為池的要素的水，反無人注意。教育上的水是甚麼？就是情，就是愛。教育沒有了情愛，就成了無水的池，任你四方形也罷，圓形也罷，總逃不了一個空虛。

《愛的教育》對自己的感動和《愛的教育》與現實的反差等等，「因了這種種」，夏丏尊「早想把這書翻譯」，但「多忙的結果」，延至一九二三年夏才準備譯，不料正欲開手時他的「唯一的妹因產難亡了」。終於，夏丏尊以紀念亡妹的動力，勤勉地譯完《愛的教育》，始連載於一九二三年胡愈之主事的《東方雜誌》，一九二六年三月由開明書店列入《世界少年文學叢刊》初版發行。

夏丏尊翻譯的《愛的教育》，之所以被人們視為七十多年來唯一可信版本的譯品，除了譯者本人的知名度和文學功底，還有他的「白馬湖」平屋時期的同事劉熏宇和朱自清在譯就的當時就予以磋商所盡的「校正之勞」，初版本的封面和插圖是豐子愷的手筆。這三位被夏丏尊稱為「鄰人」的大教育家、大作家和大畫家的合力投入，使得夏譯《愛的教育》更具備了內容上的可信性和文字上的可讀性。即便現在欣賞豐子愷的插圖，仍覺簡直與原著是融為一體的，更不用說三位大家在譯著文字風格上所進行的辛勤勞作而使得有點略嫌彆扭但靜心閱讀卻又蘊味十足的妙譯了。

夏丏尊譯《愛的教育》的民國版本可分為《東方雜誌》連載本、開明書店初版本及其修正本三種版本。對於連載本，夏丏尊不滿意之處在於「殊愧未能流利生動，很有須加以推敲的地方」，所以在重排為單行本時，他「重讀一過，把初刷誤植隨處改正」，還在譯者序言中懇切表示「靜待讀者批評」。按照葉聖陶〈《愛的教育》指導大概〉文首講的：《愛的教育》初版十多年後，譯者修改過一遍，「把一些帶有翻譯調子的語句改得近乎通常的口語，其他選詞造句方面也有修潤」。——葉聖陶說：「這便是修正本。」修正本仍有編校失誤，葉聖陶在他的這篇文章中就指出了好幾處，讓讀者改正後再讀。

葉聖陶說《愛的教育》「修正本」在是初版十年之後印行的，他有書為證，我手頭就有「民國二十七年九月修正二版發行」的本子。「修正二版」其實就是現今的「修正本第二次印刷」，當年印一次就叫一版。

夏丏尊譯《愛的教育》的民國年間印本一律由豐子愷設計封面，不少當事人回憶都說前後共再版三十多次。上海書店一九八〇年六月重印了《愛的教育》，版權頁上端有一行字，說是「本書根據開明書店 1949 年版複印」，雖然標明「複印」，其實是重排為橫行簡體字，而且沒有交代封面是重新設計還是照原樣，所據版本只說「1949 年」，月份也不講……真是這些年代的「特色」：舉手之勞，都懶得行一點善。

如果上海書店一九八〇年六月重排本《愛的教育》的封面是依一九四九年某個版本原樣「複印」，那麼，我手頭就已有了三種不同設計格式的夏丏尊譯《愛的教育》的封面。最簡單的只有豐子愷題寫的書名和作者、譯者名及出版社名的那種封面，估計是在抗戰最艱難的年頭出版的，這一本恰恰失落了版權頁。

夏丏尊譯本《愛的教育》何以在二三十年內不再重印，知曉內情的葉至善在〈序譯林版《愛的教育》〉中說：「等到一解放，《愛的教育》就不再印了。這是怎麼回事呢？是不是受到了哪方面的壓力或指斥呢？完全不是，停印這部小說是開明書店編輯自己作出的決定。我當時在開明書店編輯少兒讀物，我是這樣想的：如今解放了，咱們中國要走向社會主義共產主義，一切都必須改變，為了美好的前途，教育更必須改變，資本主義的東西都得立即拋棄——什麼愛的教育！完全是小資產階級的空想！」葉至善甚至斷言：「《愛的教育》如果照常重印，在一個時期內可能會一本也賣不出去。」從當時的政治環境和文化教育的一統局面來看，《愛的教育》在中國大陸的停印是無法避免的。但葉至善說的「等到一解放，《愛的教育》就不再印了」與事實有出入，因為一九五一年四月開明書店又重印了一版《愛的教育》，三十二開本，印三千冊，每冊一元一角。

二十世紀八十年代初，在以「複印」（實際全為重排）為名的出版項目中，上海書店出版了一系列五四後三十年間的文學名著和譯著，《愛的教育》為其一。這個「複印」本第一次就印了五萬冊，解決了「書荒」年代讀書人的饑渴。上海書店「複印」本《愛的教育》沒有對內容作修改，夏丏尊的親屬可能也沒有機會或權力來插手。在研究者一面，這個印本可以據為可信文本對夏譯進行考察。

一九八四年七月，浙江文藝出版社出版的《夏丏尊文集》「譯文之輯」全文收編了《愛的教育》。這是一個經過不少「處理」後印出的文本，而且一些地方改得不倫不類。相反，開明書店所印版本的錯漏卻沒有得到認真的訂正。

得到夏丏尊的長孫夏弘寧的允可，夏丏尊譯《愛的教育》一九九五年十二月又交給華東師範大學出版社以小三十二開平裝出版。截至一九九八年一月，此書已印了五次，共印九萬九千本。但這是一個編校質量不合格的印本。我讀了一遍這個華東師範大學出版社《愛的教育》第五次印本，僅十九萬字，已發現的就有四五十處硬性文字差錯，而且全是相當低級的編校失誤。

一九九七年三月，譯林出版社印行了編校認真、裝幀考究的脫離式護封硬精裝大三十二開本夏丏尊譯《愛的教育》。和《夏丏尊文集》「譯文之輯」一樣，這個「譯林」本也附印了孟德格查著、仍由夏丏尊譯的《續愛的教育》，「譯林」本《愛的教育》已多次重印，成為讀者的典藏珍本。但是，這個版本依據的是不具有文獻價值的《夏丏尊文集》的文本，就留下了遺憾。如果完全依照《東方雜誌》連載本照排，把其後的異文一一在當頁顯示，就會是一部全面體現夏丏尊譯本特色全貌的集學術性、史料性為一體的好版本。起碼，夏丏尊的生前最後的改定本，任何人都無權更動。當然，只要嚴謹考察之後能確認為是譯者筆誤和手民之誤的差錯，應該訂正。對比之下，上海書店一九八〇年六月「複印」的夏丏尊譯《愛的教育》倒可以算是一個可信的版本，從事研究和教學工作的讀者最好使用這個版本。當然，如果有條件，使用民國時期的印本就更好了。

在夏丏尊譯本《愛的教育》暢銷時，尤其是後十多年即二十世紀的三十年代後幾年和四十年代，有幾家小書店也出了各自的譯本，這些譯本都要被稱為夏丏尊譯《愛的教育》的「搭車」譯本。現在知道的夏丏尊譯《愛的教育》的「搭車」譯本已有六種。

第一種是一九三五年十月已印至第二版的上海「龍虎書店」出版的張棟譯本《愛的學校》，書名直襲日文譯本之名。第二種是一九四一年由長春「大陸書局」出版的知非譯本，書名與夏丏尊所譯相同。第三種是未標明出版年月的上海「大江書局」出版的夏雲山譯本《愛的教育》，「大江書局」是一家很小的書店，該店所印《愛的教育》估計就在一九三六年前後。後三種都是見到了實物的，書名也都是與夏丏尊一樣的《愛的教育》，有完整內容的施瑛譯本和林綠叢譯本，還有一個為范泉所弄出來的以少年兒童讀者為特定讀者的改編縮寫本。

施瑛譯本《愛的教育》在背脊的書名下有括注「足本」，一九三六年五月由上海「啟明書局」初版發行，十年後的一九四七年五月已經印至第三版。該書版權頁中文書名下有英文書名，估計是根據英文版譯出，一九三三年六月上海「世界書局」出版過邱韻鐸「華文詳註」的《愛的教育》的英文版本。施瑛譯本《愛的教育》有一篇〈小引〉，細讀後，感到譯者相當誠懇。施瑛在〈小引〉中不僅一開始就講明他動手翻譯時市面上已有「開明版《愛的教育》和龍虎版《愛的學校》」，他還敬稱夏丏尊為「文壇先進」。後來的譯者能這樣，是值得讚揚的。

施瑛譯本《愛的教育》在表述上力求克服文字上的不順，如將「始業日」改為「開學日」、將「災難」改為「不幸的意外」等等。施瑛譯本比夏丏尊譯本要多出兩三萬字來，或許標明「足本」除了促銷之外也有它的理由。

施瑛一九四七年夏曾供職於上海《新聞報》，他更多的時候主要為青少年編著歷史知識小冊子，是一位頗具才華的中青年文化人。他出版過短篇小說集，翻譯並出版了戲劇和散文等外國文學作品，有德國的、也有俄國的，可能都是根據他熟悉的文種轉譯的。查不到施瑛的生平事蹟，但是他不會被忘掉，因為他做了那麼多的文化貢獻……

林綠叢「譯述」的《愛的教育》在書名前冠於「少年優良讀物」，已經見到的版本為一九四一年四月印行的第二版，由上海「春明書店」出版，正三十二開，分為兩卷，頭一卷一百四十二頁，後一卷一百六十二頁，裝成一本，可能初版本是兩小本。在翻譯語言方面，林綠叢譯本較之施瑛譯本更有進步，比如將「開學日」譯為「開學的一天」、「不幸的意外」譯為「不幸的遭遇」。不少地方還比施瑛譯得更準確些，比如章題「我們的老師」被林綠叢譯為「我們的新先生」：新的學期，要升年級，當然老師是「新」的了。

施瑛譯本《愛的教育》第三版印出不久，在上海「永祥印書館」做編輯工作的范泉「根據夏丏尊的華譯本（開明版）改寫」並縮編，弄出一個「相當於原著的篇幅五分之一」的文本供少年兒童閱讀，書名仍然叫《愛的教育》，封面上原作者署「意　亞米契斯作」、改寫縮編者署「范泉　寫」。在書尾〈附記〉中，范泉寫道：「夏氏的華譯本，主要是根據日譯本轉譯。大概過於忠實原文的緣故，有若干造句比較生澀，有若干日本的詞，如『時計』,『新聞』（即報紙）等，都沒有譯出而直接採用。本書則力求通俗、簡素而中國化，人物的名字和篇名，也略有改變。原著中的『每月例話』，因為和正書的發展並無直接關係，所以一律刪除。但是全書中的幾十個最最感人的場面，卻已經完全收在這個集子裏。」范泉的〈附記〉作於一九四八年十月，由他改寫縮編的《愛的教育》初版於一九四九年三月，列入「少年文學故事叢書」第二集，一九五一年二月印到第三版。

這個改寫縮編本《愛的教育》第三版和兩月後重印的夏丏尊譯《愛的教育》是二十世紀五十到八十年代初二三十年間中國大陸最後兩個該書中文譯本之印本。一部生動感人的外國文學名著可以幾十年間在一個大國家裏消失得無影無蹤，足以證明中國大陸國民在某些地方存有的集體無意識的劣勢。噩夢醒後，應該反思。

中國大陸停印《愛的教育》的幾十年間，人口不足三千萬的小小的中國臺灣省卻出版發行了十幾種不同譯本的《愛的教育》，而且據說銷售得都不錯，直到二十世紀九十年代中期均如此，像由康華倫審訂、將原作者名字譯為「艾德蒙多」的臺灣版《愛的教育》就被一九九六年七月號《明報月刊》卷末的「文化指標」專欄列為「臺灣金石堂」之「十大暢銷書排行榜」的第六位。希望治臺灣文學的同行寫一篇〈《愛的教育》在臺灣〉，再加上〈《愛的教育》在香港〉、〈《愛的教育》在澳門〉，那麼我這篇〈《愛的教育》在中國〉就具備了不可缺少的篇章，否則僅僅述說中國大陸就難以名副其實。

就在上海書店一九八〇年六月版「複印」本夏丏尊譯《愛的教育》上市後一季度即一九八〇年九月，北京「中國少年兒童出版社」出版了田雅青譯本《愛的教育》。一九八一年第三期南京《文教資料簡報》刊登一條書訊：「田雅青譯《愛的教育》，一九八〇年九月由中國少年兒童出版社出版。較之夏丏尊譯本，田譯本文字更為通俗，如開卷第一篇日記，夏譯題作〈始業日〉，田譯改為〈開學的第一天〉；十二月的『每月故事』題目，夏譯作〈少年筆耕〉，田譯改為〈佛羅倫斯小抄寫匠〉。田譯本有田雅菁〈譯後記〉、葉君健〈代序〉、葉至善〈挖池塘的比喻〉。葉文介紹夏譯本出版、停印情況和當時重新出版的必要性。文關旺插圖。」

田雅青也是從英譯本「轉譯」的，一九八〇年一月二十五日譯者所作〈譯後記〉中述說了翻譯此書的初衷：「夏丏尊先生曾對照日、英兩種譯本，將這本書轉譯成中文，……對我個人思想的形成起過很大的作用，使我終生難忘。我常常把這本書推薦給孩子們。可惜的是，這本書譯於五十多年以前，那時的語言，今日的兒童已不習慣，讀起來感到吃力。為了解除這種障礙，使更多的孩子能讀到這本好書，就需要重譯。特別是，這些年來，看到天真善良的兒童，受到『四人幫』一夥的毒害，變得精神上極度空虛，心靈麻木，是非不分，有的還走上犯罪道路。這些現象使我感到萬分痛心，因此下決心把這本書重譯出來，以便廣大的少年兒童能夠從中受到教育。」

田雅青翻譯的《愛的教育》在書荒時節面市，有及時雨的效應，初版印數就高達五萬三千冊。一九八〇年八月二十四日葉至善專為此書寫的〈挖池塘的比喻——介紹《愛的教育》〉，是一篇思想性和史料性並具的好文章。這篇文章後來被改動了某些有特指內容的少量字句和寫作時間，移充譯林出版社一九九七年三月重印夏丏尊譯《愛的教育》的專用序言。

就在我努力搜羅《愛的教育》時，在一元一本的一堆新書賤賣中得到了李紫譯本《愛的教育》。這本由北京「國際文化出版公司」一九九七年八月出版的李紫譯本《愛的教育》，卻在我寄居的成都印刷出書，具體印點為「華西醫科大學印刷廠」，「版權頁」標明二十萬字、印一萬冊。

李紫譯本《愛的教育》含有副標題「一個義大利小學生的日記」，封面花花綠綠，左上方有「珍藏完整版」的廣告語。封底有一串排為詩體的廣告語，最末兩句為「一九九七《愛的教育完整版》／真正獻給九歲到一一九歲所有熱愛這世界的朋友的心靈經典」。僅僅將「完整版」放入書名號之內這一點，就表明此書非內行所操持。果然，一讀內文，光〈譯者序〉頭三行就錯了關鍵的兩處：一是將《愛的教育》之義大利原文 Coure 錯成 Cuore，二是將此書初版年份「一八八六年」誤為「一八六六年」。

李紫說他的譯本是據「一九三四年上海世界書局發行的英譯本《Heart：A Schoolboy's Journal》」，他沒有寫出這個英文譯本的出版月份，也是一個小的疏忽。幾乎與李紫同時，一位曾有幸在《愛的教育》作者的祖國工作了一段時間的名叫王乾卿的懂義大利文的業餘翻譯家於一九九六年十一月下旬從義大利文譯完了《愛的教育》，交給人民文學出版社在一九九八年五月初版發行。正如作者在〈前言〉中一開篇所講的，這是從義大利文原版翻譯的《愛的教育》中譯本。

王乾卿自我認定他的這一個譯本是「從義大利文原版翻譯的《愛的教育》（原名《心》）中譯本第一次跟我國讀者見面」。此處表述存在一點危險，因為如前面講過的，我國臺灣有十多種《愛的教育》譯本，加上香港和澳門，很難說完全沒有據義大利文譯出的印本，所以，在沒有進行「地毯式排察」之前，還是應該最好出言謹慎些。然而，這個王乾卿譯《愛的教育》在中國大陸是第一本從義大利原文譯過來的中譯本，是可以落實下來的。

王乾卿譯《愛的教育》用正三十二開開本，不足二十一萬字，列入「世界兒童文學叢書」。從裝幀設計、版面用紙等來看，人民文學出版社印行的這個版本還算得上一個認真嚴肅的印本。

正因為王乾卿在義大利生活過一段時間，他還專誠採訪了《愛的教育》作者的家鄉，帶給我們的有關新訊息，都寫在〈前言〉中。我們得知：當地的市政府舉辦了《愛的教育》作者生平事蹟和遺物之展覽，展廳除陳列作者一些手稿外，還有復原的作者生前的私人書房和文具等遺物。我們還得知：雖然《愛的教育》手稿在寄送諾貝爾獎評審委員會的郵途中失落，並最終沒有獲諾貝爾獎，但書的內容在義大利已被電影製片廠攝製成故事片，電影劇照還張貼在展廳。更有一個令人驚訝的消息讓我們得知：作者的個人生活屢遭不幸，半世坎坷，而且夫妻長期不和，導致離異；作者的後代也受這樁失敗婚姻的害，長子二十二歲時自殺身亡……一個能寫出作品感動幾十個國家幾十億讀者使之相親相愛的作家，他本人卻處理不了一個小家庭的瑣細矛盾，真是太難理解了。

王乾卿譯《愛的教育》到二〇〇〇年一月已印至第三次，累計印數共二萬五千冊，與劣質印本的華東師範大學出版社版《愛的教育》五次共印九萬九千冊形成一個對照，算不得暢銷。來不及將王乾卿譯本同其他譯本詳盡對勘研究，僅從〈前言〉看，有不少該交代的均未交代，如「這部作品還曾多次被改編成動畫片和故事片，搬上舞臺和銀幕，繪成各種動人的畫冊」，從嚴謹這一點說最好能有具體的述說。此外，這個印本有一些插圖，是義大利原版插圖、還是中國畫家畫的，誰畫的，也沒有交代。也是從〈前言〉知曉，譯者王乾卿同許多「專家」、「學者」們一樣，也以為《愛的教育》最早由夏丏尊譯出與國人見面，其實從史實來講，包天笑《馨兒就學記》要算最早的「譯本」。

最後，說一說幾種《愛的教育》中譯本的插圖。

田雅菁譯本是文關旺插圖，不足十幅，看起來還有點異域味道。豐子愷給夏丏尊譯本配的插圖，被李紫譯本全部借用，不太合適。比如豐子愷畫的《斯帶地的圖書室》一幅圖，圖上有章題，李紫為了顯示他沒抄襲夏丏尊譯文，特意把人名「斯帶地」改譯為「斯塔笛」，就對不上了。而且，李紫譯本的豐氏插圖和華東師範大學出版社重印的《愛的教育》的插圖一樣，完全喪失了豐子愷的韻味。似乎這兩個印本都是由美工用透明紙蒙在原圖上匆匆忙忙描就的，根本傳達不出豐子愷一筆不苟的神情。華東師範大學出版社印本中的豐氏插圖還有錯字，簡直在糟蹋豐子愷！

同時，中國現代文學館有關部門，也得分一點點精力，關注一下類似《愛的教育》這種影響幾代人的文學名著之各種譯本的搜羅和考察，國家機構動手，比個人的力量要有效得多。我是二○○○年盛夏才在南下的火車廂內細讀《愛的教育》的，使用的是華東師範大學出版社一九九八年一月第五次印本，這是一本編校質量低劣的印本，亂改，還不認真編校。為了對得起夏丏尊，我這些年刻意積存了十多種不同的《愛的教育》譯本。像八十年前夏丏尊讀此書感動得流淚一樣，我也是淌著眼淚讀完的。我曾經想在一家省級文藝出版社精編精印此夏譯本，不料剛一口頭申報選題，就被一位據說做過十幾年教師、六十歲該退休而被「再留用三五年」的掌小權者一口否決：「一百二十年前的作品，現在還有讀者嗎？」

我，實在鼓不起勇氣給這位無知而又膽大的老人啟蒙。我想：這是中國的悲哀……

因為——從職業道德上來講，當有人來申請出書，而且是名著名譯，專事讀稿的國家出版部門的專職編輯應該無條件地先通讀了稿子再說話，否則就不配當出版社編輯，何況還是作為「人才」留用的「文化老前輩」；同時，一個做過十幾年教師的人卻不知道義大利作家亞米契斯專門寫青少年學校和家庭題材的《愛的教育》，這是不可原諒的「知識盲點」。

我要說——中國極需要《愛的教育》，尤其在這物欲橫流之際，中國更迫切需要愛的教育！

末了得補敘：二○○○年以後，中國大陸各地出版的新「譯本」《愛的教育》，數不勝數，但是基本上大都是為了賺錢，沒有述說的價值。

累遭誤解的《玉君》

五萬字的小說《玉君》，是楊振聲的代表作，幾乎所有中國新文學通史和論及那個時段的文學尤其是小說的文字，都要談到這部作品。

然而，別的不說，單說魯迅的〈《中國新文學大系》小說二集序〉以及唐弢的〈《玉君》〉和〈再記《玉君》〉，都有諸多方面的不切實際的釋說，使得《玉君》的本來面貌及其相關情況被弄得越來越讓嚴謹的讀者不忍看下去。

本文試著就《玉君》一系列被誤解所產生的影響比較大的說法，盡力地來試著逐一訂正。不棄瑣細，分題述之。

一、《玉君》「在《現代評論》上發表」？

幾乎被捧為「經典」學術專著的楊義《中國現代小說史》，共三卷，在「人民文學出版社」初版後很快又再印三印，還編入「人民出版社」隆重印行的皇皇多卷《楊義文集》中。在「中國出版集團」成立以後，又被選入「自 2004 年起」由多家出版社聯合印行的「計畫出版 1000 種」的「可以代表中國出版業水平的精品」的《中國文庫》「文學類」廣為發售。《中國現代小說史》第一卷一九八六年九月一版一印，該書第一百四十至一百四十一頁有一句夾纏不清的話：「張聞天的《旅途》、楊振聲的《玉君》

和老舍（舒慶春）的《老張的哲學》陸續在《小說月報》和《現代評論》上發表了，……」

查閱《小說月報》，張聞天《旅途》連載於一九二四年第五至七期和第九至十二期、老舍《老張的哲學》連載於一九二六年第七至十二期。按照楊義的意思，實在弄不清哪一部作品是在《現代評論》上發表的，因為《小說月報》沒有發表過楊振聲的《玉君》。仿效魯迅之名句，把「文科主任楊振聲」劃入陳西瀅《現代評論》「之流」，派定《玉君》在《現代評論》上發表罷。

即便繞著圈兒把楊義夾纏不清的敘述弄落實了，也仍然是錯誤的；因為，《玉君》就沒有在《現代評論》上發表過。可以斷定，楊義沒有去逐期查閱《現代評論》，他只是盲從了早其五十多年前的一個在山西省立教育學院講授過新文學功課名叫王哲甫的人的誤解。

一九三三年九月，北平的「傑成印書局」印刷了王哲甫的一卷本《中國新文學運動史》，在該書第一百六十三頁上就始作俑地說《玉君》「這篇小說起初陸續在《現代評論》上發表」。王哲甫編講義時也是想當然，由「陳西瀅們」薦舉《玉君》推論為此作品必在《現代評論》上刊佈過。

《玉君》壓根兒就沒在任何刊物上發表過，楊振聲寫完後輪流請「鄧叔存」、「陳通伯」和「胡適之」三位對原稿提了意見。現在我們還可以找到楊振聲向胡適訴說《玉君》創作艱難並要請胡適指導的信，信是一九二四年十一月十五日寫的，可以力證《玉君》來不及在刊物發表。信中說：

我這裏病蠶抽絲似的想抽成這本沒長進的小說。好在已抽到三分之一了。若不至中途絲斷，下月初或可抽完。那時節，若敢出見天日，所見的第一個是　先生；若是拿不出手來，就必死在紙爐子裏。或者我也學那不生育的娘，生了半年，生出的還是肉彈子？既是個肉彈子，拋了就完事，偏要哭他一場，然後再來鑽櫃子。

根據鄧、陳、胡三位的意見，楊振聲作了修改後徑交「現代社」出書。交稿時間在一九二四年十二月前後。「現代社」用了兩三個月時間排版、校對，在三月上旬才見到書的成品問世。雖然初版本《玉君》的版權頁上標的初版時間是「一九二五年二月」，但定期出刊的《現代評論》上的「跟蹤報導」更值得相信，因為這是當時的「現場記錄」。

一九二五年二月二十八日出刊的第一卷第十二期《現代評論》第二頁在頭幾期「宏觀」廣告之後，首次「微觀」地緊迫宣佈：

《文藝叢書》第一種楊振聲的長篇小說《玉君》准下星期出版。

這個告示的字型大小比該期上的其他文章的正文字型大些，接近標題，足見《現代評論》和現代社對《玉君》的重視程度。一星期後的一九二五年三月七日出刊的第一卷第十三期《現代評論》第二頁歡快地用了上半頁篇幅廣告「現代社《文藝叢書》第一種」楊振聲的《玉君》「出版了」的好消息，廣告摘編《玉君》作者自序中說及作品「巧」之懸念來吸引讀者，全文為：

> 這是在中國創作界別開生面的長篇小說。
>
> 作者自己在序文中述書中情節道：「林一存海外歸來，孑然獨居。回首盛時，自願玉君一如昔日。而偏偏玉君已有了情人；有了情人也罷，又偏偏是他的朋友；既是他的朋友，自願此生此世，不再見到玉君。偏偏杜平夫又以玉君相托；偏偏要他作個紅娘；作個紅娘也罷，偏偏玉君處又來提親……」究竟怎樣結果呢？讀者自己去讀這本書罷。
>
> 作者又說：「至於此書為何要這般寫，只是為了不肯那般寫的緣故。第一，《水滸》《紅樓》等長篇小說，都是偏於橫面的寫法，所以寫了個全社會，寫來又那麼長，作者終身只能作一部。如西洋長篇小說的體裁，從縱面寫下去的在中國幾乎沒有。第二，中國小說與詩的哲學，總是要寫人生如夢，越是好的作品，夢越深沉。所以此書不那般寫，就不得不這般寫。」究竟這部書是怎樣寫的呢？讀者自己去找罷。

這個廣告雖說是摘編作者自序，但煽動力是不小的，讓讀者對《玉君》有了濃厚興趣。

二、《玉君》是「現代社文藝叢書」之一？

在五四新文學時段，楊振聲的《玉君》先後在「現代社」和「樸社」印行，作品所屬的叢書名稱也只好分別敘說。截至目前，凡談到《玉君》所屬叢書名稱的文字，還沒發現完全說準確的，連對新文學作品版本相當熟悉的唐弢也不例外。唐弢在壯年時期一邊翻看著兩個不同版本的《玉君》一邊寫下的〈《玉君》〉和〈再記《玉君》〉，也仍然留下了讓後來者再說的空間。

唐弢的〈《玉君》〉一開篇就說：「楊振聲的《玉君》由樸社出版，列為《現代叢書》之一，……」這是在抄書，還沒有進入學術研究的踏勘程式。隔了不久，唐弢得到缺了最後四頁的「現代社」印行的初版《玉君》，他再一次抄書：「初版書脊下作《現代社文藝叢書》第一種，……」不知是不是唐弢沒有看得仔細，反正我手頭的一本「現代社」一九二五年五月再版的《玉君》「書脊」上沒有「《現代社文藝叢書》第一種」十個字，也無法想像，唐弢手中的這本初版《玉君》「書脊」上何以容得下十八個字，因為照例還得有書名「玉君」、作者「楊振聲」以及出版處「現代社」。

我見到的這本「現代社」再版本《玉君》，只在扉頁上對該書所屬叢書名稱作了層次分明的交代：豎排書名之上「現代叢書」四個字從右至左橫排，字型大小略小於書名；書名右側是自上而下地排著「文藝叢書　第一種」，再空三個字，排「現代社出版」，字型只有「現代叢書」一半大小。應該說，這個扉頁上「現代叢書」和「文藝叢書　第一種」的字型大小已把《玉君》所屬叢書名稱顯示得一清二楚，與《現代評論》上第一次登的《玉君》出書預告完全一致。

一九二五年二月七日出刊的第一卷第九期《現代評論》第二頁有〈《現代叢書》出版預告〉，預告最後一節寫道：「《現代叢書》暫分四類：（一）文藝之部；（二）自然科學之部；（三）社會科學之部；（四）哲學之部。最先擬與讀者相見的，便是《文藝叢書》的最初的四集。」緊跟著，用和正文標題同樣大小的字型大小列出四種書名來：

（一）玉君　楊振聲的長篇小說
（二）志摩的詩　徐志摩的第一部詩集
（三）獨幕劇三種　西林的獨幕劇集
（四）寒灰集　郁達夫的短篇小說集

至此，已經非常明確了，在「現代社」印行或計畫印行的《現代叢書》是「暫分四類」的大套叢書名稱，《文藝叢書》是《現代叢書》的四類之一類，《玉君》為《文藝叢書》的第一本。至於幾年後，「樸社」再印的《玉君》改為「現代叢書」之一，那是後來的事，但也不是「現代社文藝叢書」。這個「樸社」印本，準確地表述應該是「『樸社』本『現代叢書』之一」。

三、《玉君》版權頁「應當不會錯」？

一位於中國現代文學作品版本研究卓有造詣的前輩學者談及《玉君》在民國年間的版次登記時說過《玉君》「原書的版權頁（或影印件），應當不會錯」，這位前輩學者還說《玉君》的版次「依據《民國時期總書目》，我認為也是可靠的」。

口氣雖有點兒不堅定，但這位前輩學者的意思卻很明確：要信任《玉君》民國時期的版權頁上的版次登記，要信任《民國時期總書目》對《玉君》版次的轉錄。

常識上，或者說道理上，「應當」是這樣的。然而，在《玉君》的版本問題上、在《玉君》版權頁的登記上就出現了故障。下面，看著已經見到的原始版權頁來逐一細說。

一九二五年二月「初版」的版權頁和一九二五年五月「再版」的版權頁基本一樣，只不過「再版」的版權頁最左多出一豎行再版年月，並且在換版權頁時為了簡潔，把原「中華民國」略為「民國」而已。

一九二五年十月仍由「現代社」發行的《玉君》第三版的實物沒見到，連版權頁也未曾過目。從一九二七年一月由「樸社」印行的《玉君》版權頁的版次登記看，歷次版本登錄已經漏掉了「一九二五年五月再版」，誤將「中華民國十四年七月」的「三版」印成了「二版」、誤將「中華民國十六年一月」的「四版」印成了「三版」。

錯誤還在延續！

已經見到實物的一九二九年四月所印《玉君》的版權頁應標為「五版」的仍錯誤地標為「四版」，這就導致了《民國時期總書目》下冊第八百四十五頁把一九三三年五月印行的版本當成了「五版」，實際上按正確的登記就該是「六版」。

如果《民國時期總書目》上登錄的一九三三年五月印行的《玉君》版本記載「也是可靠的」，那麼，就可以把民國年間所印行的各版《玉君》的版次整理如下——

一九二五年二月　初版

一九二五年五月　二版

一九二五年十月　三版

一九二七年一月　四版

一九二九年四月　五版

一九三三年五月　六版

很簡單，因為第三版或者第四版漏標了第二版，導致「應當不會錯」的原始版權頁上的版次出現混亂。應當說明和強調的是，頭三版是「現代社」印行的，後三版是「樸社」印行的。版權作連續的登記，只能說明這個「現代社」和「樸社」其實都是作者自己親自參與或熟朋友操持的同仁出書單位。

四、《玉君》「改動頗多」？

得到《玉君》「現代社」初版本後，唐弢找出早先已經存藏的「樸社」修訂本，他自己說是把兩個不同版本拿來「相較」，於是——「才知這部書經作者修訂，改動頗多。」唐弢發現樸社修訂本的作者自序被刪去談作品情節巧合的一整段近五百字，而且還發現：

> 正文改動，隨處可見，例如現代社初版本第一章第一段：「不免想到未離家以前，父母俱存，姐姐未嫁，親友往來頻仍」，樸社本作「不免想到未離家以前，父母尚在，姐姐未嫁，親友往來不斷」;「正在低迴往事，忽聽到乒乓乒一陣扣門的環聲，把我的舊夢打斷了」，樸社本作「正在重溫舊夢，忽然乒乓一陣扣門的環聲，把我的夢網碰破了」。這種修正，幾乎每章每節都有。

二十世紀五十年代後，唐弢一直被視為中國新文學研究領域的大權威，但他這裏講的關於《玉君》「經作者修訂」的具體狀況無法落實。這裏他的「發現」其實是有錯誤的，不管是現代社初版本還是樸社版本，都是「回想到」不是「想到」。另外，在樸社版本中，是「父母尚存」，不是「父母尚在」。在彙校了全本《玉君》後，可以判定：唐弢沒有對《玉君》的兩個版本從頭至尾一字不落地「相較」，他只是為了趕寫短文〈再記《玉君》〉，急匆匆「相較」了個別段落，夠作文材料了就不再細究。總之，寫〈再記《玉君》〉時的唐弢，以不可推卸的失誤表明了他也有過擁有版本實物偏不去辛勤嚴謹做工卻又看似言之鑿鑿實屬「妄言」而導致貽害後學的不良行跡，應該引以為誡！

其實，樸社修訂本改動不多，類似唐弢〈再記《玉君》〉例舉的「現代社初版本第一章第一段」那樣的大改，在「樸社」修訂本中是極少的，不足十處，舉兩處說一說。

先看作者對第二章第二段開頭的修訂。現代社初版本為：「我說著一抬手，把個路旁站定，拉菜車子的驢兒，打了一下。我是低了頭在菜園旁邊走，打驢兒正在那裏打盹。我這抬手一下，又正碰在它的眼上，……」樸社修訂本為：「我正癡癡的低了頭往前走，冷不妨，把個路旁站定，拉菜車子驢兒，碰了一下。那驢兒正在那裏打盹。我這一碰，又正碰在它的頭上，……」

再看作者對第五章開頭部分的修訂。現代社初版本為：「回家的第二日，天氣新晴，日光滿院，灰塵不起。吃過早飯出來，一面走，一面打算，……」樸社修訂本為：「第二天早飯後，天色晴了，金煌煌的日光，漫鋪在新雨後的長街上。我一面走，一面打算，……」

這類極少的大改也僅僅是為了使所述更準確、更形象，沒有實質內容上的變動。

樸社本中較成規模的有意識的修訂是改書面痕跡濃厚的詞句為通俗慣常的表達，如唐弢例舉中的「頻仍」修訂為「不斷」，其他此類修訂還可以找到諸如把「義憤填胸」修訂為「義憤直沖到頭髮梢」、把「狂風怒吼」修訂為「狂風吹樹」、把「露胸攘臂」

修訂為「赤著膀臂」、把「奮臂當前」修訂為「碰了過去」、把「趔趄不前」修訂為「像釘子釘在地上」、把「蹣跚」修訂為「慢慢」、把「成了緘口的金人」修訂為「裝起啞巴小姐來」、把「驚濤駭浪」修訂為「黑沉沉的海水」、把「驚喜交集」修訂為「又驚又喜」……這類修訂也不多。

還有十幾處刪去累墜的詞句，如把「請你也要來的」修訂為「請你也來」。有幾處修訂，作者一時興起，加上幾個字，把句子弄得怪怪的，如把「那船便大叫一聲」增補為「那船便像占了勝利似的大叫一聲」，這裏寫杜平夫出國前與玉君分別，加上的修飾語實屬多餘。

還有個別地方的句子本來就不通，樸社本作了修訂，也仍沒有什麼起色，如林一存自想的一句說給玉君父母的雄壯話語「你的女兒不能與仇人的兒子結親」被修訂為「你的女兒不肯嫁與仇人的兒子」，按作品本意，應該改作「你不准你女兒嫁給仇人的兒子」。有不少處改「裏」為其異體字「裡」，以及又出現的幾十處誤植，這都不是作者的修訂了。

以上的述說，大體就是樸社本《玉君》全部的修訂概況了，作品後三分之二的篇幅很少有改動，不是唐弢說的「這種修正，幾乎每章每節都有」。

楊振聲去世一年半的時候，人民文學出版社一九五七年十一月印行了十萬字的楊振聲的小說選集，開卷就是《玉君》，書名也是《玉君》。三十年後，在蕭乾和楊振聲的子女共同努力下編就二十七萬字的《楊振聲選集》於一九八七年六月仍由人民文學出版社出版。

這兩個本該屬於「權威印本」中的《玉君》都採用了樸社本，也訂正了樸社本一些誤植，但有不少被樸社本弄錯之處仍然錯了。如第四章引述玉君一封信中的「家兄又不幸早世」，「早世」應為「早逝」，人文社本沿用了樸社本之誤植。還有一處可笑的誤植，也同時出現在樸社本和人文社本中。在第十五章末尾，興兒向林一存求主意，因為興兒與丫頭琴兒「睡覺」導致琴兒懷孕，林一存說了一個古文言罕見詞語「敦倫」，下文興兒的答話誤解為「敦能」，「敦倫」在樸社印本和人文印本中都錯成「倫敦」了。可見，「文革」前堂堂的「人民文學出版社」也有不認真的人在做著編輯和校對的神聖文化工作。

至於華夏出版社一九九九年十月印行的楊振聲二十三萬字的作品選本，書名叫《她的第一次愛》，小說這一輯十九篇中當然少不了《玉君》，此書雖然是徵集收藏了大量中國現當代作家書籍版本資料的「中國現代文學館」編的，我們看過之後，卻也只好奉勸讀者不要去買，買了也不要當成可信賴的版本使用，因為——這書的編校失誤太多了！

五、《玉君》封面「繪武士劫美女騎駱駝上」？

關於《玉君》的封面，在一九八〇年九月北京生活・讀書・新知三聯書店出版的《晦庵書話》中，唐弢有過兩次述說，都是他手拿著自己的藏本實物說的，按理「也是可靠的」，「應當不會錯」。然而，細細考察過後，發現「關於《玉君》的封面」這個被唐弢說過的小小話題，還可以再說。

唐弢對《玉君》的現代社初版本的封面的述說，見之於他的〈再記《玉君》〉，他說《玉君》的「封面全白，藍篆『玉君』兩字，旁署『作者楊振聲』，圍以長框，紋如古磚」，這裏的述說，是正確的，可以作為定論。需要指出的是，這個「藍篆『玉君』兩字，旁署『作者楊振聲』，圍以長框，紋如古磚」的「全白」（八十多年後的今天這「全白」當然已經變得「全黃」了）封面，僅僅限於一九二五年二月的印本。《玉君》在「現代社」一共印行了三版，後兩版也都是在一九二五年：第二版是五月、第三版是十月。後來的樸社印本在從頭連續登錄版次時，把一九二五年五月那一版弄丟了，已如前述。一九二六年十一月十五日樸社景山書社開業後，《玉君》就轉由樸社出版，並在「景山書社」銷售了。

但是對於《玉君》另一種封面的述說，唐弢就因為沒有細細地結合原著品賞封面圖案，就想當然地看走了眼而說得不對。在〈記《玉君》〉中，唐弢這樣述說他手中的樸社本「第三版」（其實應該標為「第四版」）《玉君》的封面：「篆文題簽，封面上繪武士劫美女騎駱駝上，大有《天方夜譚》中故事風味。」在看封面圖案時，唐弢沒有仔細觀察，他的感覺是錯的。要說清楚這個封面，得從聞一多說起。

上面說了，「藍篆『玉君』兩字，旁署『作者楊振聲』，圍以長框，紋如古磚」的「全白」封面，「僅僅限於一九二五年二月的印本」。因為，在這個也可能是聞一多設計封面的現代社初版本《玉君》出版後，聞一多可能細細閱讀了小說，發現自己早先的封面設計還可以再豐富，以便提示作品內容並與之融為一體。在保留原來篆字的書名和作者名的同時，聞一多提煉了作品第三章最能反映主人公精神狀態的一出幻覺圖像，用木刻版畫的形式表現了出來。我們來讀刺激聞一多改進封面的那一節原文。

職業媒婆「趙大娘」突然來到林一存家裏，說是「有要緊的事」要同林一存「商量」。

與「趙大娘」周旋了好久，才知道原來這個媒婆是要把「花市街周老爺的姑娘」也就是周玉君「提」（即介紹）給林一存。林一存一聽，「頭忽地大起來。滿屋子裏的桌子椅子都亂轉」，為了迅速避開尷尬，林一存「抓起帽子和手杖」就闖了出去，他「如在夢裏一般地走著」，最後「閉了眼背靠在樹上」，於是幻覺就出現了：

> 彷彿是在埃及的東岸，赤圓的落日，如夜火一般，照的沙漠都通紅。從天邊的椰樹間，跑出一群野人來，飛隼一般的快，直撲到我面前來捉我，我一時四肢無力，只好由他們綁起。再一抬頭，看見平夫騎在駱駝上，像個王子。……後來又轉出一個女王來，與平夫並轡騎在駱駝上，……

讀了這節原文，我們再來欣賞聞一多的封面構圖，就不會發生誤解了。

飛白的大獸是兩匹駱駝，仔細觀看駱駝的頭和脖子都是雙的，長長的駱駝的腿的數目共有八隻——當然是兩匹駱駝了。「並轡騎在駱駝上」的平夫和「女王」也很容易辨：平夫手持心形盾牌，害羞的「女王」低著頭，長髮飄披。左下方黑色的圖案是「直撲到我面前來捉我」的「一群野人」。右下角是設計者的簽名「多」，聞一多在別的他的封面和圖案設計右下角也有同樣的這個簽名。

除了上述《玉君》的兩個封面，第三個就是轉到樸社出版的封面。這個封面，只在粉紅的厚紙上用鉛字排出黑色的書名和作者名等就算完事。樸素、大氣，是樸社所出圖書封面設計的特點。

人民文學出版社二〇〇〇年一月出版的列入「新文學碑林」叢書的《玉君》中，正文前的插頁圖案和後勒口上的圖案，都不是《玉君》的「原版封面」，而是該書的現代社本的扉頁。

六、《玉君》，「她的降生也就是死亡」？

「一九三五年三月二日寫訖」的〈《中國新文學大系》小說二集序〉，是魯迅的重要文字之一，被幾乎所有的中國新文學研究和教學者視為圭臬。這篇長文論及到揚振聲的《玉君》，略去無關字句和引文，原句照錄：

> 揚振聲……「要忠實於主觀」，要用人工來製造理想的人物。而且憑自己的理想還怕不夠，又請教過幾個朋友，刪改了幾回，這才完成一本中篇小說《玉君》，……他先決定了「想把天然藝術化」，唯一的方法是「說假話」，「說假話的才是小說家」。於是依照了這定律，並且博採眾議，將《玉君》創造出來了，然而這是一定的：不過一個傀儡，她的降生也就是死亡。

品讀上錄這一段說話，可以推知魯迅沒有通讀《玉君》，所以他無法就《玉君》作品本身發議論，僅僅是說了與作品有一點點皮毛關係的題外話。魯迅不讀《玉君》，卻敢於判定《玉君》這作品「她的降生也就是死亡」；仿效魯迅，我們也先不談《玉君》本身，回過頭去查找魯迅何以要講這些話的緣由。

《玉君》一九二五年三月中下旬上市，很快京報副刊、晨報副刊、《文學旬刊》等等都紛紛刊佈評說。魯迅的學生、莽原社成員向培良寫了一篇〈評《玉君》〉，發表在一九二五年四月五日京報副刊上，文章認為《玉君》是一本「淺薄無聊的東西」。三天後的四月九日京報副刊發表「琴心女士」〈明知是得罪人的話〉，力斥向培良是「閉目亂罵」，其「目的『是在出風頭』」。剛剛進入戀愛階段的許廣平在一九二五年四月二十日晚上給她的「魯迅師」報告了「琴心女士」與「向培良」的對「罵」：

> 近來忽然出了一個想「目空一切，橫掃千人」的琴心女士，……她（？）向培良君如此的不共戴天。……而她（？）之所以對《玉君》捧場，許是替自己說話吧！

兩天後魯迅接讀此信，他在「四月二十二日夜」給他的「廣平兄」寫的回信中說及「琴心女士」：

> 他的「橫掃千人」的大作，……所掃的……第二個是向培良（也是我的學生），則識力比他堅實得多，琴心的掃帚，未免太軟弱一點。但培良已往河南去辦報，不會有答復的了，這實在可惜，使我們少看見許多痛快的議論。

不僅魯迅沒有就《玉君》作品本身說話，許廣平也是。許廣平說「琴心女士」的文章是在「對《玉君》捧場」，就暴露了她對《玉君》的蔑視。在魯迅這一邊，「琴心女士」對抗著魯迅自己的學生向培良還來大講《玉君》的好話，使得魯迅歎息向培良走掉了，否則可把「琴心女士」殺個一敗塗地！

魯迅總跟《玉君》過不去，一九二六年七月三日他做《馬上支日記》又刺了一回《玉君》：「我先前看見《現代評論》上保舉十一種好著作，楊振聲先生的小說《玉君》即是其中的一種，理由之一是因為做得『長』。我於這理由一向總有些隔膜，……」這裏魯迅在「發氣」，他不服陳西瀅在《閒話》中說的「要是沒有楊振聲先生的《玉君》，我們簡直可以說沒有長篇小說」，所以他以「史家」身份撰〈《中國新文學大系》小說二集序〉時把《玉君》定為「中篇小說」。魯迅實在忘不了他做過一部兩萬多字的《阿 Q 正傳》，比《玉君》要早三年呢！——這，當然是我們的揣測。

如果再查閱魯迅的文字，當讀到魯迅一九二九年七月二十一日夜給章廷謙的信中一段話，魯迅對《玉君》的無條件地詆毀的原因就清楚了。魯迅說：「青島大學已開。文科主任楊振聲，此君近來似已聯絡周啟明之流矣。……陳源亦已往青島大學，還有趙景深沈從文易家鉞之流云。」因人事糾紛導致了對具體作品的誤解，魯迅之於《玉君》，又是一例。魯迅說的《玉君》這作品「她的降生也就是死亡」，也是對「周啟明之流」的怒氣尚未消完時說的過頭話，不能視為對《玉君》的科學論評。因為，從始至終，魯迅就沒有實際地評說過《玉君》作品本身的具體優劣，本來他就沒有讀《玉君》。

魯迅意氣用事地說《玉君》的「降生」就是「死亡」，主要是想沉重打擊「陳西瀅之流」和「周啟明之流」。一九二五年二月十四日在第一卷第十期《現代評論》上，「陳西瀅之流」弄出的《玉君》等出版物「不會有一本無價值的書」那句廣告，魯迅讀了一直反感，終於有了下判決書的機會，魯迅當然要利用這機會，他要大聲宣告：你們說《玉君》有「價值」，我偏說它一「降生」便「死亡」了！

一九三一年四月十五日出版的第二卷第四號《文藝月刊》發表了沈從文〈論中國創作小說〉，文中寫道：「《玉君》這本書，在出世後是得到國內刊物極多好評的。……作者的文字，優美動人處，實為當時長篇新作品所不及。」沈從文講了一個事實：《玉君》會因為其藝術特色而永生。

如果說沈從文是「文科主任楊振聲」「之流」，不足以作史證，那麼，我們找來以溫厚而且在學術上中立的朱自清，總可以吧？

朱自清在《中國新文學研究綱要》中冷靜地分析《玉君》，說該作品有「《紅樓夢》的影響」，優長之處在「精神的戀愛」、「道學與義俠的精神」、「清淡而有詩意的描寫」和「弗洛依特學說的應用」，不足之處是「玉君的性格不分明」、「無深刻的心理描寫」以及有一些「無甚關係的插話」。

有了朱自清的分析，我們可以放心了，畢竟有嚴謹學者在那個時段對《玉君》作過論評。否則，僅僅「耳食」名聲太大的魯迅的個別偏激而又無所依據的「名言」，實在要誤事的。

七、「跳海殉情」的玉君「被林一存家人救起」？

二〇〇五年一月由北京出版社出版的《唐弢藏書》第七十三頁在敘述《玉君》基本故事情節時說：「……玉君走投無路，跳海殉情，卻被林一存家人救起。」

這裏的敘述，是與作品的實際描述完全不相符合的。

《玉君》寫到玉君跳海時前後，是下述這樣的情節。

杜平夫去法國留學之前，託已留學歸國的同鄉林一存代為保護戀人周玉君。但當被軍閥之子、喪妻後的黃培和利用勢力強娶周玉君時，林一存的反抗起不了作用了。他一氣之下，憤而到海邊的西山隱居。

周玉君一旦失去了林一存的保護，更是只剩下了死路一條。於是，一個夜晚玉君隻身跳了大海。在海水中的生死不明的玉君隨海浪飄到了西山海邊，又被夜裏打魚的好心腸的漁民救了起來。漁民見這尋死的女子的心臟還在跳，就趕緊抬著玉君敲開了最近的一戶人家。

正巧，這戶人家就是林一存臨時隱居的房屋。

作品是以林一存第一人稱的敘述口氣寫的，「我」即林一存，第九章這樣寫道：

> 一開了門，乘著雲間的月色，看見兩個人扛了一個洗淋淋的屍身，嘴裏說：「快救人命。」我怔了一怔，讓他們把屍身抬進來。他們一面走，一面告訴我，道是他們剛把漁船攏岸的時候，聽到有人啼哭的聲音。他們撲著那個聲音前進，又聽到咕咚一聲，接著澌澌的水聲，他們知道是有人撞下水去，就趕緊的過去救，好不容易找到了，撈上來一看，是個女子。入水不久，胸口還跳。他們想就近找個人家治一治，我這裏最近，所以扛了來。

此外，《唐弢藏書》關於《玉君》的敘說，還有錯誤。比如，說《玉君》的初版由「樸社出版」就不對。

比《女神》更早的《詩歌集》

比「炒」得火爆的郭沫若《女神》問世更早些的《詩歌集》，其書名寫全，就是一長串：《葉伯和著的　詩歌集　前三期撰刊》。這是最早幾部中國新文學個人詩集的特點，如胡適的《嘗試集》封面也是《胡適的　嘗試集　附去國集》。

《詩歌集》的作者葉伯和，一八八九年七月二十四日誕生於成都市，與《女神》作者郭沫若一樣同屬四川人，葉還比郭大三歲。現在郭沫若及其《女神》不僅是文學研究的熱鬧話題，連一般文學愛好者恐怕也沒有不知道的。但是，對葉伯和及其《詩歌集》，幾乎無人知曉……

《詩歌集》初版於一九二〇年五月四日，《女神》遲至一九二一年八月五日才出版，晚一年零三個月。一九二〇年是中國白話新詩的萌生期，這一年詩人出版個人詩集的只有胡適和葉伯和。《嘗試集》一九二〇年三月在上海亞東圖書館印行，僅隔一個多月，《詩歌集》也在上海華東印刷所印刷出版。因出版《嘗試集》，胡適詩名大振；身居四川盆地的葉伯和，卻沒得到應有的重視。

《詩歌集》初版本沒有發現實物，從一九二二年五月一日的再版本的版權頁上看，這本詩集是自費印行的，詩人自己在他的名字上標明「著作兼發行者」，公佈的「通詢處」便是作者的住處——「成都指揮街葉宅」，當年「葉宅」位於成都指揮街一百〇四號。估計當時成都的新式排版印刷技術或價格不合葉伯和的要求，《詩歌集》是交給上海三馬路（版權頁上誤「三馬路」為「三路馬」）大舞臺對門的華東印刷所承印的。二十世紀二三十年代出版物上的「發行人」和現在的「發行人」含義不同，那時的「發行人」，不光代為售書，主要是要負擔全部印書費用。像魯迅、周作人兄弟合譯《域外小說集》署「發行者　周樹人」便由魯迅尋找資金印書；郭沫若《落葉》署「創造性出版部發行」就說明此書費用由創造社出版部負擔；胡適《嘗試集》署「發行者　亞東圖書館」當然就由該館照付印刷裝訂費和稿酬了。

葉伯和的《詩歌集》雖自費出版、自辦發行，但在版權頁上仍有「分派處　各省各大書店」。話是這樣說了，影響力卻不大。這部詩集出書後的宣傳聲勢遠不如稍早的《嘗試集》，更不如晚一年多才出書的《女神》。《嘗試集》和《女神》的鋪天蓋地的宣傳，完全把葉伯和的聲音淹沒了，以至於現在幾乎找不到《詩歌集》問世後的社會反饋訊息。葉伯和試圖通過「各省各大書店」廣泛銷售自己的《詩歌集》的美好設想，是打了很大折扣的。

魯迅周作人兄弟在東京自費印刷的《域外小說集》的版權頁上有醒目的黑邊方框，框內文字嚴肅聲明「不許翻印」，胡適的《嘗試集》也在版權上聲明「此書有著作權　翻印必究」。葉伯和與他們相反，在版權頁上主動放棄版權，寫著大大的「不禁轉載」，還加了一圈惹眼的花邊，說明葉伯和相當看重作品的傳播。

注重作品更廣泛的被讀者接受，是葉伯和開始詩歌創作時就存有的念頭。《詩歌集》用「第一期」、「第二期」和「第三期」把詩集中作品分為三輯，全稱書名中的「前三期撰刊」表示以後還續「期」出版。現在只知道他一九二四年自費印行過《伯和詩草》，收詩六十二首，由成都昌福公司石印線裝出版。但這部《伯和詩草》在銷行和宣傳上也不比《詩歌集》好多少，連阿英在上個世紀三十年代為《中國新文學大系》編「史料・索引」卷時，僅僅只登錄了作者和書名，出版處、出版時間都不知道。也就是說，《詩歌集》之後，葉伯和只印了一本《伯和詩草》。

從《詩歌集》的作者自述類序跋文字中得知，《詩歌集》「前三期撰刊」出書之前，葉伯和已在成都分冊印行過《詩歌集》的「第一期」和「第二期」，散發給詩友們，供交流。可惜這兩種小冊子一本也找不到，它們是極為珍貴的中國新文學白話新詩萌芽期僅有的個人結集，是真正的最早的個人白話新詩集。葉伯和無疑是中國最先寫作白話新詩的人，他在《伯和詩草》中的〈病中得家書並序〉裏寫道：

閒中更比忙中苦，才罷琴音又讀詩。

詩中所述為葉伯和一九〇七年至一九一一年留學日本之生活，在這時他大量閱讀世界近現代詩壇名作，並開始了詩歌創作。

從《嘗試集》、《詩歌集》初版時間上推測，胡適和葉伯和幾乎是同時籌備個人詩集的出版事宜，都應列為中國新詩先驅者。但胡適在北京，他占盡了天時、地利、人和，而葉伯和卻沒有這般幸運。《詩歌集》「第一期」印發詩友，在成都是破「詩荒」的，偌大個成都只得到「將近百人」的「表同情」，此現場記錄見於《詩歌集》「第二期」的葉伯和〈再序〉。除了「表同情」者，葉伯和更多的是遇到非常淺薄的「並不在內容上批評」的冷嘲者，詰問：「你也可以印一部詩集嗎？」由此可以想見葉伯和當時面對的成都人對白話新文學新詩是何其低見識！

得不到強大力量的支持、得不到更多的歡呼，葉伯和除了在成都繼續印發他的詩歌「第二期」，還在集齊「第三期」後索性把他對「新文藝」的「貢獻」來一個「撰刊」總匯印，還跑到大上海去出版，足見他的信心和勇氣。

《詩歌集》共收「詩」和「歌」八十四首，其中有十三首是作者詩友即前面提及的「表同情」者們的作品，這些詩友為穆濟波、陳虞父、董素、彭實、羅文鑒、SP、蜀和女士、趙宗充以及譯歌德詩一首的楊叔明。鉤沉這九位詩作（譯）者的生平情況，現已不是容易的事。

為《詩歌集》做序的是四川文化史上的兩位名人：穆濟波和曾孝谷。

回憶一下二十年代初的中國新文學詩壇實況，連文學研究的定期刊物《詩》在上海印行，由著名的文學家葉聖陶等主編，一本十分簡陋的薄薄的三十二開本小冊子，本來是月刊，但在一年零三個月內才斷斷續續地印出七小本，每本僅發行千餘冊。葉伯和在相對閉塞的成都進行新詩墾荒大業，難度自然更大。初版《詩歌集》可能印量奇少，且只在詩友圈內散發；再版本是初版兩年後的出品，如前所述，發行量和宣傳力度也不會多大。查閱當年的舊報刊，找不到評論《詩歌集》的文章，在一定程度上表明那時成都還沒引發形成一個所謂「詩界」，人們對葉伯和的《詩歌集》還處於麻木階段，連反對的興趣也沒有。

《詩歌集》在上海找到了知音，這便是剛說過的葉聖陶等主編的《詩》。根據葉伯和「不禁轉載」的聲明，一九二三年四月第二卷第一號《詩》重刊了葉伯和的〈心樂篇〉中的四首詩。由十四首詩組成的〈心樂篇〉，是葉聖陶從葉伯和的《詩歌集》

裏選出來的佳作。葉聖陶給葉伯和的信中說：「讀〈心樂篇〉，與我以無量之欣快！境入陶醉，竟莫能稱矣！蜀多詩人，今乃益信……」郭沫若當時給朱仲英的信中也說他「喜歡〈心樂篇〉諸作」。但很可惜，葉伯和不會做廣告，沒有把葉聖陶、郭沫若二人的贊詞利用在有廣泛讀者的「大眾媒體」，僅僅作為「附錄」載在石印線裝本《伯和詩草》中〈心樂篇〉之後。

〈心樂篇〉的確是《詩歌集》內高水準之作，不僅行家如葉聖陶、郭沫若如是論，作者自己也承認：「把我的『表現心靈』，和音節好點的詩，寫在一起，名為〈心樂篇〉。」〈心樂篇〉除第七、八、九、十首即《詩》重刊的四首有詩題外，均為無題詩，都類似泰戈爾的小詩情調。受泰戈爾的影響，直至刻意學他，是葉伯和直言不諱的事。葉伯和在《詩歌集》的〈再序〉中這樣表白：

> Tagore是詩人而兼音樂家的，他的詩中，含有一種樂曲的趣味，我很願意學他；……

葉伯和學泰戈爾是學神韻，不是表皮，所以深知詩竅的郭沫若也「很相信」葉伯和「作詩的主義，與泰戈爾差不多」。

〈心樂篇〉個性的抒寫多一些，其餘的詩篇可分為兩類，即寫學校生活和反映農民生活狀況。葉伯和的詩歌語言完全是口語化，自然、質樸、親切；詩行裏洋溢著進取、正直、善良的氣質和精神，與「五四」時代的新文化所倡導的完全一致的。

書名《詩歌集》中的「詩」和「歌」是兩個相互有所區別的概念，葉伯和自釋說：「沒有制譜的，和不能唱的在一起，暫且把它叫做詩；有了譜，可以唱的在一起，叫做歌。」出自音樂世家的葉伯和，又經過在日本的深造，再加上對世界近現代詩的精心研讀，他筆下的「詩」與「歌」的創作，更有底蘊。他於一九四五年冬因國破家爛而自殺身亡，但他的一二百首詩歌理應同《嘗試集》、《女神》一樣，視之為中國新文學早期詩歌收穫之一，至少葉伯和的小說、散文、詩歌等文學作品，應結為集子出版。也非常遺憾，半個多世紀過去了，死於憂傷的葉伯和之靈魂並未得到撫慰，僅僅只有臺灣一家小出版社即貫雅文化事業有限公司一九九三年四月印行了一薄冊《中國音樂史　附詩文選》，其中附錄的葉伯和的文學作品只有詩歌四十八首、小說和散文三篇，這對於在中國新文學園地辛勤耕耘三四十年的葉伯和，顯然是不夠的！

魯迅與《情書一束》

短篇小說集《情書一束》是章衣萍的代表作，也是中國新文學史上的暢銷名著之一，我手頭的一九三〇年三月第九版《情書一束》印數已高達二萬五千五百冊；這個數目在當時是很不容易的，須知巴金的《家》每版也不過印一二千冊。每版，照現在的說法是每次印刷。然而，從間接的材料得知，《情書一束》的初版的書名為《桃色的衣裳》，銷路不佳，才更名為《情書一束》，於是暢銷。

銷不動的《桃色的衣裳》流傳極少，筆者八方尋找，也只找到估計是盜印的《桃色的衣裳》，為長春的東亞書局出版，「版權」頁上寫的是「康德九年」即一九四二年八月印行，也收入八篇小說，次序亦與書名為《情書一束》的各版本一致，不同的是用「×」符號隱去了相等字數的性愛描述。這偽滿時期的長春盜印「潔本」《桃色的衣裳》也印證了章衣萍作品暢銷不衰的事實。此長春「潔本」《桃色的衣裳》出書的次月，該地同化印書館出版的徐放《南城草》之「代跋」〈書房夜記〉第二節〈九月十六日夜〉中就有「屋四周都是書，有《三俠劍》，有《隨園詩話》，有《桃色的衣裳》，也有《少年維特的煩惱》一類其他的書籍」的載錄，證明著章衣萍此書的受歡迎。

章衣萍最初決定將他的小說集定名為《桃色的衣裳》是可以相信的，因為這正符合他給自己的著作取名的習慣，如散文集《青年集》就因為該集首篇篇目〈青年應該讀什麼書？〉的頭兩個字是「青年」，詩集《種樹集》的第一首詩是題目便是〈種樹〉。《情書一束》的第一個短篇就是〈桃色的衣裳〉，初版定為此名，正在章衣萍為自己的著作定書名的習慣之中。而且，桃色的衣裳正是吳曙天最愛穿的裝束，一九三一年六月二十二日上海《文藝新聞》之〈每日筆記〉專欄首條載曰：「劉半農最近寄贈章衣萍聯：『曙天情緒，桃色衣裳。』」

章衣萍為小說集《桃色的衣裳》寫了〈初版自序〉，但編入《情書一束》為書名的版本裏只有一小節，章衣萍自己在〈初版自序〉下另括注「錄末一節」。未錄的文字無法見到，多半是叫貧喊苦吧；倘是為更名後首次印刷本《情書一束》寫的，這序說不定有《桃色的衣裳》銷不動的記述，那就更珍貴了。北新書局老闆精於生意，從營業眼光出發，扼殺不便張揚的內容，可以理解。郁達夫在北新書局也有過類似遭遇，但他的那本《薇蕨集》還印了二十本留有題辭的完卷供其贈送友朋；倘若北新老闆也允許章衣萍印二十本有完整序文的《情書一束》，哪怕只流傳下來一本，也是後世研究者難得的故實。

在章衣萍的大量自述文字時裏，他也與北新老闆保持高度一致，隻字不提初版《桃色的衣裳》銷不動的事兒；但在寫於一九二五年十二月二十二日的〈跋《情書一束》〉文末，卻不經意露了一點點蛛絲馬跡，章衣萍寫道：

> 至於余貧窮人的希望，則在是書之能趕快印出，趕快賣去，趕快多弄得若干金錢，以舒眼前生活的困難而已。

《情書一束》的真正初版《桃色的衣裳》於一九二五年六月出書，這跋文卻半年以後才寫，顯然是書店和作者共同重新包裝再次投放市場，換上惹眼的書名，贏得讀者的注意。章衣萍〈跋《情書一束》〉有道：

名為《情書一束》這個書名，從兩年前舊定之中也。

章衣萍這裏所說當指由他自己執筆的刊於一九二四年三月二十五日《晨報副鐫》的〈今天的明天社〉告示中所言五本《明天社叢書》中他本人的兩本書即《情書一束》和《牧師的女兒》。但告示中的《情書一束》不是短篇小說集，而是一個作品的篇名，寫告示的時候，章衣萍和吳曙天夫婦手中有一批他倆戀愛時章衣萍和另一個男子與吳曙天的通信。這個男子是謝啟瑞，即一九二三年加入中國共產黨、一九二五年與侯紹裘和張聞天等在蘇州樂益女中建立中共蘇州獨立支部並任書記的葉天底。葉氏一九二六年因病回鄉，抱病仍為革命工作。一九二七年十一月被捕，次年犧牲於浙江陸軍監獄。在葉天底未投身革命之前，吳曙天同時傾心於章衣萍和謝啟瑞兩位男子，兩位男子都愛著吳曙天。就在這奇特友好的三角戀愛中，那些真情洋溢的來住書信當然足以打動人心。成篇以後，作者廢棄了《情書一束》的篇名，改為雅致的《桃色的衣裳》。桃色的衣裳是吳曙天經常穿的，給章衣萍以難忘的美好印象。據章衣萍給汪靜之的信中講，整部小說集他只滿意這一篇。從營業角度將小說集的書名改用了《情書一束》，但該篇篇名卻予以保留。

更名為《情書一束》後第一次出書時間可以判定為一九二六年五月頭半個月。所據之一是章衣萍一九二六年五月十七日致汪靜之的信，信中說《情書一束》剛印出，想請汪氏「捧場」，所據之二是魯迅一九二六年五月十七日的日記「訪小峰，見贈《寄小讀者》、《情書一束》」的載錄；所據之三是章衣萍為《情書一束》寫的〈三版自序〉。

在〈三版自序〉中，章氏得意洋洋地敘說他的《情書一束》「兩月之中銷去三千冊。三千冊銷完了，再添印一千冊，如今又添印兩千冊，一版再版三版」。該序大約寫於一九二六年十一月，自五月算起，到「冬天」正大體相當於銷行四千冊所需的時間。

此外，清傲的狂飆詩人高長虹於一九二六年八月在章衣萍所謂的「許多報紙雜誌上的大大小小以及不大不小的批評家，不憚煩地著文評衡」《情書一束》熱潮中也寫了一篇〈評《情書一束》〉，開首第一句就說這書「風行一時」。另據唐弢《晦庵書話》中〈翻版書〉一文所述，連黃弱萍的《紅色的愛》當時也被趨利之書商冒名《情書一束》而賺取粗心讀者的錢財。

看來，名為《桃色的衣裳》之《情書一束》的真正初版一九二五年六月印出後未引起關注，直到更換了書名，才走暢銷紅運，連章衣萍也將小說集的真正初版之滯銷史實略去，偷變為「兩月之中銷去三千冊」的轟轟烈烈局面。然而，一九二八年四月七日章衣萍在上海寫《我的自敘傳略》時，還是說出了初版的事：

> 一九二五年把我的創作小說收集起來，刊行了一本《情書一束》。

不過，「一九二五年」那一年「刊行」的「創作小說」書名為《桃色的衣裳》，不叫《情書一束》。章衣萍為了跟北新書局老闆保持同一口徑，他只好說更改書名後的書名。

如上所述，《情書一束》的中文版本在當時只有初印本《桃色的衣裳》及其盜印本和更名為《情書一束》的印本，篇目和內容都沒有版本學意義上的變化。一九二八年柏烈偉即 S.A.Polevoy 將《情書一束》中的四篇作品譯成俄文，另取書名《阿蓮》，由柏烈偉的妹妹在蘇聯聯繫出書。章衣萍為這個俄文譯本寫的序中指出：「我的拙作在中國會受意外的銷行，也曾受意外的壓迫。」《情書一束》從面世起，一年半多一點就重印了六次。這個暢銷局面的形成，意想不到的「動力」來自校址設在天津的南開大學的校長張伯苓。南開大學的不少學生不僅喜歡閱讀《情書一束》，還加以宣傳。這就引起了校長張伯苓的警惕，在《情書一束》印第二版之際，他立即呈請天津和北京的軍警當局禁止此書的發行。結果，促成了《情書一束》的暢銷。雖然北新書局不得不接受檢查，但《情書一束》畢竟沒有觸犯「天條」。也許正是張伯苓的「舉報」加上軍警的抄查，讓一本小說集更引起全國各地廣大讀者的深切關注，蘇聯人柏烈偉才也動了翻譯的念頭，導致產生了一個外文譯本，讓章衣萍的同輩頗為妒忌且有微詞，還弄到要魯迅來講話這一點。留待後文再說。

述說了《情書一束》的版本，有關魯迅與這部作品的史實，也得談一談。

李霽野回憶錄《魯迅先生與未名社》一書中，收有一篇題為〈從「煙消雲散」到「雲破月來」〉的文章，憶及魯迅一九三二年十一月三日自滬赴京省母與幾位青年朋友相見時的情形：

> 在談得彼此很融洽的氣氛中，先生突然對我們提出一個問題：「你們看，我來編一本《情書一束》，可會有讀者？」在那時以前，有一個無聊的文人章衣萍，出版了一本《情

> 書一束》，我們是很厭惡的，先生所戲言的「一捆」，是諷刺「一束」。

這一回憶不脛而走，成了魯迅諷刺《情書一束》的孤而又被無端定為確的證據，不少文章和專著甚至辭書都一引再引，近期新刊的有關文字依舊照抄。

作為中國新文學的巨匠，魯迅會諷刺對早期新文學建設有著奠基性質的名著《情書一束》嗎？查遍《魯迅全集》，未見與李霽野回憶相類的論述。

李霽野的〈從「煙消雲散」到「雲破月來」〉寫於一九七六年五月十二月，離所憶事件發生時間已遙遙相距四十多年；說「情書一捆」是諷刺《情書一束》，僅僅是「憶」者的揣測。其實，魯迅自己的有關文字就與李氏回憶大相逕庭。一九二九年五月二十五日魯迅寫給許廣平的未經刪改的書信原件中有一節寫道：

> 叢蕪因告訴我，長虹寫給冰心情書，已閱三年，成一大捆。今年冰心結婚後，將該捆交給她的男人，他於旅行時，隨看隨拋入海中，數日而畢云。

高長虹是魯迅辦《莽原》時候的青年朋友。魯迅與許廣平戀愛後，不知何因，他認定了高長虹是他的情敵。上錄魯迅信的片斷，很可能就是後來在北京與李霽野們交談的大體意思，「一捆」果真有「諷刺」意味，也只能是對高長虹的冷嘲。

倘若如李霽野所憶，魯迅用他同許廣平的書信來往集子比附章衣萍的《情書一束》，就表明他並沒有讀過這部書。因為，《情書一束》以及它的續編《情書二束》都不是情書，而是短篇小說集。這一常識，不少地方都搞錯了，如發行幾十萬份的《中國青年報》一九九三年三月七日第三版所刊符家欽《名人情書》就是一例，符文誤將短篇小說集《情書一束》劃歸情人書信了。不少本該權威的專業工具書，也同樣出此硬性差錯。

說魯迅「諷刺」《情書一束》站不住腳還有一個證據，即魯迅在他親任主編的一九二六年六月十日出版的《莽原》半月刊第十一期封底，緊挨著他自己的《華蓋集》出書廣告，刊發了《情書一束》的出書廣告：

> 本書共八萬字，計二百六十餘頁，分上下兩卷。上卷為〈松蘿山下〉、〈從你走後〉、〈阿蓮〉、〈桃色的衣裳〉四篇。共含情書約二十餘封。有的寫同性戀愛的悲慘，有的寫三角戀愛之糾纏，有的寫離別後的相思，怨哀婉轉，可泣可歌。下卷為〈紅跡〉、〈愛麗〉、〈你教我怎麼辦呢〉、〈第一個戀人〉四篇。〈紅跡〉為少女的日記體裁，寫戀愛心理，分析入微。內附插圖兩幅。封面為曙天女士所繪，用有色版精印。每冊實價七角。

這期的《莽原》封底把三十二開本依上中下等分為三塊，最上面的一塊就是《華蓋集》和《情書一束》。《情書一束》的廣告文字即便非魯迅手筆，至少也會有魯迅的參與改定，而決定與《華蓋集》並排刊發，在魯迅已是一種正面表態。

更可以相信的，是《情書一束》出書的當月，即一九二六年五月十七日，章衣萍給汪靜之寫了一封實屬「現場記錄」的信，談及當時的魯迅等人不可能議論《情書一束》的史況：

《語絲》的老夥計，周魯老，周豈老，錢玄老，劉半老，林玉老，……這些老頭兒平常都不喜言情說愛的，……對於我的拙作不會賞識，也不肯捧場吧。

「周魯老」是章衣萍作為晚輩友人對魯迅的敬稱，信是當時寫的，比幾十年後的追「憶」可靠。章衣萍給汪靜之寫信時，《莽原》上的《情書一束》出書廣告尚未登出；很快地，經魯迅之手編發出廣告，實際亦算一種「捧場」。

然而，兩年之後的一九二八年五月四日，魯迅在給川島的一封信中談及《情書一束》的序文，語氣變了些：

衣萍的那一篇自序，誠然有點……今天天氣，哈哈哈……

二〇〇五年一年人民文學出版社十八卷本《魯迅全集》第十二卷對「自序」仍沿襲以往注云：

「自序」，指他為所作《情書一束》第五版寫的〈舊書新序〉，其中特別炫耀該書被譯為俄文一事。

這則注文，嚴格說來，是一條感情傾向很偏頗的不合格「產品」，「炫耀」一詞尤其不該用。依照作注規範，只能沿魯迅議論的線索，查該川島來信有關內容和照引〈舊書新序〉的有關文句，但是這就要辛苦查找，並且不看任何人的臉色。不解的是，何以到了二〇〇五年，還沒有此等境界和胸懷？這裏，魯迅反覆使用過的名句「今天天氣，哈哈哈……」又表明他老人家希望川島最好還是不要去管人家的閒事。

章衣萍為《情書一束》所作的五版「自序」沒找到，連中國廣播電視出版社一九九二年二月新刊《情書一束　情書二束》的編者也懶得去找，可見找之不易。

《情書一束》中幾篇小說被來華俄國學者柏烈偉（Polevoy）選譯成俄文，由柏烈偉的妹妹在俄國聯繫印刷，這冊改書名為《阿蓮》（A-Line）的《情書一束》俄文選譯本出版於一九二八年三月。

說得俗一些，川島這位章衣萍的同輩同行友人，給魯迅的信有撥弄是非之嫌；仍是川島，幾乎同時給周作人的信中同一腔調議論章衣萍，信寫於一九二八年四月二十八日。川島說：

> 像《語絲》，要老登衣萍式的文章，確有些兒叫人厭煩。

總之，魯迅沒有「諷刺」《情書一束》的文字留下來。至於李霽野的回憶，恐怕只能和川島的議論並為一類，那是他們自己的看法，與魯迅無關。

「懶人的春天」和《枕上隨筆》

魯迅有一組五言絕句，題曰〈教授雜詠四首〉，第三首是針對章衣萍的，頭兩行為：

世界有文學，
少女多豐臀。

人民文學出版社一九八一年十六卷本《魯迅全集》第七卷第四百三十六頁對這兩行的注文是：

章衣萍曾在《枕上隨筆》（一九二九年六月北新書局　出版）中說：「懶人的春天啊！我連女人的屁股都懶得去摸了！」

就這麼一句引語，算是給「少女多豐臀」作了注；注文不加分辨地沿襲了前一兩代人的傳言，而且一點也不費勁就把章衣萍牢牢地釘在了「摸屁股」的恥辱柱上，以至現今的幾代人都仍以輕蔑的口吻把章衣萍派作「『摸屁股』詩人」、「『摸屁股』文人」。

其實，一九八一年十六卷本《魯迅全集》上的這條關於章衣萍的注文，它的來源先後可以找到不下幾十處，最早的要數距其半個多世紀前川島的一封私信。川島即章廷謙，他一九二九年秋與章衣萍同在杭州療養。這年九月四日川島給周作人寫信，信中說：

> 衣萍還是病，比方我和他談天，他的手總常從衣裏進去摸他的胸膛，伸出手來時便看他的手，似乎又從手臂上看出這忽兒是否又比剛才瘦一點來。摸胸膛者，大概是在摸他的心臟還跳不跳吧。——他，病是不大要緊，「摸」下去，可不大好。我勸他要靜養，不要靜想。其實也不必靜養，叫他去做兩個月苦工，他忘了病，就好了。

川島私信中那個「『摸』下去」的「摸」，就是暗示當時非常流行的《枕上隨筆》那名言「我連女人的屁股都懶得去摸了」的「摸」，當然是一句熟朋友之間誠懇的玩笑話。

幾年後，到了一九三三年五月，章克標的自印著作《文壇登龍術》在〈著作〉一節提及「摸屁股」的話時，就含一點譏諷了。章克標講到寫「隨筆」，他說：「敘述自己的風流也不妨，不過不是一定要講摸屁股才是隨筆。」

與章克標稍晚一兩個月，一九三三年七月十五日「紅僧」在上海印行的第二卷第一期《新壘》月刊發表了〈魯迅與章衣萍〉，不足千字的短文，先後兩次派定章衣萍為「我們的女人屁股詩人」和「我們摸女人屁股的詩人」，還再一次極具譏諷意味地寫道：「我們的章詩人，身份居然列於部長之林，真做官的話，女人之屁股被摸者，豈只一個而已。」

一九三六年三月十六日，吳伯簫在濟南寫了〈說忙〉，後被收入巴金主編一九四一年五月在上海由文化生活出版社初版印行的「文學叢刊」第七集中吳伯簫著《羽書》，文末把章衣萍劃入了悠閒階層人士，依據便是「摸屁股」的名言：「讓別人『……

連女人的屁股都不願意摸』罷！你，卻應當去學夏天的螞蟻爬，春來的蜜蜂飛。」文中「你」指作者吳伯簫自己。

再過六七年，到了一九四三年，這年五月一日出刊的第二卷第一期《萬歲》上周楞伽的長文《文壇滄桑錄》第八章〈太陽社說起〉扯到章衣萍，用了一個長定語，為「瞎動腦筋，摸不著女人屁股，反說懶得不要摸女人屁股的章衣萍」……

不必歷述下去，已可見當年的「眾口一詞」。在這「眾口一詞」的大環境下，文壇上地位非同尋常的魯迅一時興起，寫了幾首專供朋友之間看著好玩兒的打油詩，打油詩中冒出「少女多豐臀」一句，卻被小題大作的人一傳播，章衣萍便難逃劫運。其實，正如唐弢一九九〇年一月十一日致陳江的信中說的：「魯迅雖作〈教授雜吟〉嘲弄過他，但並無惡意。」此話指謝六逸，移之於章衣萍，也可以適用。

可是，事實卻不是這樣。

自有魯詩注解起，對「少女多豐臀」的釋說均與後來「集大成」的一九八一年人民文學出版社十六卷本《魯迅全集》第七卷上的注文一致。直到如今難以計數的「研究」這詩的文字都不假思索地抄錄《魯迅全集》上的這段「權威」注文。其實，這注文的引語至少與事實不符，更不用說也無法把那節引語與「少女多豐臀」有機地必然聯繫起來。

「懶人的春天……」一句話不是章衣萍本人說的，在《枕上隨筆》中，這一句話是有引號的，標示是錄存他人話語。那麼這話是誰說的呢？章衣萍的同時代人曹聚仁曾撰文專門回憶、考證過這「名句」的誕生史，結果是不了了之。在人民文學出版社一九八三年三月初版《我與我的世界》一書中〈《情書一束》的故事〉的一節中，曹聚仁憶及二十年代後幾年胡適的三位績溪青年同鄉章衣萍、汪靜之和章鐵民時這樣寫道：

> 他們三人都在暨南教過書，三人的故事，許多人張冠李戴，即如「懶得連女人的屁股都不想摸了」的名句，究竟是誰寫的呢？只有讓上天來斷定了。

有趣的是北新書局一九三三年一月出版的章衣萍的長篇小說《友情》裏有這「名句」的出處，安放在主人公黃詩人即下引文中的「他」頭上：

> 他說，《吶喊》上說阿Q為了摸女人的大腿而飄飄然，這是不對的，阿Q摸的應該是女人的屁股，他也曾有兩句妙語：
>
> 「懶人的春天呀，
>
> 我連女人的屁股也懶得摸了。」
>
> 這詩，後來是被某君收入「隨筆」的。

「某君」，即章衣萍自己，這是無疑的。「黃詩人」這個小說人物在生活現實中的原型是誰呢？從曹聚仁提供的三人名單中來推測，很可能是汪靜之，當時二十歲左右的汪靜之正大寫關於女人和愛情的詩，「懶人的春天……」出自他之手筆應當是可以相信的。而且，據對馬華文學頗有研究的欽鴻先生作於二〇〇一年十月二十七日的〈也為章衣萍辨誣〉一文所述，章衣萍和汪靜之在暨南大學任教時共同的兼學生與朋友為一身的溫梓川寫有〈《情書一束》和章衣萍〉，發表在一九六八年二月馬來西亞《蕉風》第一百八十四期上，文中果決地認為鎖定在章衣萍頭上的

「『摸屁股詩人』的名號」其實「應該送給他的安徽績溪同鄉汪靜之的，因為這句名句，原是汪詩人的創作，為衣萍錄入他的《枕上隨筆》內，外間人多不知底蘊，竟誤認為衣萍所撰的詩句，真是冤枉」。但是，查遍汪靜之的詩集也不見此「名句」，更不曾讀到過汪氏有這方面的自述性回憶文字。

然而，即使查不到出處，也不能武斷地栽贓在章衣萍的身上。有一處旁證可以對上案來一個反撥。北新書局一九三一年八月第四版印行的章衣萍著的《作文講話》，第一百三十五頁上寫道：

> 章鐵民、汪靜之讀了我的小說《友情》上卷，來信大罵，說不應該如此描寫，有點像寫「黑幕」。

這段話讓我們知道《友情》是有現實生活作依據的，與曹聚仁的表述高度一致。

仍是溫梓川，一九六〇年在新加坡世界書局有限公司出版了專著《文人的另一面》，書中有一節〈汪靜之與《蕙的風》〉，寫得更明確：「記得一九二九年間，章衣萍出版了一部《枕上隨筆》，裏面有『懶人的春天哪！我連女人的屁股都懶得去摸了！』這樣的妙句，讀者都罵章衣萍缺德，罵他是『摸屁股詩人』，罵得他一佛出世，二佛升天。罵得他有怨無處申訴。原來正是汪靜之沒有收進詩集的作品，章衣萍看見了，覺得有趣，把它錄進《枕上隨筆》內，誰知竟招惹了這無妄之災！」

章衣萍的實際情況完全不是像幾代前輩「研究家」們那樣由「枕上」聯想到專寫摸女人屁股之類東西這般「色意盎然」。

寫《枕上隨筆》時，二十八歲的章衣萍因肺病臥床治療，加之頭痛，就如章衣萍在〈《枕上隨筆》序〉中說的，「什麼書也不能看，什麼事也不能做。整天躺在床上無聊極了，就拿起Note-Book來隨便寫幾句，不久，就成了這樣薄薄的一冊《枕上隨筆》」。之後，他又寫了《窗下隨筆》和《風中隨筆》，先分別單行出版，再合併為《隨筆三種》，深受歡迎。

一九三四年第六期《現代》雜誌對章衣萍的隨筆集子這樣評說：

> 他的隨筆尤能使讀者在微笑中覺到好像受了苦的矛盾味。年來因臥病遂使他的隨筆益增豐富精彩，《枕上隨筆》、《窗下隨筆》、《風中隨筆》等風行一時，幾乎愛好文學的青年，都有人手一編之概。

胡適讚揚章衣萍的隨筆「頗有味」，林語堂譽為「此項著作在中國尚為第一次」，周作人更是推崇鼓舞。這些議論均見章衣萍當時的書信。一九三三年九月由傑成印書局印行的王哲甫著《中國新文學運動史》第七十九頁「現場記錄」道：如同梁實秋《罵人的藝術》一樣，章衣萍的《枕上隨筆》和《窗下隨筆》等都屬於當時具有創新意義的「特殊的作品」，章衣萍所寫「雖然是些趣聞逸事，卻是逸趣橫生，很受一般讀者的歡迎」。

章衣萍的隨筆不止這三種，就我見到的，還有也是作家病中著述的《倚枕日記》和《春秋雜感》。章衣萍的隨筆，大多用質樸簡練生動的短章或記述他之所聞、所見、所感，或回憶故鄉往事，或記錄名人言行，或敘說凡人哀樂，於平常文字見出高貴雅致的格調。

由於他曾是胡適的私人秘書，當時稱為「書記」，又與一大批名人如周作人、魯迅、孫伏園、陶行知、汪精衛、王品青、林語堂等過從甚密，所以他的記述獨到、真切，加之文筆精美，具有很高的史料價值和欣賞價值。

舉個實例。章衣萍與魯迅的交往極為頻繁，光《魯迅日記》一九二四年九月至一九三〇年一月記下的就有一百五十多回交往，魯迅還多次親自回訪、往訪章衣萍。章衣萍在其隨筆裏保存了一些少為人知的鮮活活的魯迅性格習慣等可信史料。抄錄三節《枕上隨筆》關於魯迅的段落，讓我們看看章衣萍病中臥在「枕上」所寫究竟是什麼內容：

> 壁虎有毒，俗稱五毒之一。但，我們的魯迅先生，卻說壁虎無毒。有一天，他對我說：「壁虎確無毒，有毒是人們冤枉它的。」後來，我把這話告訴孫伏園。伏園說：「魯迅豈但替壁虎辯護而已，他住在紹興會館的時候，並且養過壁虎的。據說，將壁虎養在一個小盒裏，天天拿東西去喂他。」

> 大家都知道魯迅先生打過吧兒狗，但他也和豬鬥過的。有一次，魯迅說：「在廈門，那裏有一種樹，叫做相思樹，是到處生著的。有一天，我看見一隻豬，在啖相思樹的葉子。我覺得：相思樹的葉子是不該給豬啖的，於是便和豬決鬥。恰好這時候，一個同事的教員來了。他笑著問：『哈哈，你怎麼同豬決鬥起來了？』我答：『老兄，這話不便告訴你。』……」

> 魯迅先生在上海街上走著，一個挑著擔沿門剃頭的人，望望魯迅，說：「你剃頭不剃頭？」

關於茅盾、汪靜之、周作人等著名作家的描述，也同樣鮮活可信，而且在輕鬆生動的筆調中都表露著或崇敬或親切的情感。

葉聖陶《倪煥之》的版本

被茅盾譽為「扛鼎」之作和被夏丏尊讚為「在國內的文壇上也可說是可以劃一時代的東西」的《倪煥之》，其產生與魯迅的《阿Q正傳》和巴金的《家》類似，也是作家相當熟悉的駕輕就熟的題材早已成竹在胸，因了刊物的約稿，在熱心編輯的催促下，由作家逐段趕寫並分期連載最終成就一部完整長篇的。

那是一九二八年初，主持《教育雜誌》的周予同想在他的刊物上連載反映教育界實況的作品，他把這個任務託付給葉聖陶。正值壯年的三十三四歲的葉聖陶，二話沒說，操起筆來就寫，一寫就是斷斷續續一個年頭，直到一九二八年十一月十五日才結束。葉聖陶一章一章地寫，《教育雜誌》便一章一章地在〈教育文藝〉欄目發表；這份月刊從這年的第一期到第十二期，每期都有《倪煥之》的連載。葉聖陶對《倪煥之》所寫內容的熟悉，用阿英在《倪煥之》尚未連載完時的一九二八年九月中旬寫的〈葉紹鈞的創作的考察〉一文中的話來說就是：「因著他的豐富的教育經驗，在寫著十二萬字的長篇小說《倪煥之》。他的教育小說的成就，在他的創作中是最好的。」

葉聖陶不是突發性感情衝動類作家，他冷靜地思考了他要寫的這部長篇小說的結構，決定以貫穿作品始終的主人公倪煥之的人生道路為經，以五四前後二十年間國內城市、鄉村和學校所發生的有關事件為緯，有條不紊地安排情節。在文字表述方面，葉聖陶努力追求抒情風格，即詩的意境；七十年後的今天，我們靜靜地品賞《倪煥之》，仍然感受得到作家當年刻意醞釀的詩的抒情的氣氛。這，正是以知識份子生活為題材的作品的顯著特徵之一。我們來聽聽葉聖陶的自述，他說：「這篇文字，去年一月動手，十一月十五日作畢。中間分十二回，每回執筆接連七八天，寫成一部分便投送《教育雜誌》社，下筆不能輕快，成績雖依然平常，而斟酌字句的癖習越來越深，所以每回的七八天，所有工餘的暇閒差不多都給寫作占去了。」

《倪煥之》分十二期在一九二八年全年《教育雜誌》上刊完，葉聖陶並沒有馬上想到出版，因為他拿不準這部作品是否有印單行本的必要。是夏丏尊——他的好朋友和親家翁，主張著手修訂出書。葉聖陶沒有立刻贊同夏丏尊的建議，只是把「從《教育雜誌》上拆訂的《倪煥之》」交給夏丏尊請他「為之校讀並寫些什麼在上面」，而後再商量出書的事。辦事作風一貫認真的夏丏尊，逐字逐句「校讀」一遍後，還寫了實實在在的讀後感〈關於《倪煥之》〉。從〈關於《倪煥之》〉文末寫作時間來推測，夏丏尊是在開明書店排好了版以後確實躲不過，才執筆為文的。而且，夏丏尊至少詳細校讀了兩遍《倪煥之》。

葉聖陶的《倪煥之》一九二九年九月由開明書店在上海初版印行，正三十二開。我手頭只有一九三〇年四月再版本，是布面硬精裝本，現在已呈淡灰色，估計原為深藍色，背脊字燙金，封面上部有一凹進去的小長方形內又凸出書名，字可能也燙金，因筆劃細金色已不復存在。作品正文有四百二十頁。扉頁之後、作品正文之前就是夏丏尊的〈關於《倪煥之》〉，占了六頁。書的最後是三頁廣告，刊登了包括《倪煥之》在內的開明書店版小說書目共三十三種。廣告之前是版權頁。作品正文之後、版權頁之前還有茅盾的〈讀《倪煥之》〉和葉聖陶的〈作者自記〉。夏丏尊和葉聖陶的文字均作於八月，即出書的前一個月。茅盾的文字不是為本書的出版專門寫的，此文作於一九二九年五月四日，發表於同年五月十二日《文學週報》上。葉聖陶在〈作者自記〉中解釋道：「茅盾先生的文字」，「因為他陳說的範圍很廣，差不多就是國內文壇概觀，留心文事的人自會去取《文學週報》看，故而這裏單把直接論及我這一篇的轉錄了」。

為了述說的方便，我們把最初連載了十二次的《倪煥之》叫做「《教育雜誌》初刊連載本」，把第二個版本叫做「開明初版三十章本」。這兩個版本不是完全一樣的，後一個版本已經發生了不少變化。送往開明書店發排之前，葉聖陶根據夏丏尊的「校讀」意見，將作品「依他的意思修改」。然而，這裏說的「修改」主要是純文字技術上的潤色，因為夏丏尊認為「等於蛇足的東西」的第二十章，作者就沒有刪除。排出鉛字清樣後，作者「又曾請調孚先生精細校閱」。以上引用的葉聖陶的話，都是初版本〈作者自記〉中的，他還說：「如再有失校的處所，這本書苟有再版的機會，還是要把它改正的。」

截止一九四九年三月，「開明初版三十章本」《倪煥之》二十年間印了十三版，自然構成了《倪煥之》的初版系列。無法搜集齊全這個系列的不同印次的十三個印本，未敢斷言是否有所改動。但可以排一下葉聖陶的日程，他這二十年抽不出大塊時間來修改長篇，同時在他的日記、書信和文章中也找不到相關的記載。倘若出現異文，可能有兩種情況：一是作者或編者的訂正和潤改；二是原紙型報廢重新排字過程中失校的「手民之誤」，從可靠的間接材料推知，《倪煥之》至少有過一兩次的再版時的重新排字。

開明書店版《倪煥之》第十三次印本上市不久，中國進入了改朝換代的時候；作為舊社會的私營開明書店和別的私營書店一樣即將消失，一本「民國年代」的「舊小說」當然就不足掛齒了。細查葉聖陶日記，在一九五三年四月十五日這一天他幾乎接近冷漠地記載道：「文學出版社方白來訪，謂彼社將重印余之《倪煥之》，建議刪去其第二十章及第二十四章起至末尾之數章。余謂此書無多價值，可以不印。方囑余考慮，留書而去。余略一翻觀，即寫信與雪峰、方白，首先主張不重印。若他們從客觀需要考慮，認為宜出，余亦不反對，同意方白之建議。」這兒「文學出版社」就是指「人民文學出版社」，從它一成立起直到現在都是被定為權威的國家級出版單位，二十世紀五十年代在此社印行一本書是一件不小的事。但葉聖陶對該社所派專人來告知的出書「喜訊」，卻並不怎麼高興，為什麼？

再讀讀他一九五三年七月二十一日的日記所載「文學出版社以《倪煥之》之校樣來，一一為之解決，未能通體自校一過」，可知葉聖陶那時的心情：他不滿意如此刪改自己的舊作，連依幾十年的仔細審讀校樣的慣習也毫無興致延續。然而又無可奈何，一個多月前即一九五三年六月二日的日記載錄了這心情：「人民文學出版社送來整理過之《倪煥之》一本，於不甚妥適之語句，故意用古寫之字體，皆提出意見，囑余自己定之。余十之八九從之。」實際上在說：叫改就改，不必商量，「從之」就是了！緊接著便是具有鮮明「時代特色」的自責：「以今日視二十餘年前之舊作，實覺粗陋草率，細改亦殊為難，只得仍之。送回時附一短書，謂重翻一過，復感愧恧。務希儘量少印，聊資點綴即可矣。」

這個由方白和馮雪峰具體操持弄出來的本子，就是一九五三年九月出版的僅剩刪改後的二十二章正文的《倪煥之》，可稱之為「人文社二十二章刪改本」。葉聖陶日記的公開，使得該刪改本〈內容說明〉末尾所述「此次重排出版，曾由作者加以修訂」成了經不起檢驗的文字；與事實相符，應是「此次重版的刪改，經作者允可」。但使用後一種表述，也並非沒有餘患。因為不到五年，一九五八年五月二十二日葉聖陶為本年十月仍由人民文學出版社印行的《葉聖陶文集》第三卷所寫〈前記〉，其中一半篇幅是談《倪煥之》的：「《倪煥之》原有三十章。一九五三年人民文學出版社準備把它重印，有幾位朋友向我建議，原來的第二十章和第二十四章到末了兒的七章不妨刪去。我接受了他們的建議，因此，一九五三年的版本只有二十二章。現在編文集，又有好幾位朋友向我勸告，說還是保存原來面目的好，人家要看的是你那時候寫的東西什麼樣兒。我想這也有道理，就把刪去的部分補上了。」

然而，千萬別以為「人文社《葉聖陶文集》三十章本」《倪煥之》就是原貌版本，這個本子改動最多；而且，不詳細察看發排原件手跡，就無法判定哪些改動係作者親筆、哪些改動為出版社編輯所做。「人文社《葉聖陶文集》三十章本」《倪煥之》自此時起成為流行甚廣的定本，截至現在已有好幾個據此本重排再印的繁體和簡體字本。繁體字本有一九六二年十一月和一九七八年十二月的正三十二開印本，後一種趕上「書荒」年代剛過去、人們渴盼讀書的時候，印量大得驚人。二十世紀九十年代中期，人民文學出版社將《倪煥之》列入《中國現代長篇小說叢書》印行大三十二開本，為《倪煥之》的第一個簡體字本。但是，這家被定為最權威的專門出版高檔次文學書的國家級出版社在圖書版次登錄和圖書版本說明方面的文字，讓人不敢相信。比如說，一九九九年十月該社出版的《百年百種優秀中國文學圖書》介紹《倪煥之》時說的「一九九四年人民文學出版社根據初版加以校訂出版，補入先前被刪去的結尾八章，恢復了原版的面貌」就幾乎全錯。

一九八七年六月江蘇教育出版社印行的《葉聖陶集》第三卷編入了《倪煥之》，但作為編者的作者的三子女卻不交代所據版本，當仍屬「人文社《葉聖陶文集》三十章本」系列。而且，這個「蘇教版《葉聖陶集》第三卷本」《倪煥之》校對欠精，連茅盾和夏丏尊的文章之寫作時間都被誤為九月，比出書還晚了一個月。

初版本系列《倪煥之》在二十世紀五十年代以後的被刪改，除了現實政治原因之外，還可以在茅盾和夏丏尊等人當年的文章中看到端倪。刪去第二十章，動議源自夏丏尊，他在相當於初版序言的〈關於《倪煥之》〉中覺得「等於蛇足的東西」表現得「最甚的是第二十章」:「這章述五四後思想界的大勢，幾乎全體是抽象的疏說，覺得於全體甚不調和。」刪去後七章，在茅盾等人當年的文章中也有所提示。茅盾〈讀《倪煥之》〉有道:「就全書的故事而言，這個『教育文藝』的稱呼，卻也名副其實。到第十九章止，差不多占了全書的大半，主人公倪煥之的事業是小學教育。」幾乎以職業的革命文藝批評家名世的阿英在寫於一九二九年十二月十二日的〈關於《倪煥之》〉中讚揚作品「除開最後十多章，把前十九章當作教育小說讀，那是一部很有力量的反封建勢力的教育小說」。——三位名家和大家有言在先，加之時代的現實需要，《倪煥之》的被刪改也就順理成章了。

一定要找出「恢復了原版的面貌」的一九五〇年以後的印本，就只有上海文藝出版社一九八四年五月印行的五四以後第二個十年《中國新文學大系》第八集中的《倪煥之》。這套書專供研究和教學用，直接轉排初版本的繁體字為簡體字，按理不會出差錯。可是稍稍細看，還是無法放心去讀。像最後一章，病危中的倪煥之與前來探視的同事對話答非所問時，作者有一句敘述：「又是全不接筍的譫語。」此處「接筍」不通，為葉聖陶所說的「失校的處所」，該是「接榫」。還有如「伙計」誤為「夥計」的，等等。

《倪煥之》一九二八年誕生，到現在已超過八十年的歷史了。可是至今還沒有一個校勘精良的版本，這不能不說是出版從業人員的失職，至少也算盡職盡責不夠。我希望不久後印行的《葉聖陶全集》收入的《倪煥之》，是一個經得起檢驗的編校精良又具有版本學價值的優質圖書，也可告慰於終其一生對圖書編校質量十分關心並身體力行的作者了……

何植三及其《農家的草紫》

發行量很大的《讀者》一九九四年第十二期第四十四頁上登了一組短詩，總題為《精妙小詩》，作者為潘漠華、俞平伯、朱自清、何植三、馮雪峰、汪靜之、劉大白、冰心，這八位詩人是中國新文學運動初期詩歌領域內的創作成就卓著者。其中最讓人感到陌生的，可能就是何植三。

要談何植三，就得從一九二三年五月印行的「文學研究會定期刊物之一」《詩》第二卷第二號上的一則加了細線方框的廣告文字說起，這則廣告是預報一本尚無書名的詩集之出版消息：

> 何植三君所作的詩頗多，他已將從去年起至現在止所作的編為一詩集，現已編輯完成，正在託他在北大裏的先生做序文，不日可在上海書局出版，集名亦由他的先生代定。

這裏關於何植三詩集「不日」就「出版」的許諾沒有兌現，一直延遲到六年後的一九二九年十一月才見書。這正印證了知堂先生周作人一九二四年一月十二日在北京為這部詩集的原稿所作的序的一開篇就說的：「新詩在現今已經不很時鮮，小詩尤其為舉世所詬病。在這個時候何植三君想印行他的詩集，實在是不很湊巧。」

何植三的生平事蹟很難鉤沉。魯迅日記提及過他，「文革」後動用眾多專家參與編寫的《魯迅全集》注文有關他的條目在一九八一年人民文學出版社《魯迅全集》第十五卷第四百三十四頁上的，僅僅是語焉不詳的概說：

> 何植三　浙江諸暨人。北京大學圖書館職員，經常旁聽魯迅講課。在《晨報副刊》上發表過一些新詩。

現依據何植三的自述，對他略作介紹。

他是浙江諸暨某鄉村人，大約二十世紀初出生，與冰心這個歲數的作家是一代人。十四歲離家鄉前往紹興師範就讀，畢業後往上虞瀝海所做小學教師，時值一九二一年前後。此時開始寫詩。不久到北京大學求學，一九二四年學成，遂赴河南沁陽省立十三中學任國文教員。北大求學期間加入歌謠研究會，沁陽教餘專事民間歌謠的搜集和研究，同時仍有作品發表。在文壇上不見了何植三的行蹤，是一九三七年下半年以後的事。

在何植三的文學生涯中有兩次閃爍生命亮光的階段，就是詩歌創作和歌謠研究階段。詩集印行的障礙，於何植三結束寫詩狂熱階段有直接原因。自投入民間歌謠的搜集和研究以後，何植三表現出十足的熱情。這時候，他與顧頡剛、魏建功、周作人等著名文人的往來頗為密切。北京大學研究所國學門歌謠研究會出版的學術專刊《歌謠》好幾次在頭條位置刊發何植三的論文。此類何氏文字中，最見功力的要數近兩千字的論文〈歌謠與新詩〉，發表於一九二三年十二月印行的《歌謠紀念週刊》。這是《歌謠》創刊周年的隆重的紀念特號，封面專請魯迅親手繪製，所輯文章的作者多為名流如錢玄同、林玉堂、周作人、沈兼士、魏建功、黎錦熙、章衣萍、常惠等，共十七位，何植三為其中一位，這些師生可能是《歌謠》作者群的學術中堅。

何植三雖然也寫小說、散文，還研究歌謠，但他對中國新詩的實績奉獻是較為突出的，他在中國新文學史上所占的席位也應該以詩人為主。刊發於《歌謠紀念週刊》的〈歌謠與新詩〉正揚了他之所長。何植三駕輕就熟、高屋建瓴，對他極為熟悉的中國新詩起步的最早七八年間的詩況來了一個總的概評，用史家和親歷者的目光對這段詩史作了宏觀而又絕非泛泛的理性掃描。他把那幾年中國早期新文學的詩人分作三派，即：以徐志摩、聞一多等為代表的「西洋古詩歌格式派」，以盧冀野、吳芳吉為代表的「中國詞調格式派」，以及包括他在內的《詩》作者群為代表的「自由派」。他詳盡剖析這三派的優劣，最終毫不隱諱地得出結論：

> 我希望於新詩人！不要憑著有限的腦漿來造懸想的天國，不要直鈔佩文韻府做美句（？）的堆垜，多讀些名人作品，多研究些歌謠，栽培涵養，以鞏固新詩的命運，這便是我做這篇文的用意。

何植三其實是說只有「自由派」才有前途，試看他對前述第三派的定義：「第三派可舉《詩》做代表，內中是尚意境的有趣，用散文描寫，雖然不立顯明的主韻旗幟，有許多首卻得了自然之韻之妙。」寫作這文章時，據何植三講，是「徐志摩們一派」流行之際。

對何植三首肯的「自由派」小詩，朱自清卻並不大以為然。他在〈《中國新文學大系・詩集》導言〉中對風行本世紀初幾年「到處作者甚眾」的小詩頗置微辭，認為此類作品中不少「只剩了短小的形式：不能把捉剎那的感覺，也不講字句的經濟，只圖容易，失了那曲包的餘味」；但朱自清仍讚揚以小詩為主的「何植三氏《農家的草紫》一小部分」。在朱自清於一九三五年八月十一日寫畢的《〈中國新文學大系・詩集〉導言》之附記〈選詩雜記〉中，朱自清擺脫了史家的束縛，以個人的欣賞趣味充滿欣喜地說：「《農家的草紫》中的小詩，別有風味，我說是小詩裏我最愛的。」

朱自清說的《農家的草紫》，便是一九二三年五月就預告「不日」即可印行卻又延遲好幾年才出版的何植三的詩集。何以延遲六年以後才問世呢？其原因是當時的詩集已不再好銷，書店不接收，怕虧本。汪靜之《蕙的風》暢銷後，他將新作結集為《寂寞的國》，結果也是被書店拒絕印行，拖了幾年才印出來。《農家的草紫》一九二九年十一月由上海亞東圖書館出版，收詩五十題一百多首，外加作者自己的一首〈詩序〉。加上目錄和序文，一共才一百七十多頁。周作人，即六年前出書預告中所言何植三「在北大裏的先生」寫了一篇序文，名曰〈周序〉，作者有一篇〈自序〉。

周作人的序文初初一看似乎評述何氏作品的語句極少，其實是通篇都在以強硬的文筆扶植「尤其為舉世所詬病」的小詩。周作人從詩的發展觀出發，提出新詩創作在「有了新的自由」之後，一定得有「新的節制」。「小詩」在周作人這裏，可能要算中國新詩頭七八年間的一個大收穫，他反對只從形式上來評說「小詩的是非」，周作人果斷地說：

> 要論好壞，只能以藝術的優劣，或趣味的同異為准，我不能說小詩都是好的，但也不相信小詩這件東西在根本上便要不得，所以那世俗的籠統的詬病只是一種流行的話，不足憑信。

對於何植三創作中濃郁的「鄉土氣」，周作人讚賞有加：

> 在好些小篇裏，把浙東田村的空氣，山歌童謠的精神，表現出來，很有趣味。

被周作人稱揚的「山歌童謠的精神」可謂至論，何植三追求的即在於此，這一點，何文〈歌謠與新詩〉有明確的表述。

周作人讀到的何植三詩集稿本上已有何氏本人的序，序中自述續集的緣由：

> 一九二二年冬季，我因事回到故鄉，在南方有許多朋友因少見我詩（因多在北京《晨報副刊》上發表），教我編成集子；我想這種東西，或許有成集的必要，寂寞荒蕪的如我國詩壇，我也來參個鬧熱；萬一我國詩界以後有了進步，大放光彩，這種東西從故紙堆裏檢了出來，也可以知道那個時候有這樣的不長進的東西。

可能針對何植三自愧其詩為「不長進的東西」，周作人在序中以師者長者的口吻不無鼓舞地寫道：「凡是誠實地做詩的人，無論力量大小，都於新詩的發達上有所貢獻，有發表的價值，不必問這詩集有幾天的壽命。」

詩人自己的擔憂並非毫無道理，何植三及其《農家的草紫》幾乎被遺忘淨盡了！只有朱自清把他認為「實在是創作」的何氏小詩十二首編在《中國新文學大系‧詩集》中，我們無法在其他新詩選本中見到何植三，更不用說重印《農家的草紫》這部新詩奠基之著了！草紫，即紫雲英，也叫苜蓿。草紫是在水稻收割完後，遍田撒播種子的。不用管理，秋末冬初，紫花開放，一片青綠。其根部之豆科植物的瘤須，經耕作留在土中可漚成氮肥，比化肥營養更宜於被來年植物吸收，並且可保持土壤耕種層的活性。周作人自己的書有一本取名《自己的園地》堪稱雙璧。何植三是農家子弟，這本詩集中相當一部分詩是寫農村生活，光看詩題就有濃郁的泥土氣味迎面撲來，如〈醉農的話〉、〈夏日農村雜句〉、〈農村的戀歌〉、〈農家雜詩〉、〈野草花〉、〈農家短歌〉、〈麥場上〉、〈採野菜的女孩〉。

開首我們提到的一九九四年第十二期《讀者》上刊發的何植三的詩便是錄自他之詩集《農家的草紫》第九十三頁：

田事忙了；
去也是月，
回也是月。

必須指出，《讀者》轉刊此詩，誤將「田事忙了」後面的分號排成了逗號，使詩的內在邏輯和外在節奏都受到傷害。這三行詩，把農家在忙季的辛勞融入一片朦朧月色，更美也更深沉地抒寫了對農家的讚歎之情。朗誦這首小詩，第一行應該低緩舒徐，按分號的提示，多停留一下；再歎氣式地深呼進一口氣，提高音調朗讀第二行；略低沉一點，讀第三行。反覆品賞何植三的這首小詩，那兩個「也是」用得多好啊！這是道地的農家自己的歌詠，也是真正意義上的中國新詩。

因此，我呼籲：不能忘了在新詩初創期有實績奉獻的何植三！

留給世人的「美麗的花朵」

到圖書館去查閱一九四三年七月份的《快報晚刊》，如果按日報順序去翻，七月十七日這一天沒有出報。六十多年前的事，當時的經歷者如果還有健在的，恐怕一般都不會有什麼印象了。但是，報界圈內的人士都明白：一張日報，事先不發聲明，突然一天不見報，當然是大事、要事了。

《快報晚刊》在一九三四年七月十八日整整四版幾乎都是關於一個年輕人的事，這個人就是蓼子。前一天沒有出報的原由，該刊在顯著位置追發了一則公告：

百花潭前日午後
葬送本報一記者
廖叢芬君不嫻水性習游泳竟作波臣
本報昨休刊志哀

僅此，就足見蓼子即公告中的「廖叢芬」在當時成都報界、文化界、文學界的地位有多高。《快報晚刊》是《成都快報》的附屬文化日刊，每天黃昏見報，類似今天的「擴大版」，實際上是相對獨立的一份報章。只不過這「擴大版」是每天都有四大版，而非今日「擴大版」之週末才四版。

上述公告中的「記者」，比今天「記者」的名目含義範圍要大，它包含採稿、撰稿、編稿，如孫伏園就是相當著名的記者。當年的「記者」每月出滿勤才八元薪金，而一個大學教授是每月四五百元，還有六百多元的。從月薪上看，「記者」這差事真是窮差事。然而，如此經濟待遇的蓼子，何以得到如此喪儀規格呢？

蓼子去世後，經過兩三個月的籌備，於一九三四年十一月出版了一部從編排到裝幀都格調高雅的《蓼子遺集》，「著作者」署蓼子的冠姓之字，由「西方社」出版，「現代書局」承擔發行，在「福民印刷公司」印刷。僅印三百冊，還在版權頁書名旁注明係「非賣品」，說明「親友索閱附郵票五分即當奉寄」。

為何要作為「非賣品」？原來這是由三十三位同事、友人、讀者捐資共一百多元而印的一部書，是用來紀念早夭的死者即該書作者蓼子的。捐款的人名、款額也登錄在版權頁上面，還寫明所得捐款的開支情況，如用於《蓼子遺集》的「印刷費去洋一百零九元五角整（內四元五角係為渝券貼水）」。所述是說印書只花去一百零五元，交「現代書局」四元五角作為「渝券貼水」。「貼水」是寄印刷品時依據重量在每本書的表皮粘一張相等面額的郵票。《蓼子遺集》只在成都、重慶兩個城市發行，表明蓼子的親友分散在這兩地及其郊區。

一個年輕「記者」的去世，竟使得一份日報「休刊志哀」，休刊後接著出紀念專號，還編印一部死者著作集……蓼子何以當得起這般高規格的紀念儀式？當然與他的人品文名有關聯。

閱讀 Kipling Stowe 用英文寫的《廖叢芬評傳》，可知他一九一〇年十月十九日出生於四川新都桂湖邊上的一戶人家，他的母親在他八歲時就死了，他父親是一個醫生。十五歲時，因父親去世而中止了學業，此時繼母強令蓼子去經商做生意賺錢。蓼子逃離故里，來到成都一邊刻苦自修文學，一邊開始掙錢養活自己。

簡直不敢想像，一個十五六歲的男孩，竟然僅憑著一筆好文章，代一位所謂「博士」寫回信，就可以在大都市租房子住下，朝自己憧憬的文學殿堂邁進……蓼子（此時他還沒有起用此號名）就這麼在成都過了一兩年。翅羽稍硬，他便告別了那位有名無實的「博士」，先後在《西陲週報》、《西方夜報》、《成都快報》擔任副刊編輯。不！還不僅如此，在他給「博士」當「槍手」之前，他還在新都念書時，也就是十四五歲時吧，他已經在參與執編甚至是主編一份文藝刊物了。這份文藝刊物的刊名叫《搖籃裏》，蓼子親自從新都跑到成都聯繫印刷。

就在成都印刷《搖籃裏》這文藝刊物時，他有幸結識了也正在向「文學殿堂」挺進的程滄，是蓼子人生旅程最後近十年的福音。程滄，就是司馬訏，他其實比蓼子還小兩歲，也是四川一個縣份上的人。程滄與蓼子一樣，扎實鑽研，苦心創作，不願意在「文壇」混混們搞的虛空「場面」上露臉。他們由相識、相知到攜手並進，是一曲可歌可泣的人間純情友誼的樂音。蓼子的喪事、《蓼子遺集》的編印，都是以程滄為主操持成功的。

《快報晚刊》以「休刊」一日的隆重儀式向蓼子志哀，是因為蓼子的去世，讓該報館少了一根台柱。我們來讀蓼子的同事曹仲英在蓼子去世次日凌晨含淚的〈悼叢芬〉：

> 廖先生是同事中最謹願最忠誠最盡責的一個，在他所擔任的外勤範圍，總是不落空地一處一處跑交，嘗見他揮著汗回社，揮著汗制稿，揮著汗出社採訪；不一會又揮著汗回社……他是經常地為事業盡瘁，從未曾有一時一刻的懈怠或疏虞。他本有胃病，三天常有一天沒進食，有時一晚胃

痛到天明，我已得到他病篤告假的信，而不久，他又立即到社了。他製稿極精細，一字一句，必須幾經推敲。

一位音樂研究者也回憶起蓼子約他寫音樂家的故事，蓼子在作者同意寫稿後，立即去書店買了一部《二大樂聖及其生平》以供作者寫稿時參考。

就是憑著有了學識和文學功底之後的韌勁，蓼子把他主持的《快報晚刊》文藝專版弄成了蓉城地區聲名卓著的名牌專刊，連版式字型大小都被一些報章副刊仿效。恰好蓼子主事的文藝專刊名為《百花潭》，所以懷念蓼子的文章有一篇稱他為「百花潭主者」，說蓼子的「以身殉百花潭」、「實是空前而嚴重的損失」。

蓼子在工作和創作、研究方面，更有一種求實務真的大無畏精神。一九三三年《快報晚刊》發表了指斥四川某縣一個姓王的縣長的稿件，稿件是別的同事所寫，「王縣長」誤以為是蓼子的手筆，唆使人把蓼子打了一頓。蓼子代人受過，卻一無怨言。二十世紀三十年代成都報界大事件之一不能少了「『王縣長』風波」，但可成都無人做這類艱辛的史料爬梳，連「蓼子」何人，估計報人中知者幾乎沒有。

蓼子的求實務真還體現在他對自己的文字的態度上。一九三四年五月份，程滄和羊角（一位作家的筆名）打筆仗，牽扯到蓼子用筆名寫的幾篇稿子，說詞句不通。蓼子極力申辯，因為他根據《王荊公書》以及《哲學之貧困》等書作的引用，不會錯。於此可見蓼子對「內勤工作」即寫稿的負責。

誠如魯迅說的，一認真，麻煩就來了。蓼子與人的文字糾紛相當多，但很可惜，程滄在執編《蓼子遺集》時決定了一條編選原則——「與人打架的文字都不收入」，這使得我們欣賞不到蓼子的文字論戰風采。《蓼子遺集》所收文字，仍有「與人打架」的斷片記載，如〈文章事〉第二節有云：

> 在眾多的責難中，我疏忽不了那一個有飽滿成就的朋友「秦爺」。自從這人回鎮「文壇」以來，就給我帶來了「善意的恐怖」。起始，曉我以大義；繼則，加之以引擎；然而，我這鬆弛了的發條，怎麼也旋不緊。在報給他一千回的灰心後，每天，皆要在他的面前，領受一份應得的懲罰。

這裏，已不是一般的文字爭鬥，而是面對一種強勢，甚至是「文霸」之惡勢。想像一下：一個曾經在「文壇」上說三道四的「秦爺」，因故幹了幾天別的與「文壇」無關的事後，突然「回鎮『文壇』」，這該是怎樣的氣焰！而且「回鎮『文壇』」的第一個動作便是對蓼子的「恐怖」……二十歲剛出頭的蓼子這樣招人怨恨反證他確實是一個不可忽視的文學存在。

這位氣勢洶洶「回鎮『文壇』」的「秦爺」是誰？我翻了大量手頭有關的材料，都不得而知。研究成都文史的吃「皇糧」的人，這是你們的恥辱呀！「秦爺」之所以揪住蓼子不放，實在因為蓼子已是無法不正視的一處三十年代初的成都文壇上的「文學景點」，還是重要的「文學景點」，程滄執編《蓼子遺集》由蓼子的四十篇作品彙編而成，體裁有小說、詩歌、散文、隨筆、文論、詩論以及短評等。程滄的分類，有嚴格的如「小說」、「詩與詩論」，也有不嚴格的如「小品・散文」中就有〈文學的氣質論——談沈從文的作品素〉、〈論施蟄存〉等該劃歸「文論」的文字。

「小說」是《蓼子遺集》創作部分的第一輯，程滄選了五篇小說：言情小說〈二男一女〉、自傳體小說〈一段傳奇〉、現實小說〈收穫〉、寓言小說〈小綠色茶杯〉和神話小說〈稜都〉。這一組小說寫情感的都很委婉細膩感人，如〈小綠色茶杯〉營造的憐惜氛圍，就是一例。蓼子是從基層苦熬才入「文壇」的，他在新都度過的青少年時代所耳聞目睹的現實，也被吸收寫成了現實題材的小說，如〈收穫〉兩千多字，細描詳述農民種莊稼的實景，結尾卻撼人心魄：

> 等到他們竟盡所有的力，而把這一年的工程完結的時候，塞的脹飽的倉房，成了他們惟一的安慰。可是，及至他們納清一切農民所應盡的擔負而後，就和蜜蜂一樣的辛苦地造成的蜜，給人無端地刮取了。——希望，還給他們的，是全盤兒的空虛哩！

蓼子的〈收穫〉和同一時期在京滬兩地出現的名篇如葉聖陶〈多收了三五斗〉、茅盾《春蠶》等都可以放在一起互相輝映。面對具體的文學作品，如果確實文質兼勝，不管在當時的印行印量如何，作為後來的研究者，都要公允地對待。

「詩與詩論」是創作部分第二輯，在當時，蓼子的詩名不小。季子這樣說：「今且蓋棺定論，若僅贊廖君已有錦繡的『文才』，實不若直稱廖君已有瑰麗的『詩才』。與其以籠統文人而瞎謚廖君，毋寧以『詩人』而直名廖君。」蓼子的詩受戴望舒及其師從的外國詩人影響極大，甚至有戴氏著名意象直接進入作品的現象。蓼子的詩要多讀幾遍方可達意，多數值得細賞。詩論〈簡論戴望舒的詩〉和〈醉薇詩的考察〉嫌泛了些，美倒是美。蓼子對郭沫若、王獨清、蔣光慈等特定流派的詩的剖析，是合情合理的。

除了「詩論」，在第三輯「小品．散文」中還雜有幾篇「文論」。我曾將其中〈論施蟄存〉一文複印件寄請施蟄存老人過目，施老先生看後大怒，給我寫來一信，說蓼子所說「施蟄存是慣常在浴室間玩一個整天，幹著一些另一種色慾下的事體」完全一派胡言。然而，蓼子歸納提煉的施氏作品〈鳩摩羅什〉寫出了「宗教和色慾的衝突」、〈將軍底頭〉寫出了「信義和色慾的衝突」、〈石秀〉寫出了「友誼和色慾的衝突」、〈阿襤公主〉寫出了「種族和色慾的衝突」等等的頗用了一番心思，是無可置疑的。

在「五四」以後二十多年的中國新文學作家中，蓼子只認為沈從文、戴望舒、施蟄存三位還值得一說，因為這三位是用心在做純粹的創新特色的作品。也因此，當一九三一年九月二十一日上海《文藝新聞》在「每日筆記」中刊載張乃前〈聯合播種的前衛　澄清平凡的前線〉報導二十世紀三十年代初「成都的文化運動是有個光榮時期」並例舉具體文學社團時，蓼子和程滄都頗不以為然。

蓼子的專門文論和其他文章中的文論片斷，都顯得很有氣勢，他站在一個相當高的高度，鳥瞰著二三十年代的中國新文學，他讀得多，又讀得及時，還參照他熟悉的外國文學作品，一經比較研究，就高下優劣涇渭分明了。從程滄的悼文中，蓼子對「奧季諾」、「哥哥里」、「阿左麟」、「杜斯妥益夫思基」、「顯尼志斬」、「小仲馬」等不同國度的作家作品都相當熟悉。

在最後一輯「小品．散文」中，除了已說過的文論篇什，還有十多篇小品、雜文、散文，確如程滄所說都很優美。

蓼子的文字，有一個優勝，就是他的表達都挺新鮮、耐品。舉幾個具體實例。

他不說「春天來了」、「春天過去了」，而說「過了年，春天就再版了」（第八十一頁第六行）、「春天絕版以後」（第八十五頁第四行）。利用新聞出版術語描寫事物，還有一處：「一行洋場氣的鬍鬚，便接應了全版風水。」（第一百一十一頁倒數第三行）

相當幽默的句子，如第九頁介紹同室男友給剛來的女客為：「（他是）一個退了功的騎士，前些時候在你們種族內受了傷。」

作品中還不時讀到一些很「現代」又很優美的表述，像第八頁兩句，一句為：「這人熬不過女人蒸煮，遂輕鬆地在自己底弱點上畫了押。」第二句：「一個男子，應得把自己的生活打扮起來，——找一把鑰匙打開儲藏幸福的斗櫃。」

毋庸諱言，蓼子畢竟才二十多歲，他的文章中也有個稍嫌幼稚的思想，如小品文〈不須有的寫〉末尾（第一百三十頁）：「——女人啊，展開你們的眼界：把你們特有的愛情，灌給疲憊的革命者罷！你們並不是個人的佔有物呵！」這種表述，正是蓼子自己多次表示反感的「郭沫若式的抒情」，既不合情也不合理。

有微瑕，仍不掩玉。《蓼子遺集》是四川新文學時期（一九一九——一九四九）尤其是中國三十年代頭幾年中國新文學的可喜收穫之一。我們仍引用蓼子的知己友人程滄對他的認識來結論蓼子的作品之分析：

> 他以科學家求真的態度，從事文藝研究，和一般投機取巧的作者比較起來，他正是一個不幸的文藝上的堂·吉訶德先生，他每篇作品，皆苦心地回避字類的重複，即是在一

個章段裏，絕莫有雷同的字句。為了一個字的推敲，不惜牽動全局。像這種刻苦的精神，當不是時下這一批懶惰而誇大的作家們所能夢見。但這卻正如金聖歎批《水滸》說：作者苦心，原不想給後來人看出的。

也許正是鑒於程滄所述蓼子的文學真誠，使得早年與魯迅同為「莽原同人」的朋其在病中也賦詩襄贊《蓼子遺集》的出版。這位仁壽縣份上來的四川老鄉用〈以安蓼子之靈〉為題，讚美蓼子：

短短的一生！
雖然短短的一生呵，曾給世人以美麗的花朵，
總算不辜負了罷？

六七十年過去了，朋其詩曰蓼子沒辜負時代，而我們卻反過來辜負了蓼子。四川新都的文化人和文學愛好者，也該張開你們的雙臂，迎回蓼子文學的奉獻，他可真是新都的可紀念可讚美的一頁文學史啊！再廣一點，整個四川甚至整個中國文學界，對於像蓼子這樣對文學歷史有過奉獻的人都不該忘記……

蓼子當然不是完人，在生命的最後半年，他迎來了短暫的婚外戀，朋友不忌說此事，蓼子本人也寫入了作品。可惜這婚外戀人沒有許廣平那樣大膽、勇敢，吻別蓼子之後，便因生活所迫投入了她一點也不愛的男人懷中。得到蓼子死訊，這短暫的情人沒來看蓼子最後一眼……倒是死守蓼子故里的「名分上」的髮妻匆匆領著五歲女兒來哭靈。「新歡不如老妻！」蓼子生前的好朋友程滄歎息道。

梅痕女士的《遺贈》

三十二位中國現代文學研究、教學專業人員共同編撰、廣西人民出版社一九九〇年六月初版發行的《中國現代文學詞典》「詩歌卷」作品部分錄載了梅痕女士的《遺贈》，但在作家部分卻沒有關於梅痕女士的介紹。

「梅痕女士」是誰？

一九三五年三月大達圖書供應社印行的《遺贈》，封面上的書名是手書篆字，後有行草字「俍工署」，並有一方陽文印章曰「孫俍工印」。《遺贈》有〈前序〉、〈後序〉，均置於卷首，都為孫俍工所作。寫於一九三三年九月二日的〈後序〉頭一段有「她和我旅居在日本西京時」的述說，可以認定梅痕女士即孫俍工夫人。查閱一九三三年九月由北平「傑成印書局」印行的王哲甫著《中國新文學運動史》，第三五七頁有孫俍工的略傳，其中就有孫氏「一九二八年夏歸國，在西湖廣化寺認識西湖藝術學院的王梅痕女士遂結為情侶」。這個記載，表明孫俍工、王梅痕那時已是知名的「夫妻作家」了。

二十世紀四十年代初趙景深在一家小報以短章形式寫過系列的「文人印象」，其中有一則是〈孫俍工〉寫得更細，文中說：

> 俍工在復旦時，曾介紹一個女生來讀書，這女生名叫王薺，面如滿月，也就是王梅痕女士，其實就是他的愛人。有一次復旦同學春天遊無錫，俍工與王薺一同加入，我也

> 與妻子希同加入，當時他們倆的戀愛還是半公開的；我得到這消息，似聞之於六逸。我像得到一個秘密似的向俍工探詢，他連忙向我搖手，叫我不要響，但在他們倆春遊歸來以後不久，這消息也就成為完全公開的了。

趙景深所敘「俍工在復旦時」，當指孫俍工首次留學日本一九二八年回國後第二年應陳望道之聘先作復旦大學教授，後升任該校中國文學系主任直至一九三一年上半年這段時間。趙景深在當年事發不久的追記是確實的。一九二九年二月，孫俍工與王梅痕熱戀；一九三一年春夏之交兩人正式生活在一起，估計是正式宣佈同居或登記結婚，隨即雙雙赴日深造；「九一八」事變後歸國。一九三一年八月三日上海《文藝新聞》中《每日筆記》有一條記載曰「孫俍工擬於月底攜其愛人黃薺女士赴日渡蜜月。惟聞黃女士戀人曾君在南京」。這兒把「王薺」誤寫為「黃薺」。有趣的是，透露了王梅痕是在與「曾君」的戀情之中又與孫俍工攜手的。戀愛固然甜美，但很快，這對夫婦就感到了現實生活壓力之大，一九三三年二月一日孫俍工致上海中華書局編譯所所長舒新城的信中應有這樣的訴說：

> 新城你是知道的，我底帳是該的那麼多，我的負擔又是這樣重，經濟從未舒適半天。近來小孩又在長沙大病一次，幾乎死去，用錢不少。現在王梅痕又有孕了，又要吃保胎藥，怎麼辦呢？

孫俍工自己想到的辦法是工餘大編字典和辭典，賣給中華書局換錢用。同時，為減輕雙方老家的生活負擔，孫俍工還託請舒新城為他們夫婦各自的弟弟在中華書局印刷廠聯繫學印刷。上錄孫俍工書信片斷，透露了兩個資訊：一是孫俍工這位當年已近四十歲的人在湖南老家結過婚並生有孩子，他與王梅痕的結合是那個年代的風尚，類同於魯迅和許廣平、沈從文和張兆和等之師生戀；二是孫俍工與王梅痕同居後，梅痕女士曾有過身孕卻不幸流產，所以這回加倍小心。信中說「我底帳是該的那麼多」，「該」係湖南、湖北相鄰一些地區的方言，意思是欠款的欠。

根據王梅痕詩中一些表露和孫王師生戀關係，估計王梅痕比孫俍工年輕十五歲左右，即生於一九一〇年前後。

從這本詩集所收詩作中還可以理出梅痕女士的情感發展脈絡以及她與孫俍工的愛情萌生和長成的經過。由四十一題四十六首詩作構成的詩集《遺贈》，所輯篇什除個別幾首外全標有寫作年月日，其中十六題還注明「病中作」、「夢中作」、「午睡醒來作」、「晨風飄搖中作」、「在燦爛的日光下草地上作」、「苦雨之夕作」、「遊吳淞歸來作」、「遊西湖歸作」等等，這對考察梅痕女士寫詩時的心境大有參考價值。如詩尾標示「在燦爛的日光下草地上作」的〈小詩〉三首之三云：

我恍惚步入了薔薇之園，
剛折採一朵鮮花欲吻時，
猛不防枝上的黃鸝將我從春夢中喚醒。

詩境與詩尾標示完全互為映照，構成舒適飄逸、如夢如醉的氛圍。

王梅痕的詩更多的是記錄她與孫俍工的愛之旅況，如〈愛之力〉中詠唱道：

我見你時，
我底生命好似一朵玫瑰；
浴在溫暖香潤底春光裏！
我不見你時，
我底生命好似一朵梨花；
泣在淒涼冷寂的春雨裏！

詩作於一九三一年四月十七日，這是王梅痕與孫俍工兩人最互相分離不得的熱戀季節。更可能是詩人嘗到了異性溫存之甜美，戀人因故暫別，於是便有了這首心靈吟唱。相信女性都會有這樣的時段。

孫俍工不僅操持著《遺贈》的印刷，還擔負了評論任務，他為詩集寫的〈前序〉和〈後序〉是可以找見的當年所有的專文評述。〈前序〉只是泛泛而說，諸如「詞情濕潤」、「獨樹作風」、「癡於情而酣於夢」、「對於人生認識之深，自具有一種苦心深味」、「這種苦心深味，已淚點斑斑血跡模糊地表現在字裏行間了」之類，均為不著邊際之論。〈前序〉寫於一九三〇年十二月十五日，近三年之後的一九三三年九月二日孫俍工又寫了〈後序〉。不知何因，雖然詩集背脊上端特意標明「新式標點」，但這新寫的〈後序〉卻沒有標點，只分開了段落。

第一段交代了《遺贈》最初的書名為《夢痕》，本來交給神州國光社出版，不料剛排好的版子毀於上海閘北「一二八」之役。實屬《夢痕》之增訂本的《遺贈》，對原收詩篇進一步作了字句和意境方面的加工，並增收梅痕女士赴日後所寫新作十多首。先後兩種集名，都是其中一首詩的篇名，與先一個集子同名的〈夢痕〉是近二百行的長詩。

〈後序〉自第二段起，是對詩集的具體評說，有其史料價值，試補加標點並全錄如下：

> 這集底體裁大體是抒情詩。關於抒情詩底種類，原有觸興、感境及瞑想三種；但梅痕這集所包含的題材只限於感境。這是少年詩人常有的傾向，尤其是女作家。如果對於某種境地有所深迷時，就會發為吟詠，其感情底傾瀉，有如山洪之暴發，又如河水之奔流，浩浩蕩蕩、橫無際涯，幾乎不可收拾。
>
> 感境詩底可貴原也在此。
>
> 梅痕底詩在這一點可算是到了極處。質言之，就是關於感情底傾瀉，可算是奔放到了極點，可算是盡了抒情詩底能事了。
>
> 至於說到古風技巧，原因作者個性不同，不可一概繩之以規法。惟梅痕為人率性真摯，故其作風恰如其人：濃厚的溫暖的色彩之中，稍帶一種細小的心靈之感。其中如〈生命之花〉、〈剎那〉、〈遺贈〉等篇，含有一種深純的異國情調，實是這集子底生命所在、靈魂所在；置之現代的抒情中，實無愧色哩。
>
> 我深覺著人生枯燥、感情貧乏的現代中國，梅痕這集子底出版有必要。故為之鄭重詳說於斯，以作為這集子底〈後序〉。

孫俍工對《遺贈》詩集和梅痕女士創作風格的評說，更多地體現了師長對學生的鼓勵。這本薄薄的詩集印得很艱難：一九三〇年底首次編竣卻毀於戰火，一九三三年九月再次編定卻又拖延至一九三五年三月才出版。前後長達五年！王梅痕這時已是幾個孩子的母親了吧……王梅痕後來不見寫詩，倒是編了幾本書，如均為中華書局一九三五年三月初版印行的《中華現代文學選》第二冊「詩歌」和《中華現代文學選》第四冊「抒情文」；都是「初中學生文庫」，分別由中華書局於一九三五年三月和六月初版印行的《注釋現代戲劇選》和《注釋現代詩歌選》收編。顯然這四本書都是「稻粱之謀」，也是丈夫孫俍工聯繫好後王梅痕方動手的，當時這類孫氏書信被中華書局保存至今。

雖說王梅痕編書是「稻粱之謀」，但她的勞績仍給後來的學者帶來益處。黃俊東在香港「明窗出版社」一九七九年十二月初版《獵書小記》第一百四十二頁上說：「王梅痕編的《中華現代文學選》（中華版），一共四冊，分為小說、詩歌、戲劇和抒情文，最初買到的是二、三、四冊，後來又買到第一冊，配齊一套，真是樂事。」

誠然，文學史和多種有關辭書忘掉梅痕女士及其創作，也有理由。她後來為人妻、為人母，忙於家事和職業，再也顧不上文學。孫俍工一九六二年去世，這一年他六十八歲；王梅痕的卒年找不到線索，丈夫去世時她已半百，她熬得過那些年頭的折騰嗎？

出版《遺贈》的大達圖書供應社，名聲不太好。這本詩集由於裝版失誤，導致兩種版本的出現。原先的一個版本，把〈前序〉

第三頁和詩集正文的第三頁互相顛倒，在〈前序〉末頁空白頁上不倫不類地放上一幅孫中山的畫像。可能樣書到手，孫俍工夫婦要求重印。重印的版子將錯裝的兩頁調整了順序，去掉了花草插圖和孫中山畫像；但目錄中漏列的第九十三頁〈小詩〉卻忘了補上。

一九三五年單個詩人出版詩集也就三四十本，梅痕女士的《遺贈》仍有其存留的詩歌史料價值。作為女詩人的「梅痕女士」，應該進入中國新詩人行列，中國新文學人名工具書不該拒載她。而且，「五四」以來的中國新文學史上，三十年間並沒有多少夫妻作家。像陳西瀅、凌叔華一樣，孫俍工、王梅痕兩人各自都能創作、研究，是不太多見的現象。至少，編一本《中國新文學史上的夫妻作家》，孫俍工、王梅痕該列為一章來述說。

〈梅痕女士的《遺贈》〉成稿後曾寄請孫俍工、王梅痕的哲嗣孫長祝審讀，孫長祝二〇〇〇年八月十七日從北京寄來信函和他提供的王梅痕生平簡介，至為珍貴，特將孫長祝信函和王梅痕小傳全文錄奉，以訂補拙文。

龔明德先生：您好！

大作〈梅痕女士的《遺贈》〉已收到並拜讀。遵囑將我母親王薺（王梅痕）的一生主要經歷，寫成材料供您參考。

母親與父親的相識是在一九二八年夏，父親一九二四年留學日本（自費），在上智大學研究德國文學，一九二八年畢業歸國，住在杭州西湖廣化寺，經朋友介紹認識了正在西湖藝術院學習的女生王薺，二人不是同鄉，原來也不認識。

我父親上中學時在老家湖南隆田娶妻歐陽復生，生一女夭折，歐陽先生（我父母均如此稱她）後受傷致殘，不能生育。一九三〇年兩人離婚，父親為她買了田地（在老家）並時常資助其生活，直至抗戰時期歐陽先生病逝。

我寫的材料中，羅列了我們兄弟姊妹七人的出生年月，以及父母相識、結婚的年月，也許可使您對我母親王𧄧的詩作研究增添一份想像空間。

我是個教書的人，教的又是工程類，對文學沒有研究，您對我父母的評價和對我母親詩作的研評，使我（和弟妹們）感到興奮和感激，在此我代表我們全家（孫俍工的子、孫）對您和其他有關的學者和工作人員，表示我們常常的感謝！

不多寫了，有什麼事可直接和我聯繫。

祝工作順利，身體健康

孫長祝

二〇〇〇年八月十七日

王𧄧（王梅痕）生於一九〇七年四月十五日（丁未年三月初三），卒於一九九七年一月二十五日（丙子年臘月十七）。浙江杭州人。出身書香門第。父王瘦峰（勤齋）為清末文人，擅長書畫，尤擅畫梅，頗有名氣。受家庭影響，王𧄧亦喜好繪畫及詩歌、文學。青年時原就讀於國立西湖藝術院（後改為國立藝術專科學校）。一九二八年夏，王與孫俍工相識後，一九三〇年轉入上海復旦大學中文系學習，肄業。一九三一年二月與孫俍工結婚。一九三一年秋隨孫俍工赴日留學，由於「九一八」事變發生，於同年十月回國，歸長沙。一九三二年一月長子長湘出生。一九三二年三月隨孫俍工赴南京。一九三三年七月、一九三五年十月次子長寧、三子長祝相繼在南京出生。一九三六年一月孫俍工入川任教，舉家遷至成都。一九三六年十二月四子長嵩出生，一九三八年十一月長女長蓉出生。一九四〇年遷居重慶。一九四二年五月次女長瑜出生，一九四五年七月幼子長聖出生。一九五〇年孫俍工返湘任教，定居長沙。

王薺性情溫和，樂觀開朗，聰慧善感，愛好文學藝術。在杭州藝專及上海復旦學習期間即開始寫作詩歌及散文，發表於報刊。與孫俍工相識和結婚後，更受到孫的指導和幫助，出版了詩集《遺贈》。後來忙於家務，未能繼續創作，只編了幾本文學方面的書，並協助孫俍工編纂辭典。一九四三年在重慶中正中學任國文教員，直至解放後的一九四九年冬。一九五〇年返長沙後，王薺曾參加「革命大學」學習，一九五二年分配到湖南湘潭二中任語文教師。王每週來往於長沙、湘潭，生活頗為不便，孫俍工又年老有病，一九五六年王辭職返回長沙，照顧家庭，並協助孫俍工編著《毛澤東文藝辭典》，直至一九六二年三月孫病逝。一九六二年後王薺在次子長寧（福州、廈門）家居住生活。一九六五年王到廣西柳州次女長瑜家居住生活。一九九七年一月二十五日在柳州去世，享年九十歲。

李長之《魯迅批判》話往

一九三五年三月，二十五歲的山東青年李長之就讀於清華大學，他在「常常失了理智的戀愛的旋渦中」開筆撰寫專著《魯迅批判》。用李長之當時的話說，這是「逼出來的」；因為，他正主編天津《益世報》副刊，來稿太少，為湊足版面，只好自己寫，所以有不少期整個副刊一大版全是《魯迅批判》連載。給李長之製造「戀愛的旋渦」的那位「朋友」麗麗，雖然她的「撫愛」沒影響《魯迅批判》寫作的「理智工作」，但終於在書稿未完時已離去。到了書稿有地方接受出版時，李長之一九三五年十一月十七日為這部書稿寫長篇〈後記〉時，他淒涼地坐在「北平清華園孤寂的小屋中」悲傷地訴說道：

> 現在看，愛彷彿要是一個幻影了，還得剩下我自個，去作那寂寞的思索，然而在愛潮的掙扎中的文字，卻留下了，這也算是和本文不相干的一個紀念。

寫作《魯迅批判》前後占去了六個多月，一九三五年九月上旬結稿。此時，失戀的李長之還被貧困包圍著，「本來想自己印的」，但「沒有錢」，於是只好先登廣告徵求預約，計畫用預訂者匯來的款子印書。預約廣告在一張小報上登了一天，就被友人阻攔不再續登。或許這位友人幫著聯繫，才與趙景深接上頭，趙景深答應在北新書局出書。趙景深是北新書局老闆李小峰的親妹夫，這時擔任該書局總編輯，在組稿出書方面說話作數。一九四八年四月北新書局出版的趙景深《文壇憶舊》中有「戰前李長之寄了《魯迅批判》的稿本來給北新出版」，就指這事。李長之也念情，在〈後記〉中特意寫到「十分感謝趙景深先生，由他此書得以在北新出版」。

《魯迅批判》，作者邊寫邊在《益世報》和《國聞週報》等地方分章發表，引起不少人的戳戳點點。尤其李長之堅決抵制當時已相當流行的「像政治、經濟論文似的」評論魯迅之風氣，他的文章就更易招來指責。

然而，初生牛犢不畏虎，李長之並沒有被這些指責擊垮，他頗為自信，認為自己的這部文稿「不是隨便的人也能寫出來的」。再加上好朋友季羨林也用「舒伯爾特（Schubert）」受了很多蔑視終於偶然一曲成名的事例來鼓舞他：「只要被他們有機會承認就好了。」

因此，饑不擇食的李長之，只求書稿早點出版。出書之前，給李長之以實際幫助的，除了那位勸阻他登預約廣告的友人以及季羨林、趙景深等之外，還應該提到被評論的魯迅本人。

一九三三年八月李長之在《圖書評論》第一卷第十二期上發表了〈魯迅和景宋的通訊集：《兩地書》〉的書評文章，這篇文章有幸被魯迅讀過。當北新書局接受書稿後，李長之寫信向魯迅索要像片，魯迅對李長之有了印象，便毫不遲疑地從自己的像冊上揭下一張標準像寄去，還寫了回信。李長之收到魯迅的信和像片後，感到都很珍貴，就叮囑趙景深將魯迅像按原大置於封面左上方，再用插頁重印一次置於卷首，還將魯迅書信第一頁手跡原件寄去，讓製鋅版後放在插頁像片之後。趙景深倒是言聽計從，初版本的目錄上就有「魯迅先生近影」、「魯迅先生手跡」的登載。

如果不是具體業務人員的失誤，就是北新書局老闆怕這本書不好銷虧本，故儘量節省成本，印出的《魯迅批判》省去了該用重磅銅版紙印製的像片插頁和手跡，僅僅封面是李長之要求的樣子。

事實卻出乎北新書局老闆李小峰的意料，《魯迅批判》初版一九三六年一月印出後，不到半年就賣完了，同年六月趕緊加印。用今天的出版術語說，是第一版第二次印刷，當時習慣稱每次印刷為一版。一九三六年六月第二版《魯迅批判》已印出，李長之本人一年後在香港書店的書架上見了才曉得。於是，他在其後的有關文章中，一改早先寫初版〈後記〉時的謙恭，開始大發牢騷。——他譴責「書店老闆所加給的戕害」：初版不印魯迅書信手跡和像片插頁，還將魯迅手跡丟失；「所給的版稅就更苛了，只給了五十幾元，只算過一次，以後再沒算過」……幾年後，李長之負氣地把《魯迅批判》委託給東方書社在成都印了「第三版」，出書時間是一九四三年七月。這一回，估計是李長之單方面的行為，沒讓北新書局知道。

李長之心中總有氣，就在東方書社印本《魯迅批判》印行後的一九四六年二月十五日，身在南京的他仍向趙景深寫信，討要他認為沒給夠的版稅，信中說：「《魯迅批判》後來有無版稅？弟前次只得到一次清算，五十餘元而已！」那個年代的文人，還惺惺相惜，互相體貼著，趙景深立即向李小峰傳達。從李長之一九四七年七月二十七日寫給趙景深的信來推測，李長之得到了追討的版稅。這被保存下來的又一封信，是李長之回到「北平」又在書店見到新印的《魯迅批判》，他「再」去讓趙景深代索版稅：「弟《魯迅批判》一書，現平市仍銷行，版稅請便中再詢小峰先生一結如何？」

《魯迅批判》在北新書局究竟印了多少次？連紀維周等編的相當嚴謹的一九八七年七月書目文獻出版社出版的十六開巨卷《魯迅研究書錄》也含混其詞地說「該書出版後，曾多次再版」，可見多半是每次加印都沒有準確在版權頁上登錄出書時間和印數。上個世紀五十年代後的那些「運動」中，如果在「揭批」李小峰時，李長之發言，會談及此事，李小峰的「交代」也會有詳細資料。這在那時是互相攻擊，但其中的事實細節卻是對於考察《魯迅批判》版本詳情有用的。說這，自然是我此時的主觀嚮往。

即便北新書局版《魯迅批判》總印數和共印過幾次等諸細節弄不清，也不影響對這部魯迅研究史上第一部專著版本的認定。寫於一九四三年三月三日的〈三版題記〉中，李長之對《魯迅批判》的版本作了明確的表態：「我向來是最討厭橡皮的，錯就是錯了，何必再擦掉？因此，這回的重印《魯迅批判》，也仍然一字不改。」

「仍然一字不改」，就說明一九三六年六月那一版與初版內容完全一致，東方書社重印本僅僅多出新寫的〈三版題記〉。不過，僅僅一千五六百字的〈三版題記〉，和初版的〈序〉、〈後記〉一樣，是重要的文獻，其中有絕對可靠的當年魯迅研究狀況的現場記錄，為珍貴的一手材料。可是，編入《魯迅批判》全書的一九九八年十月版珠海出版社印行的《李長之批評文集》，卻將〈序〉、〈後記〉和〈三版題記〉統統刪去，極不妥當。

如果李長之《魯迅批判》有單本印行的機會，不僅初版的〈序〉、〈後記〉和〈三版題記〉應視為有機部分印出，連李長之二十世紀五十年代言不由衷被迫寫出的〈《魯迅批判》的自我批判〉，以及他寫給趙景深索討版稅的信和全部有關的言論都該一併編入。至於對《魯迅批判》的正面、反面的評論，也不妨全數收錄。如此全面立體的《魯迅批判》版本，將能讓人們一睹一部有特色的理論著作的生命運動歷程，像一個人一樣，一部書從孕育、出版，到出版後的所遭所遇，有時也是頗讓讀者浮想聯翩的……比如我收存的東方書社版《魯迅批判》內文齊全，獨缺封面，或許如此才倖存半個多世紀吧？

沈旭和《黎明前奏曲》

沈旭《黎明前奏曲　第一集》是一小本裝幀極樸素（封面為白底紅字）的長十六點六釐米、寬九釐米，相當於現在的四十八開的詩集，封面標明「出版者　當代詩歌社　1936」，版權頁上印的「初版出期」更加具體，為「一九三六年二月八日」。據作者自已寫的〈後記〉中講，除了一百零五行的〈春曲〉為舊稿外，集子中三十六題三十七首長短詩篇僅僅「用了月把的工夫寫成」。當時，沈旭的生活「極端窘迫勞碌」，致使「沒有閒心一句一句的把它雕琢成了狐狸的外套」，他自信他的「血是沸騰的，筆是雄渾的」。在不足三百字的〈後記〉裏，詩人高呼：

怒吼啊！大時代的歌手，戰士。

沈旭相信「大時代的潮水會刷洗」這本「小冊子」，所以他覺得既「不必自己吹噓」，也同時用不著「拉上幾位名流學者來捧場」。光讀這短短的〈後記〉，剛滿二十三歲的青年詩人就已展示了他的「倔強的」個性。出版此書的「當代詩歌社」在有關辭書上都找不到，估計是作者臨時私擬的，詩集當然屬於自費印行。版權頁上沒有出版地點，沈旭抗戰前在青島住了五年，詩集印行於青島，是可以確定下來的。

沈旭的這本詩集在書名後之所以還有「第一集」，是因為他還準備印行《黎明前奏曲》的「第二集」和「第三集」。附在詩集後面的三頁〈作者創作出版預告〉中頭兩頁是詩集：《黎明前

奏曲　第二集》為「太陽之歌」，可能是四首長詩，篇目為〈進行曲〉、〈長城曲〉、〈流亡曲〉、〈怒潮〉，集首是〈獻詩〉；《黎明前奏曲　第三集》是「長篇故事」〈死亡線外〉。十個月後，一九三六年年底，沈旭改變了計畫，把預告中的第二、第三兩集合為一冊並補入新作出了一本詩集，書名就叫《死亡線外》，共收長詩短詩二十三首。第二集預告中的〈流亡曲〉改為〈流亡之歌〉，〈怒潮〉改為〈我們要馳騁咆哮〉。僅讀詩集《死亡線外》的篇名，就感受得到與《黎明前奏曲　第一集》完全相同的時代鼓點在敲擊，如〈走啊！被射擊的夥伴們〉、〈生活箍不著我的腿呀〉；詩人仍然在受苦受難甚至慘死的窮人們說話，如〈大眾喘不過氣了啊〉、〈悼百五十一名災屍〉。

作為沈旭的處女詩集，《黎明前奏曲　第一集》剛問世，就受到了當時極活躍的僅比沈旭大一歲的青年詩人兼詩評家蒲風的熱情關注，把這本小冊子同早三個月出版的田間《未明集》放在一起給予了高度評價。蒲風評論田間和沈旭的詩集之文章題曰〈「黎明」和「未明」〉，初載一九三六年五月二十五日出版的第一卷第二期《東方文藝》上。該文一九三六年三月一日寫於日本東京，這時蒲風在東京神田東亞補習學校進修日文已有四五個月，他一收到沈旭寄來的詩集就立即閱讀，並很快寫了一篇洋溢著時代精神的評論。蒲風把田間和沈旭在詩壇上的出現視為一種嶄新的詩歌現象——兩位代表「前進的新興詩人」的風格和寫作的內容「具有相當的意義」。下面只略述論及沈旭的部分。

在「沒有把血漬滿地的現實忘記」、「進一步抓緊了現實」、「用熱情去歌唱政治事變，直接把大時代下的中華民族之一分子的職責擔起」的沈旭之詩裏「找得出水災兵禍的活景，尤其不乏那些

『賣菜的』,『老頭兒』,『村婦』,『瘋婆子』,『煤礦夫』,『排字工』等等——灰色生活裏的一群」,在對這些社會底層人民的抒寫中表現了「新生的力」,具有「萬馬奔騰排山倒海的熱情」。讀沈旭的作品「看得出他的情感的浪漫的豪放,它是一往直前而毫無感傷。他多寫奔放的慨歌,以歌唱自己,歌唱生活,也歌唱暴風雨」,「他沒有舊形骸的影響,他只浪漫地奔流,奔流,縱是有時內容是稍有空虛,也有濤聲嘹亮」。對沈旭的創作才華,蒲風亦頗有欣喜,他認為「沈旭的想像的豐富確為現今的新詩界中所難得」。

說長的同時,蒲文也道短:「沈旭的辭句欠修飾,有時不免有些生硬,晦澀」;他尤其叮囑沈旭要牢記前車之鑒,力爭「不使作品流於前期的革命浪漫主義的空洞的毛病」。此處「毛病」指王獨清、蔣光赤們那一類前代詩人的不足。

末了,蒲風重重地來了一通師長式的訓導。他嚴厲地耳提面命沈旭「不能不對藝術更進一步地虛心,決不能輕視技術上的修飾,翻造,不要以為好的作品會產生在極短時間的工作上」。蒲風所言係針對沈旭在〈後記〉中說的此詩集中三十七首詩「用了月把的工夫寫成」;這種批量生產的「創作」現象在當年一群提倡大眾詩歌、街頭詩、紅色鼓動詩等的中青年詩人中不是個別現象,如蒲風本人一九三七年八月二十三日的日記中就有「希望諷刺詩能突增到三十首以上,短詩亦能陸續增加」以便年內出版自己的「兩冊集子」。

儘管蒲風的作品免不了粗糙,但當沈旭於一九三六年十二月推出第二部集子《死亡線外》後,他仍以批評家的苛刻眼光寫了〈評《死亡線外》〉。該文未收入一九八五年六月海峽文藝出版社的厚厚的兩卷本《蒲風選集》，在蒲風一九三七年五月二十四日的日記中可找見文章大意：

> 〈評《死亡線外》〉今天方始寫好。約有二千字，筆鋒頗為嚴厲，已另抄一份寄沈旭了，在信上我這樣說：「雖然不太客氣，寫好了後卻不曾再加改造了，因為我想對於你的將來更加有利。」

很可能是沈旭讀了蒲風「頗為嚴厲」的批評文章後受了刺激，他不再寫詩了。很快，沈旭告別了他把青春熱血貢獻給新詩寫作乃至文藝活動的青島和濟南，隨即奔赴延安，踏上了一條從政為官的路途：先在抗日軍政大學擔任政治教員，不久赴馬列學院就讀、加入中國共產黨，一九四〇年至他去世的一九八三年年底，先後任鄜縣警一旅政治部《進步報》主編、中央黨校教員、旅大市郵電管理局局長和區委書記、中南貿易管理局局長、湖北工商廳副廳長、武漢鐵路局局長、鐵道部商務局副局長和視察員等。

沈旭，原名沈玉成，河北省玉田縣人。他的詩人生涯只有一九三三年至一九三七年這四年時間。步入詩壇之前，他八歲至十六歲在遼寧讀小學和中學，在瀋陽文會高中求學期間於一九二七年參加了馬克思主義讀書會（後來的從政為官，種因在這兒就埋下了）。一九三一年他到青島勤工儉學於山東大學外文系，加入郵務工會，主編《青島郵工》月刊。一九三三年他與青年詩人袁勃等共同編輯《青島時報》副刊《詩歌週刊》和《每週文藝》，前後有兩年時間。一九三五年參與發起中國詩歌作者協會。一九三六年與袁勃、蒲風等創辦《青島詩歌》。無疑，沈旭是一位卓有成績的詩歌報刊編輯家和文學活動家。一九三五年冬，沈旭心中詩潮洶湧，持續了一年有餘，為中國新詩奉獻了以抒寫底層勞動人民為主的健康清新的作品六十首，其中百行左右的長詩占了將近一小半。這，是一份不薄的獻禮。

不僅如此，在上述《黎明前奏曲　第一集》所附三頁預告的第三頁是〈作者詩歌批評集出版預告〉，集名是頗有力度的《詩骨集》。除序外，收五篇批評文章：〈《望舒草》及其他〉、〈《鐵馬集》〉、〈《烙印》及其他〉、〈《宇宙》之歌〉、〈《六月流火》〉。不知道這部集子印了出來沒有；就篇目看，二十多歲的沈旭是在一門心思地弄詩和弄詩評。

或許由於戰亂，不易找到沈旭的著作和有關材料。更可能是由於沈旭不善於自我張揚，與他共事詩建設的夥伴們似乎和他一樣，只注重創作和編輯的實際做工，沒有留下互相描述生活、寫作以及自述性的文字，後來也不大愛寫回憶錄，導致現今要寫點關於沈旭的東西，竟遍查皇皇五十巨卷《中國新文學大系》以及多種中國新詩工具書，都找不到他的名字和著述編目。

其實，光《蒲風選集》下卷中就至少有好幾十次提及他，把他和江岳浪、史輪、冀春、田間等並稱為「新起的青年詩人」。蒲風是名氣很大的詩人和詩評家，他反覆評說的詩人，研究中國新文學尤其是研究中國新詩的人不該漠視。不再寫詩、不再印詩集的沈旭在濟南時仍主編了詩刊《鐵錨》，但《鐵錨》也不為人知，不見載於辭書，和「沈旭」不被任何一部中國新詩專門工具書所著錄辭條一樣。

當今，不少頌讚個性為主的「五四」後三十年間的中國新舊詩人全集陸續搶佔市場，有的已印了好幾版，像沈旭這樣在三十年代就有意識地放棄自我而誠心誠意地以抒寫勞苦大眾的命運並鼓動他們尋謀生路為已任，實在太令人懷念了……

趙景深的文壇實錄

一九四五年十二月十七日下午四點鐘，由「中華全國文藝界抗敵協會」於同年十月十四日決定更為新名的「中華全國文藝界協會」之「上海分會」在上海金城銀行舉行成立大會。離開會還有半個鐘頭時，一位身材矮小圓胖、戴著深度近視眼鏡的人就站在樓梯口，見了誰都是笑瞇瞇地迎上去，握手致禮、問候交談，而且尤其愛找不太熟悉的人談話……

這位彌勒佛一般的和藹的提前到會者，就是趙景深。那年他四十三歲，已是聞名全國的作家、翻譯家、教授、學者和編輯出版家。他的作品和譯著、論著出版了的至少有五十種以上。實際上他已是文化界名人，那他為什麼還如此謙恭、一點兒也不擺架子呢？

說來又讓人懷舊，那個年代的飽學的文化人似乎沒有半個世紀後我們這些僅僅認得幾個字的人如此浮躁、張狂……就說提前半個小時到會的趙景深吧，這次會後他便揮筆寫下一篇〈上海文藝界的一個盛會〉，四五千字，工筆細描，為後人留下到會的不少文藝界人士即趙景深在文章一開頭就說的「眾家英雄」的聲容笑貌，連一些隨口的談話也被他錄入文章。

在趙景深來說，提前到會以便多與人交談並著文存真，完全是習以慣之的行為。早在他二十多歲的年紀，已是這樣的了。正是因為趙景深「對於文藝成功者的重視」，在「願意盡識國中文士」的大目標的召喚下，他不惜「自卑」、「自愧」地仰視能幸遇的一切文藝人士，勤奮地為我們記錄下四五百人的言行。這四五百人全是對二十世紀三四十年代甚至是更早的中國新文壇有著實際貢獻的文人、學者、教授、作家、詩人、戲劇工作者和編輯出版家等，幾乎是上個世紀「五四」到四十年代末三十多年的中國新文學乃至中國新文化的全貌，而且不是概括性的，而是讓人過目難忘的細節的現場紀錄。如此大規模地對「五四」後三十多年的文壇實況進行文字記述的，只有趙景深一個人。他的這些文字結集為四本書出版，分別為——

《文人剪影》　一九三六年四月　北新書局

《文人印象》　一九四六年四月　北新書局

《海上集》　　一九四六年十月　北新書局

《文壇憶舊》　一九四八年四月　北新書局

上述四個集子之外，趙景深的文壇現場紀錄還散見於他別的著述，如《中國文學小史》、《作家與作品》、《現代文學雜論》、《文學講話》等書中；也有報刊上未入集子的，如〈天津的文學界（1919－1923）〉，這篇長文就一直僅原刊於一九二四年三月至五月的《文學週報》，是連載，未曾由作者本人編進集子。

趙景深在文學領域的巨大成功，是一個奇蹟。他一九二二年暑期畢業於天津棉業專門學校紡織科，被分配到河南衛華輝華新紗廠。二十歲的趙景深沒有服從分配，靠以往的興趣愛好和在安徽蕪湖聖雅各中學掌握的英語，持之以恆地向文學聖地挺進。可以講，在至今六七十年的中國教育部門和文學及其研究領域，真正完全靠自學取得輝煌成果的，趙景深算是最突出的一個。

他的學術成果主要體現在戲曲研究上，是一個大學問家。他的翻譯，不僅豐富，還深受歡迎。「趙景深」這個名字，在魯迅的雜文、書信、日記甚至詩歌裏，被多次提到。僅有的幾十首魯迅詩歌，就有一首是專門寫趙景深的。在文化界，凡被魯迅輕輕點了名的，不管是褒是貶，都會名垂青史。偏偏這位趙景深，硬是忘了他與魯迅之瓜葛的「廣告效應」，他寫了四五百個文學人物，寫魯迅的一篇很短很短，也沒有詳寫他見魯迅的細況。而關於魯迅，不少人連手都沒握過，僅遠遠地看了一眼，幾十年後老眼昏花之際卻偏要大寫特寫〈我與魯迅〉之類的「回憶」文字。趙景深一直到站在上海金城銀行七樓的樓梯口笑迎「眾家英雄」時，他都不曉得自己早已是名家、大家，是一個聲名遠播的大文人。因為他毫無興趣、也根本抽不出時間關注這些個人聲名方面的小事，他的時間全花在、他的興趣全都用於手不釋卷的閱讀上。試想：趙景深二十歲矢志向文壇挺進，他從英文翻譯了契訶夫（當時譯為「柴霍夫」）短篇名作共八卷以及其他的至少幾百篇外國文學名作；他要講課，必須編寫講義，後來大多又經他修訂出了書；他要給友人主持的報刊寫稿以及給自己主持的報刊寫稿，得翻閱大量的參考資料；他還擔任過開明書店和北新書局的總編輯，得審閱大量文稿和讀校樣；……單是從事中國新文壇現場紀錄的寫作，也須花費大量精力和很多時間，因為被寫的人物趙景深都閱讀過他們的全部作品至少是重要作品。聽聽趙景深的自述：

——蘇雪林的《唐詩概論》，「我在春遊的車中看完了」；

——「我用去了兩三個清晨和黃昏，看完了沅君的三本創作《卷葹》、《劫灰》和《春痕》」；

——「在汕尾到海豐的旱路轎中，仔細地讀劉半農所編的韓冬郎的《香奩集》」；

——「在電車上或筵席上，我看完了羅洪女士的兩冊短篇小說集《鬼影》和《這時代》」；

……

趙景深的一位也是勤於自學的友人說過：「景深，我們沒有天才的人只好苦幹！」

趙景深把這句話當做座右銘，他甚至把看戲看電影都作為自修，後來發現根據文學名著改編的電影、戲劇大多與原著不同，才不把精力花在這方面。然而，能到手的書，趙景深都要一口氣讀完。有時，因為窮，買不起好書和朋友新出的書，趙景深就拼命地教書、寫文章、翻譯，掙到了錢又去買書。這樣，到了不足三十歲時，趙景深仍是謙卑地說：「我是除了文學以外，什麼都不知道的。」這其實是頗自信的表述，試想：一個「搞文學」的人，除了「文學」不知道，什麼都知道，成何狀態？可惜，從有中國文學那天起，到如今，在「文壇」上晃來晃去的招搖者大多「除了文學以外，什麼都知道」！

靠誠懇和努力奠基的趙景深，從二十歲開始，到四十五六歲時，在正規可觀的學術研究方面取得重大成果的同時，用二十多年的工餘時間，為我們留下的大量真實的中國新文壇現場紀錄，如今已成為一座待開發的富礦。這座待開發的富礦至少有五十多年沒有人去細細勘探，以至大量可供利用的史實一直被閒置在那兒。

比如，已經出版了的那一時段的文學史教材，翻來覆去就是那麼些老面孔；其實，那時的新文學，白天是群鳥競鳴、夜晚是眾星爭輝，哪裡會如此單調！隨便舉一些趙景深筆下的文學創作者足證當年絕非如今已見的書本文學史上的枯燥單調模樣。

僅僅出席一九四五年十二月十七日下午四點後的中華全國文藝界協會上海分會成立的人被文學史書忘掉的卓有成就者即可歷數如下：趙景深之後最早隨許廣平來的是直接從俄文譯出大量文學名著的羅稷南，緊接著進來的是金城銀行行員著名詩人王辛笛、大出版家兼學者徐調孚、劇作家袁俊即張駿祥、為「文抗」做了不少有益工作的姚蓬子、以譯著和文學批評名世的李健吾、中共中央第三代領導核心江澤民的老師顧一樵、詩人周煦良、為葉聖陶《稻草人》畫插圖的大藝術家許敦易，以及徐蔚南、金滿城、董秋斯、趙清閣、曹未風、崔萬秋、韓侍桁、任鈞、張定璜，等等等等。別說一般讀者，恐怕絕大多數在大學專門講授中國新文學、在研究機構專門研究中國新文學的所謂專家學者，讓他們逐一說出上述文人或作家的基本狀況和文學成績，估計大都會瞪著雙眼發愣。

「五四」以後的中國新文學，在過渡到「中華人民共和國文學」之前，只有三十多年的歷史。這三十多年，是對抗封建舊文學、奠基白話新文學的創業階段，數以千計的勇敢者揮灑血汗，在條件極其惡劣的歷史環境（日本帝國主義的入侵、內戰等等）中，創造出了極其豐富的文學業績：幾萬個成功的短篇（包括小說和散文）、幾千部較為成型的中篇以及幾千首優秀詩作、幾百部長篇小說，還有大量的研究成果如「紅學」研究，都紀念碑式地聳立在上個世紀二十年代以及三四十年代的文學歷史上。我們無法裝聾作啞，視而不見，只為短期的眼前小利益，而對歷史斷章取義、任作裁剪，甚至篡改和歪曲。趙景深當年的文壇現場紀錄，絕不能當作廣義的寫人寫事的小品文來看待，它們是歷史上文壇細節的史學意義層面的定格。系統研讀趙景深這類現場紀錄，已是刻不容緩。

像「錢學」，興起於上個世紀八十年代中期。其實，錢鍾書的價值早在上個世紀四十年代就被趙景深很明白地揭示。《文壇憶舊》一書中，有一章為〈錢鍾書楊絳夫婦〉，曰：「中書君的書評，可說是一鳴驚人，文藝工作者對這曾付以甚大的注意」；「《大公報》上他所寫的〈談中國詩〉和《新語》上他所寫的〈小說識小〉，……把中外文學冶於一爐，取其相似者合併來談，……他懂得希臘文、法文、德文等，中英文就更不用說了。記憶力既強，學問又淵博，在我國文藝界中是少有的」；他的《圍城》「已經成為我們家中的 favorite 了」。Favorite 是英文，意為「特別喜愛的東西」。讀一讀趙景深的平易的實錄，大可敵得上這些年來幾百萬幾千萬字的空泛的「錢學論著」！

至於趙景深出版於二十世紀三四十年代的四部文壇現場實錄，研究其寫作特色、藝術手法等技術性課題，我認為還不太急，最迫切的是對其史實的開採利用。仍舉例敘說。

《文人印象》在〈徐志摩〉這一章提及「丘玉麟」，被認為與徐志摩「有一點近似」；《文壇憶舊》在〈CF 女士〉一章記載的「五四」初期女詩人張近芬；在〈山城文壇漫步〉一章所說「富於情感，奔放恣肆」有如惠特曼和郭沫若的詩人宋樹人；……我們就一點兒也不知道。巴金的著名代表作《家》至少有上億的讀者，但誰催產並最早編輯發表了這部作品？巴金沒有講，六七十年來也無人去追究。像魯迅的《阿 Q 正傳》，如果不是胖乎乎的孫伏園見到魯迅就「笑嘻嘻」地催他：「魯迅，阿 Q……」恐怕我們就不會有一部如此完整的名著。巴金的《家》最早名曰《激流》，在上海《時報》副刊上連載三百多期。用現在的話說，需要整體策劃、需要組稿和發稿的責任編輯，這個人只有趙景深作了忠實記載。在《文人剪影》中，有一章〈曦社三友〉，明確寫道「前幾年《時報》刊載巴金的《家》」就出於滕沁華的計畫。有了這個原始記載，我們就可以進一步考索。

筆名研究也是一門看來瑣細其實非常重要的學科門類，趙景深這四部中國新文壇實錄中蓄藏著絕對可靠的筆名材料，可惜未被發掘利用。《文人印象》有一章〈陸侃如馮沅君夫婦〉中提及陸侃如在《文學週報》刊佈〈小梅尺牘〉啟用的筆名「小梅」；《文人回憶》有一章〈記旦如〉提及陳學昭曾用筆名「杜鵑」；《文人印象》有一章〈郭沫若〉點明張夢麟的筆名「憶秋生」之出處；《文壇憶舊》有一章〈王文顯〉言及王文顯曾用的筆名「胡世光」……等等，都是所有筆名研究專書和各種有關人物辭典所沒有弄清楚的。把作家的某一個筆名弄明白，連帶會有不少配套收穫。趙景深當年勤於載錄，真是我們的福音。

趙景深的文字平易親切生動。比如他寫白薇女士，一句她「在東京的時候，單吃水果就可以過一天」，讓你對這位女作家頓生憐惜之情。的確，白薇一生太值得人去同情。寫孫大雨，說這位「新月派」幹將是「長頭髮、黑領結的詩人」，一派洋氣和富貴。寫王獨清的身材，是「像巴爾扎克」。寫沈從文：「他好像是穿了一件醬色的嗶嘰長衫，手的輕揚，口的微啟，每一個舉動都是文雅的！」寫戴望舒和杜衡的來訪：「是夜深的時候了，一陣嘻笑聲送來兩個彎著腰的朋友。他們倆一面笑，一面說：『你看，我們不穿襪子來看你了！』說著，他倆把赤著的腳都伸了出來。」寫穆木天：「他像我一樣胖，也像我一樣的矮，一個勁兒眨著眼睛。」——這些人，可親又可近，就是他們，創造了「五四」以來三十年的中國新文學的輝煌。

在正義方面，趙景深也有怒吼之時：如他寫到聞一多被害，就戰士一般吶喊；如談到作品整體水平的滯後，趙景深也嚴厲地強調不能重複十八、十九世紀文學的老調，該向前跨。

最後讓四川讀者感到親切的，是趙景深這位祖籍四川宜賓的文化大名人念念不忘「我是四川人」。

在《文人印象》的〈記蜀中文人〉一章，開篇頭一句就是這句「我是四川人」。出版於二十世紀三四十年代的四部趙景深中國文壇實錄中，就可以找出以下表述，反映了趙景深以四川家鄉為念的懷鄉之情：

——寫巴金，第一句就是「巴金是我的同鄉」；

——寫丁玲，說「她的口音與我們四川差不多」；

——寫四川人何呈錡，前綴「我的同鄉」；

——寫到郭沫若，或說「我們同鄉」，或說「敝省郭沫若」；

——穆木天抗戰時避難四川，趙景深也來一句：「也許到我們家鄉四川去了吧？」

在《海上集》第一百三十八頁，又明確宣佈自己「籍屬四川」。我讀過的「五四」後三十年間的中國新文學作家的文集、全集不下百餘人，選集就更多了，從來沒見到像趙景深這樣念念不忘故鄉的人。我是湖北人，就不曾以此為自豪過。而大名人趙景深為什麼如此以「四川人」為榮？這種思鄉之情實在太感動人。

四川是個大省，「五四」以後僅僅三十年的中國新文學史冊上四川人如郭沫若、巴金、艾蕪、沙汀、李劼人、林如稷、何其芳等，占去這三十多年文學史頁的相當篇幅。被人為遺忘的趙景深，以一個史家真筆的普通記錄者錄下四五百個中國新文學作家的聲容笑貌，給後世留下一筆大可開採利用的富礦。今天紀念這位已逝者，當然只有認真讀他的書，作研究的人最好細心爬梳出趙景深勤懇錄存的當年文壇情狀，分門別類予以整理，像開採礦藏一樣地把這些含金量極高的原料充分利用，以豐富現在人為地使之單調異常的所謂「中國現代文學史」。

順便提及，一九九九年十月上海古籍出版社在《白屋叢書》系列中編入了一本趙景深的《我與文壇》，收錄趙景深的文壇實錄作品二十七萬多字。這不是一個理想的輯本。

首先，編者有意捨棄了一些很重要的篇章，如《文壇憶舊》中的〈一個作家集會〉，估計主要是由於趙景深記錄的老舍在集會上對中國抗日戰爭勝利的主要原因的講話讓編者和出版社都難以處理而致。還無意遺漏了一些因未全面尋覓而不及收入的文字，如趙景深一九三四年春夏間應鄭振鐸、傅東華之約為生活書店「文學一周紀念特輯」《我與文學》撰寫並編入一九三六年一月由北新書局出版的趙景深著《瑣憶集》中的〈我要做一個勤懇的園丁〉就正是「我與文壇」的標範篇章。在這篇文章中，趙景深說：「我對於文學，只是覺得好玩，日久就成為嗜好，如同吸煙喝酒的人喜歡煙酒一樣，煙酒也與我無緣，我是拿文學來替代煙酒的。至今我仍然覺得文學好玩，所以我對於我所做的工作只感到趣味盎然，不大會感到疲倦。」像這些切身體驗出的生動文字，比那些空泛的高頭講章，更為讀者所需要。

和趙景深的中國新文壇實錄一樣，這一篇文章在談到他從事文學工作的苦樂觀即苦中有樂或苦後有樂時，還順便說及文壇的一些狀況。比如，趙景深感到當年從事文學創作和研究的人「除了魯迅等少數前輩以外，大家都只是三十幾歲甚至二十幾歲的人」就被不少後來治此學科者忽略。再比如，趙景深提及的與鄭振鐸、魯迅、胡適、吳梅並列的研究中國小說戲曲的馬廉，我們就不知道。其次，編者更換了不少趙景深作品的篇名，而起用了新篇名，雖然篇末一般都作了注釋，但這不合整理舊籍的規範操作程序。最後，部分篇章未與初版或可信印本核校，是根據二手甚或三四手材料，沿用失校致誤，如〈王禮錫〉這一則「作家剪影」就是從一九八五年十二月重慶出版社重印的《文壇回憶》中過錄或複印的，讓重慶版中的「陳晶清」仍保留著；熟悉中國新文學的人，誰都知道王禮錫的夫人陸晶清，友人戲呼她為「小鹿」，而不是「陳晶清」。「陳」是「陸」的「手民之誤」。

重新整理輯印趙景深的中國新文壇實錄文字，不是一件輕鬆的事，應該由真正懂行而又有耐心的專家用一段專門時間來靜靜地完成。面對先賢辛勤的勞動業績，作為後人，我們要恭敬一些、認真一些。

李霽野譯《簡愛》與魯迅有關？

一九三五年八月至一九三六年四月連載於生活書店月出一冊的《世界文庫》上的李霽野所譯《簡愛》，書名為《簡愛自傳》，直到一九四五年七月社址移至重慶的文化生活出版社印行該書的第三個版本時，作品名才被略為《簡愛》。魯迅生前與生活書店所印《簡愛自傳》的連載本和初版本有關係嗎？也就是說，李霽野譯的這部英國長篇小說，它的問世，得到了魯迅的支援沒有？

來聽聽李霽野在不同時段的不同「回憶」。

魯迅剛剛去世，一九三六年十一月十一日李霽野於天津寫了八千字的悼念文章〈憶魯迅先生〉，隻字未提魯迅與《簡愛》的關係。

一九五六年三月李霽野寫了〈魯迅先生和青年〉，「回憶」起魯迅與《簡愛》：「一九二九年秋我到天津女子師範學院教書，第一、二年因為準備功課忙，又兼忙一點系行政工作，只能譯點很短的東西。但到第三年稍有閒暇時，我即開始譯四十萬字的長篇《簡愛》。我知道先生向來有信必覆，他在上海又忙得很，所以有意不給他寫信，他因此不知道我教書之外，還在譯書。那時雪峰在京和我很熟，常到未名社談天，所以就向他表示了惋惜的意思。雪峰把這個意思轉達給我了，我很自責不曾體會到魯迅先生的關心和期望，立刻把我正譯一個長篇的事告訴他了。……從我告訴他正譯一個長篇後，先生又經常以他的譯著寄給我，我因此知道他很感快慰。」

到了一九八〇年七月二十日，李霽野應約寫自傳，魯迅與李霽野譯《簡愛》的明確關係終於成形於七十六歲高齡的霽野老人之「回憶」中：「我於一九三四年譯完《簡愛》，經魯迅介紹給鄭振鐸，作為《世界文庫》的單行本印行。」這個「回憶」全屬虛構！初刊一九三七年一月十六日《譯文》新二卷第五期的茅盾〈《真亞耳》Jane Eyre 的兩個譯本〉是當年的現場紀實：「李霽野先生何時動手翻譯《簡愛自傳》，何時完畢，我都不知道，但民國二十四年六月間我見到李先生的字字工整娟秀的原稿，料想起來，李先生的脫稿期間總是在二十四年上半年，……當他不聲不響譯完，乃至全體抄得很工整，寄到了上海時，朋友們都為之驚異不置。」聽茅盾的口氣，他當時就負責審讀李霽野譯稿。說「經魯迅介紹給鄭振鐸」是虛構，除茅盾所敘外，當年魯迅很快與鄭振鐸及其生活書店鬧翻乃至抽回《死魂靈》譯稿亦屬眾所周知，再則李霽野也列名一百二十二位《世界文庫》編譯委員會名單中，實在用不著人來介紹，而且有供稿義務。更有說服力的，是李霽野一九三三年七月二十日致中華書局的信函：

編輯主任先生：

茲有譯稿　部，擬以下列條件售給貴局，可否收受，請即賜覆為荷？

1.原書名：Jane Eyre

2.譯名：簡愛自傳

3.原作者：Charlotte Bronte

4.字數：以頁計約四十萬

5.稿費：每千字三元

這是英國文學名著，值得出版的，是我自己所譯，相信也還過得去。覆信請寄：天津，河北女師學院。即頌

著安！

李霽野謹啟

七月二十日

中華書局收到此信就加蓋了收件日戳，為「中華民國二十二年七月十七日」，顯然是具體蓋戳者移轉戳上橡皮數碼時誤將「二十日」移成「十七日」。李霽野的自我薦稿信寫於一九三三年七月二十日，手跡被中華書局保存至今，書信上方有一處狂草毛筆字「不用」，是舒新城簽名，影印在一九九二年一月中華書局印行的《中華書局收藏現代名人書信手跡》中。

這封李氏書信，表明他在翻譯上不再想讓魯迅像扶持《往星中》那樣手把手地操辦，而且極欲獨立操作譯著出版程式。如果《簡愛自傳》原譯稿寄到魯迅手中，在魯迅這裏是大事一樁，必定載入日記，也會立即覆信李霽野。而今，不僅沒有相應的魯迅日記和書信作證，連相關的鄭振鐸也無此類文字旁證，茅盾當年的文章更無法否認。這樣一來，譯壇、文壇又存一懸案。

原想「李霽野譯《簡愛》與魯迅」存一懸案倒也罷了，不料這位「李霽老」先生在九十高齡之晚年最後時節，反反覆覆對接近他、採訪他的人一而再、再而三地強調：沒有魯迅的大力支持，他譯的《簡愛》就沒有問世的可能……事實已如前述，不再重複。待至李霽野去世，才讓我不得不高度警惕這一「歷史細節」的作偽有必要嚴正指出，也望知情者正我。

一九九七年五月四日清晨，李霽野先生以九十四歲之享年在天津逝世，通稿〈著名作家李霽野逝世〉署名「記者　張淑英」用「新華社天津五月四日電」在各大報刊同時登載，其中占電文四分之一篇幅的內容是關於《簡愛》的：

> 由魯迅先生介紹，李霽野翻譯了作為世界文庫單行本印行的《簡愛》，一九三五年在國內發行，這是中國第一個《簡愛》譯本。

這則電文述及《簡愛》的只有最後十一個字經得住驗證。「由魯迅先生介紹」云云，純屬烏有之虛構。魯迅與李霽野的關係是有目共睹的，在我腦海印象裏，「怕是十多年之前了吧，我在北京大學做講師，有一天，在教師豫備室裏遇見了一個頭髮和鬍子統統長得要命的青年，這就是李霽野」的生動描述，我視為魯迅散文寫人物的經典段落，一讀就親切得「要命」。但是，在李霽野譯《簡愛》這事上，在小說的連載和印單行本上，魯迅沒有施以援手。同時，「作為世界文庫單行本印行」的本子也仍叫《簡愛自傳》，一九三六年九月才出版，魯迅此時離去世不足一月。

倒是茅盾與《簡愛自傳》有密切關係，這有前引他發表於當時的〈《真亞耳》Jane Eyre 的兩個譯本〉為證。可是李霽野直到一九八二年五月五日寫他的自傳《我的生活歷程（三）》時才含含糊糊地說：「看到茅盾先生的評論文章，我才知道魯迅先生也將譯稿給他看過了。」又扯上魯迅，其實〈《真亞耳》Jane Eyre 的兩個譯本〉隻字沒有述及魯迅。

然而，茅盾晚年的回憶也與史實有出入，他的《1935 年記事》中寫道：

> 鄭振鐸編《世界文庫》，也要我翻譯一篇連載的長篇小說。我答應了。當時我打算翻譯英國作家勃朗特的《簡・愛》。我讀過伍光建譯的本子（伍譯叫《孤女飄零記》），覺得他的譯文刪節太多了，所以想重譯。可是才開了一個頭，就被雜事打斷了。看看交稿的日子漸近，我又不願意邊譯邊載，只好放棄了原計劃，改譯了一篇比昂遜的散文〈我的回憶〉。

不需要瑣細考證，只把茅盾〈《真亞耳》Jane Eyre 的兩個譯本〉通看一次即可說明茅盾晚年回憶之不可相信。當年專談《簡愛》中文譯本的長文是散文隨筆體，可隨心所欲地寫，卻不見茅盾自述他譯《簡愛》又夭折的事；而且，那篇文章中明明白白地交代伍譯本在「商務印書館直到（民國）二十四年十二月始將此書出版」，「二十四年十二月」即一九三五年十二月，《世界文庫》創刊的一九三五年初春茅盾斷然讀不到一年後才印出的書；見到伍譯手稿，在茅盾，也沒有機會。

《簡愛》在生活書店的連載和出版單行本，功勞最大的其實是李霽野從未在「回憶」中提過的孔另境，他就是茅盾的妻弟孔若君。一九三六年五月生活書店出版的《現代作家書簡》保存下當年李霽野給孔若君的三封信，還有當年未刊發的保存在孔另境的女兒孔海珠手中的幾封信，都是談《簡愛》賣稿事。為免轉述失實，將原信有關內容摘錄。

一九三五年三月十八日李霽野致孔若君：「三月七日信早已收到，生活允收弟稿，至慰，過去的事也不必可惜了。等鄭君幾天，不見來，後知直接去平，託人去問究竟，迄今無信荷來。此公殊不可靠，所以稿子一直寄兄，請轉給沈先生去交涉。能多得幾元固佳，然如有八百甚至六百元也就可以讓給他們了。我急需四百元寄家，餘稍遲一月半月是可以的。出版時要二十部書。如能照這條件，即請代為成交。如何，盼從速示知。」

一九三五年四月三十日李霽野致孔若君：「前次託轉給生活之稿，已和鄭君接洽，他說或以八百元售給書店，或留《世界文庫》發表，先支一部分稿費，都可做到。現聞鄭君已去滬，盼即和鄭君公共向生活交涉，作一最後決定。此稿能否售脫，實對弟有莫大關係也。」

一九三五年五月十六日李霽野致孔若君：「手書奉悉。鄭君早來信告知生活收《簡愛》條件，已復信贊同，但契約尚未寄來，想不日即可成交矣。沈君處望便中致謝。生活聞甚刻薄，稿費要分兩次付，以後希望不再勞你索帳，一笑。」

一九三五年六月五日李霽野致孔若君：「生活契約已簽好寄出，款恐仍須再催。」

單行本出書後的一九三六年十月十六日李霽野再次致函孔若君：「《簡愛》單印本未見寄，雖然以前訂約時我曾附信去要他們送我二十部。請持附信便中代問一聲，能寄固佳，可以分送朋友；不送也就算了，少費諸友的光陰或者也是一件好事。」

再參照一九三三年七月二十日李霽野給中華書局「編輯主任先生」的信說的各項內容，可以將《簡愛》問世史況結案如下：

一九三三年夏，李霽野與中華書局聯繫出版，遭到拒絕。一九三五年春，李霽野將譯稿從天津郵寄給在上海生活書店供職的孔若君即孔另境，孔另境與鄭振鐸商量後，由茅盾審讀譯稿。用現在的行業術語說，就是派由茅盾擔當《簡愛自傳》的責任編輯。而後決定先在《世界文學》叢刊上連載，再出單行本。

茅盾，本來姓沈，熟朋友大多不以他的傳世筆名「茅盾」稱呼他；像李霽野這種同行，一般都叫他「沈先生」或「沈君」。

綜上所述，整個流程都找不到魯迅插手的痕跡。李霽野的「回憶」，已被他當年親手寫的書信全部證偽。

李霽野譯《簡愛》之民國版

十九世紀中葉出現的文學名著《簡愛》是一部描述細膩、語氣親切以真實感人而取勝的長篇小說。這一點，有作者夏洛蒂・勃朗特在作品問世剛三個月即一八四八年一月四日致威・史・威廉斯信所敘為證，此信見之於楊靜遠譯、一九八四年八月生活・讀書・新知三聯書店出版的《夏洛蒂・勃朗特書信》一書中，她寫道：

> 《簡愛》已經下到約克郡來了，有一冊甚至鑽進了我們這一帶。前些天我看到一位上年紀的教士在讀它，並且頗為滿意地聽到他驚呼：「唷，他們把××學校給寫進去了，這兒還有××先生，沒錯!還有××女士。」（他提到勞渥德學校、布洛克赫斯特先生和譚波爾女士的原型的名字。）他把他們一個個都認出來了。我本不知道他是否會認出那些肖像畫，他果然認出來了，並且說它們畫得真實又公正，這使我感到滿意。他還說，××先生（布洛克赫斯特）「活該挨鞭子」。

《簡愛》問世整整六十年後的一九二七年，伍光建注意到了這部名著，他以《孤女飄零記》為書名從英文節譯成中文，但直到一九三五年九月才由商務印館以六小冊的薄本出版，作者的名字被譯為「夏洛德・布綸忒」。所以，夏洛蒂・勃朗特的《簡愛》最早以完整形象與中國廣大讀者見面的還是李霽野的譯本《簡愛自傳》。《簡愛自傳》是李霽野一九三三年七月譯完的，這時他在校址設於天津的河北女子師範學院教書。李霽野最初希望中華書局能接收出版，他一九三三年七月二十日致中華書局「編輯主任先生」的信除了提出條件如「稿費：每千字三元」外，著重對原作和他的譯文之質量作了頗具自信的推薦：

> 這是英國文學名著，值得出版的，是我自己所譯，相信也還過得去。

但是中華書局當家人在稿子都沒看的情況下隨手大筆一揮，在李霽野來函的天頭用毛筆留下兩個狂草字「不用」，導致這部名著在譯者手中又擱置整整兩年後方遇到出版的機會。這機會便是鄭振鐸主編、生活書店出版的一九三五年五月二十日創刊並連續辦了一整年的集期刊和叢書兩類讀物特點於一身的每月印行一冊的《世界文庫》之刊行。

一九三五年二月十七日晚，鄭振鐸設便宴誠邀魯迅、茅盾等與生活書店有關人員共襄創辦《世界文庫》的盛舉，可能這次夜餐聚會商定了編譯參與人員。不久印行的《世界文庫》樣本中有一份該文庫編譯委員會名單，共一百二十二人，按姓氏筆劃排列，第二十二名是李霽野。按理，列名編委，不僅有供稿的職責和便利，還該擔負組稿任務，李霽野的譯稿《簡愛自傳》只需交給主管英文譯稿的審稿人即可。《簡愛自傳》是從天津直接寄到上海的，初刊於一九三七年一月十六日《譯文》新二卷第五期上茅盾〈《真亞耳》（Jene Eyre）的兩個譯本——對於翻譯方法的研究〉，以下簡為「《真》文」，文中有如下記載：

> 李霽野先生何時動手翻譯《簡愛自傳》，何時完畢，我都不知道，但民國二十四年六月間我見到李先生的字字工整娟秀的原稿（在《世界文庫》分期登載是開始於二十四年八月），料想起來，李先生的脫稿期間總是在二十四年上半年。李先生一向在天津教書，《簡愛自傳》大概是課餘的工作，這麼三十萬言的長篇而抽空翻譯，大概也頗需年月，當他不聲不響譯完，乃至全體抄得很工整，寄到了上海時，朋友們都為之驚異不置。

聽茅盾的口氣，他似乎就負責審讀《簡愛自傳》，至少他是主張連載刊佈此譯稿的編譯委員之一。《簡愛自傳》寄到《世界文庫》編委手中時，第一冊《世界文庫》已經出刊，第二冊馬上出版，第三冊早編定了，只好安排在第四冊起始連載。《世界文庫》第四冊出刊時間為一九三五年八月二十日，即茅盾《真》文所說的「二十四年八月」。

在《世界文庫》上連載的《簡愛自傳》，李霽野把原著作者 Charlotte Bront ë 譯為「C.白朗底」，尾綴「女士」稱謂，所據為英文原著第三版，作品正文之前譯有〈序言〉和很短的〈三版小言〉，分別作於一八四七年十二月二十一日和一八四八年四月十三日，作者當時沒有用本名，而使用 Currer Bell，李霽野譯成「卡銳爾・白爾」。《世界文庫》連載本《簡愛自傳》是一部完整作品，到一九三六年四月二十日所出最後一冊即第十二冊《世界文庫》目錄上使用「簡愛自傳（續完）」的醒目提示。《世界文庫》自第一至第十二冊除每頁地腳內側緊靠裝訂線處編了通碼外，凡連載的同一作品也分編前後銜接的頁碼，置於每頁地腳左側切角近處。《簡愛自傳》總共四百二十個頁碼。

按照鄭振鐸一九三六年七月在第七卷第一期《文學》月刊上發表的〈《世界文庫》第二年革新計畫〉中宣佈的「改變原先長篇作品分冊連載的不便，將叢刊形式改為單行本」並「增多外國文學部分，每月出版外國部分一卷」的安排，這年九月就由生活書店印行了李霽野譯的《簡愛自傳》單行本。因為使用的是連載九次時的紙型，嚴格說來，在內容上仍屬於連載本。為了稱呼之便，還是將第一個版本命名為「《世界文庫》九次連載本」、將第二個版本命名為「生活書店初版單行本」。

一九四五年七月社址遷到重慶的文化生活出版社出版了李霽野譯的《簡愛自傳》第三個版本，書名略為《簡愛》，原著者姓名改譯為「莎綠蒂・勃朗特」，草紙印刷，分上、中、下三冊，列入「勃朗特選集之一」。從巴金一九四五年七月七日致楊苡的信中懇囑她務必譯完《呼嘯山莊》而且希望「一定要寄給我看。我會設法給你印。……我不會使你的努力白費」來推測，所謂「勃朗特選集」可能是莎綠蒂、艾米莉等勃朗特姐妹之作品輯印。巴金在剛引的同一信中還坦誠地說「在書店快做了一年的校對，看校樣看得我想自殺」，或許可以相信巴金就是李霽野《簡愛》的編校負責人。他剛拿到自己親手侍弄出的《簡愛》，自然聯想到姐妹作家的另一名著《呼嘯山莊》。「『文生』草紙初印三卷本」《簡愛》是戰亂中印行的，作者當時也在重慶教書，他沒有對作品譯文進行修改。

上個世紀四十年代末，文化生活出版社將已出的外國文學名著改為闊大二十八開本，除內封外，外加印製考究的寬勒口護封，李霽野譯的《簡愛》為其中一部。這種「『文生』二十八開一卷本」《簡愛》，截至一九五四年四月，共印五次，累計印數八千冊；其紙型還被公私合營兼併後剛成立的「新文藝出版社」及其更名後的「上海文藝出版社」分別加印，前者於一九五六年四月至一九五八年一月印三次共一萬六千冊、後者於一九六二年八月印一次三千冊。

以上所述李霽野譯《簡愛》各印本，就內容文字言，均為一個版本系列，可統歸稱為「民國版李譯《簡愛》」。一九八二年九月，陝西人民出版社印行了李霽野譯《簡愛》的修訂本。上引茅盾《真》文有對李霽野譯《簡愛自傳》初版與英文原著的詳盡對比考察，結果表明：李譯「用的是『字對字』的直譯」，「妥貼」、「熨貼」，「扣住了原文的句組織法的」，「是盡可能地移譯了原文的句法的」；李譯「使我們在『知道』而外，又有『感覺』」，因為它「謹慎細膩和流利」。茅盾精通英文，他當時的評定不會因歲月遷移而喪失其權威性。一九八二年九月陝人版修訂本《簡愛》，就語言形式上講，更益於今人閱讀；但要體會夏洛蒂・勃朗特原汁原味之《簡愛》，對不能直接看英文書的讀者，恐怕還是李譯民國版《簡愛》或《簡愛自傳》更為容易收效。

《簡愛》已是享譽國內廣大讀者心中的名著，儘管李霽野譯本由於多種因素，未能在上個世紀六七十年代直至今天的圖書市場仍然佔領顯著的地位，但它的價值將永存。至少我，是愛看李霽野譯本的；其後出現的幾個譯本，我都核校過部分文字，所下功夫大多不及李霽野。而且為了表示不是照抄李霽野譯本（事實上，這些後來的譯者在翻譯《簡愛》時，手頭大多擺有一部李霽野譯本《簡愛》），只好故意在中文譯文字面上另覓同義詞，以至於把譯文弄得不倫不類，甚至有搞錯的，舉個實際的例子。原版《簡愛》第十六章第一自然段最後一句是：

I had the impression that he was sure to visit it that day.

這是一個並不複雜的句子。這一二十年流行於市的一九八〇年七月上海譯文出版社印行的祝慶英譯本《簡愛》譯為：

我有個印象，他那天肯定會到教室裏來。

即便不核校原版英文，「印象」在這兒也用得不對。已經發生過的人事在腦中留下跡象才叫「印象」，此指一種推測和估計。impression 的義項除了「印象」還有「感覺」，如果譯為「感覺」就妥貼些。李霽野譯為：

我總以為他今天是一定要來的了。

讀祝慶英譯的《簡愛》，總感到彆扭的句子太多。如剛才舉例的這一段，祝譯本有一句「他有時也進去待上不多幾分鐘」，此處李霽野譯成「有時他也進來幾分鐘」。原文是：……he did step in for a few minutes sometimes，……

稍加對比，李霽野譯本就見出其優越來。

除了祝譯本，二十世紀八十年代後，人民文學出版社出版了吳鈞燮譯本、譯林出版社出版了黃源深譯本以及不少出版社也弄出各自的譯本等。吳譯本、黃譯本、祝譯本，要算比較認真的譯本。李霽野譯本會不會被後來的譯本取代？依我看，不妨多種譯本共存，寬容些好。

七十年前的《工作》

在《工作》印行時間稍後也是四川大學校園內創辦的《半月文藝》，這份雜誌的主事者即編委會「五個執委」之一的菲于當年寫了一個「報告」〈文藝在川大〉，這篇「報告」的完成時間在文後注明「改作」於一九四〇年五月，發表於同年七月一日出版的第五、第六期合刊《半月文藝》頭條。

菲于的〈文藝在川大〉共有七小節，短小淨練的文字白描了不少當年遠非僅限於四川大學的文學「歷史現場」，是一件重要的文學歷史檔案材料，其中寫道：「去年，文藝的空氣更轉到活躍，教授們出版了《工作》，經常撰稿的都是些文壇聞人，如朱光潛，羅念生，卞之琳和沙汀，周文，何其芳，陳翔鶴……等，曾惹起了整個文壇的注意；同學們也出版了《半月文藝》，經常寫稿的有方敬，倪平，蔡天心，卓耕，丙生，林豐，倪明，菲于……等，……」

這兒的現場記錄說得很明確：「教授們出版了《工作》」，「同學們也出版了《半月文藝》」，而且分別把兩個使得「文藝的空氣更轉到活躍」的刊物的主要撰稿人羅列了出來。

但是，非常遺憾，無論是「教授們」出版的《工作》還是「同學們」出版的《半月文藝》，在常見的有關工具書上都查不到較為詳細的介紹。下面僅就已經見到的兩種刊物之一的「教授們」出版的《工作》後三期雜誌實物，再參照間接得知的其他各期的內容以及相關記錄，予以述說。

以何其芳為主、方敬和卞之琳等為輔，在「成都四川大學菊園」編輯的《工作》半月刊一九三八年三月十六日印行創刊號，不足四個整月，準時半月一期地出夠了八期。一九三八年七月一日印行的第八期卷尾有一則〈暑假休刊啟事〉:「現屆暑期，同人工作不易集中，本刊暫行停出，此啟。」自此，《工作》停刊。

一九四〇年五月八日，何其芳為延安《中國青年》雜誌寫過〈一個平常的故事〉，直接說到他編印《工作》的事。何其芳寫到「抗戰來了」以後，他說:「我到了成都，我想在大一點的地方或者我可能多做一點事情。我教著書，寫著雜文，而且做一個小刊物的發行人。我和一個朋友每期上印刷所去校對；我幾十份幾十份地把它寄發到外縣去，送到許多書店裏去；我月底自己帶著摺子到處去算帳。」

何其芳一九一二年二月初出生，編印《工作》時他二十六歲，是一個大青年。何其芳是一九三八年二月初過完春節很可能是過了「正月十五」就從家鄉即四川的萬縣來到成都的，他並不是像菲于〈文藝在川大〉文中所說的在四川大學當「教授」，而是在成都市內一所中學任教，不過他與方敬、卞之琳等都借住在「四川大學菊園」內。何其芳任教的具體學校，當時叫「成屬聯中」，即後來的「成都市第四中學」。教學之餘，何其芳積極參加了當時成都文藝界的一

工作

第七期

成都，讓我把你搖醒

何其芳

▲第七期《工作》首頁

些活動。而與方敬和卞之琳合作創辦《工作》半月刊和為這個刊物撰稿，是何其芳這一年在成都所從事的更為重要的文藝活動。

一著手開始籌備《工作》，何其芳就寫了長篇文章〈論工作〉，是這年的三月五日寫的。也就是說，《工作》半月刊正式列為何其芳在成都逗留期間的重要工作日程，是在一九三八年三月初前後。長達四五千字的〈論工作〉發表於三月十六日印行的《工作》創刊號。緊接下來，每期的《工作》都有何其芳的作品——第二期發表雜文〈論本位文化〉、第三期用筆名「楊應雷」發表散文〈萬縣見聞〉、第四期發表雜文〈論救救孩子〉、第五期發表雜文〈論周作人事件〉、第六期發表雜文〈坐人力車有感〉、第七期發表新詩作品〈成都，讓我把你搖醒〉、第八期發表雜文〈論家族主義〉。

第七期，何其芳除了剛才提到的他的詩歌新創力作〈成都，讓我把你搖醒〉外，還有一篇文章可能也出自何其芳之手，這篇文章就是署名「郭夢愚」的〈續萬縣見聞〉。推測〈續萬縣見聞〉出自何其芳之手，是由於發表在《工作》第三期上的用「楊應雷」作筆名發表的〈萬縣見聞〉被何其芳改題為〈某縣見聞〉，已收入他親手自編的文集《星火集》初版本中，初版本《星火集》一九四五年九月由重慶「群益出版社」印行。六七年之後，到一九五二年八月的上海「新文藝出版社」版《星火集》，何其芳在一九五一年四月七日「於北京」寫的〈後記三〉中認為〈某縣見聞〉等幾文「內容較空洞或者毛病較多」而將其刪去了。其實，無論是〈萬縣見聞〉還是〈續萬縣見聞〉，文章「內容」絕無「空洞」之嫌，「毛病較多」當然也更談不上。細讀兩文，可能作者是為了「文章」之外如「鄉情」之類的塵俗考慮，才抽掉已隱去了「萬縣」

實指字樣的〈某縣見聞〉的。說何其芳刪去〈某縣見聞〉「是為了『文章』之外如『鄉情』之類的塵俗考慮」，是有根據的。根據就是何其芳作於這年「四月二十八日清早」的〈論救救孩子〉末尾引述的一封友人寄來的信上的話：「省師的教職員見著你在《工作》上寫的文章，很不滿，……」這導致「省師的教職員」對何其芳「很不滿」的文章就是發表在《工作》創刊號上的〈論工作〉，此文談了萬縣當年的教育現狀。

分兩期刊佈在《工作》上的〈萬縣見聞〉和〈續萬縣見聞〉，有點類似何其芳稍後印行的〈還鄉雜記〉，他從《畫夢錄》的「夢」中驚醒過來，對他的家鄉一角土地上已經被他感知到了的黑暗現實和悲慘景象，一反他往常的抒情，改用了煥然一新的有力筆觸，予以揭露和鞭撻。在〈萬縣見聞〉和〈續萬縣見聞〉裏，憤怒的感情替代了往日虛無的幻想、樸素的文字替代了往日精緻的雕飾。

對於何其芳，第七期《工作》首發他自己的新詩名篇〈成都，讓我把你搖醒〉，也是一個特大的紀念。中國現代文學研究界在何其芳「思想轉變」即由《畫夢錄》前期轉向「延安」即所謂的「後期」這個問題上沒有異議，都認為〈成都，讓我把你搖醒〉是一塊「界石」。在成都的半年時間，有一大半時間為何其芳謀生之餘專事與友人操持《工作》半月刊的編印發行和供稿大業。可以說，是在成都辦《工作》以及為《工作》供稿的過程中，使得何其芳的思想發生了很大變化，是「成都」的火熱的抗戰現實把「畫夢」中的何其芳自己「搖醒」了，最終使得他選擇了投奔延安。

除了上述這個意義，「《工作》最初發表本」〈成都，讓我把你搖醒〉的初始面貌也是中國現當代文學研究界求而不得的珍貴版本，連本該「權威」的一九九〇年十二月上海文藝出版社出版的《中國新文學大系（1937－1949）》第十四卷「詩卷」中收錄的這首詩已經是七年之後詩人修改了一二十處的第二個版本了！僅就何其芳發表在《工作》的所有作品，後來編入他的文集，都有比較重要的改動，像〈論家族主義〉由初次發表本的一千八百字刪改為只剩一千三百字了，可見研究何其芳作品版本的重要了。

其他作者發表在《工作》上的作品，都是不可以隨意忽略的，比如沒有收入一九八〇年二月四川人民出版社出版的《陳翔鶴選集》中的〈悼死哀生〉就是陳翔鶴的一篇現場記錄《淺草》重要早夭詩人王怡庵的文獻，估計是該書編者不知道陳翔鶴有這麼一篇文章，才導致失收的。

具體到《工作》半月刊的辦刊事宜，前引何其芳〈一個平常的故事〉那一節話已大體說得明確了。再細一點，我們綜合當年的當事人卞之琳和方敬的回憶，可以知道得更詳細一些。

何其芳到成都，他的目的就是要給自己和同好夥伴們創辦一個發表園地，所以，他一提出《工作》辦刊方案來，就得到了包括供稿和印刷經費方面的實際支持，主要供稿者幾乎大都是排版印刷經費的贊助者。《工作》的辦刊宗旨是：面向大學生和中學生以及社會知識界，宣傳抗戰、宣傳新文化，觸及社會時敢於針砭時弊；體裁以雜感、小品、隨筆、報導等散寫文字為主，注重現實性；辦刊形式是自費、自寫、自編、自印、自銷。名義上由卞之琳擔任「主編」、何其芳擔當「發行人」，其實何其芳全面具體負責，出力最多。前面引述何其芳〈一個平常的故事〉中說的「我和一個朋友每期上印刷所去校對」的「一個朋友」指比何其芳小兩歲的方敬，不久方敬就成了何其芳的妹夫。按照當時的真實情況，方敬屬於學生，他精力充沛，還給本文開始我們提及的《半月文藝》供稿，並且以他為主做編輯工作。

已經出版了的八期《工作》上的作者陣容相當可觀，其中的何其芳、卞之琳、朱光潛、謝文炳、沙汀、陳翔鶴、羅念生、周文、顧綬昌、劉盛亞、陳敬容、周熙良等在當年都是頗具文學或學術聲名的人。包括何其芳本人在內的作者為《工作》提供的文字，從文後的寫作時間來看，大多是急就章，但是絕非敷衍之作，比如謝文炳發表在第五期上的〈談野勁〉和第八期上的〈崇拜英雄和擁護領袖〉即便以今天的文章水平來要求，也是水平線之上的好作品，這兩篇文字沒有改動地被編進了一九九四年七月四川大學出版社版《謝文炳選集》，可以參閱。方敬雖然不太有聲名，但他的年紀僅僅比何其芳小兩歲，再加上他對文學的敬業，使得他的文章如發表在第六期上的〈保護色〉等都具有比較充實的內容。

關於何其芳為《工作》組織稿件尋找作者的認真，其中當年只有二十一歲的四川自貢的文學青年李石鋒，可以作為實例之一。李石鋒是一九三七年七月中旬在萬縣經人介紹結識何其芳的，何其芳辦《工作》時李石鋒已經在武漢了。當何其芳的約稿信郵寄到了武漢，顛沛流離的李石鋒仍然及時地為《工作》提供了作品，這作品就是發表在第八期《工作》上的〈漢口街頭記〉，李石鋒寫於這年的六月二十六日，卻趕在了七月一日出刊的雜誌上發表。這個時間差，可以推測最後一期的《工作》，是沒有按時發稿的。

這段有關李石鋒的舊事，是李石鋒自己的晚年回憶文章說的。李石鋒一九八三年三月寫了一則短文，題為〈一面之緣——憶何其芳〉，文章被編入一九八九年六月刊行的「非賣品」《水龍吟——李石鋒紀念文集》中，李石鋒回憶當年自己「離開萬縣到武漢」,「接到何其芳從成都來信,說他同方敬合編一個刊物叫《工作》，要我寫稿子，我答應了，而且也兌了現」。

為《工作》做編印的人以及為《工作》提供稿件的人，都是當作使命來完成的，現在留存在歷史上的《工作》，應該是珍貴的文學、文化財富之一了。

然而，這份珍貴的文學、文化財富之一的自費編印、自辦發行的《工作》半月刊，如今的讀者如果不見到實物，誰都想像不到它的簡陋：每一期只有十六開大小的四頁紙，文字八面，無封面、封底，刊名等就在首頁右側闢出三公分多一點的一條寬度位置，依上、中、下用短橫線隔為三小塊，最上方是何其芳用毛筆自書的略帶魏碑味道的「工作」刊名，中間是「版權頁」的內容，下邊是刊期、出刊日期和目錄，和魯迅等同人創辦由孫伏園編輯的頭八十期十六開本早期《語絲》和周作人、廢名等辦的《駱駝草》完全一個樣，可以說何其芳辦《工作》是「老北大」的優秀辦刊傳統。連續刊期的每頁編碼是連貫的，每期八個頁面，一共八期就是六十四個頁面了。

只印了八期的《工作》很難湊齊一整套，連卞之琳寫回憶錄也只借得四期。沙汀研究專家們上個世紀八十年代初動用國家學術力量和國家圖書資源為「中國當代文學研究資料」叢書編《沙汀研究專集》時，沙汀發表在《工作》第二期上的〈一傷兵——滬戰回憶瑣記之四〉和《工作》第五期上的〈同難小紀〉就因為不知道有此刊物而沒有在「作品繫年」中列出作品篇目來。

《工作》在中國現代文學史上的價值，一九三九年四月十日出版的《抗戰文藝》第四卷第一期刊登的周文〈成都抗戰文藝運動鳥瞰〉中一段話可以參考，周文是這樣說的：「這時期，以一些愛好文藝的教授為中心，首先出版了《工作》半月刊，各種形式的文藝作品都有一點。在編選上是相當嚴謹的。其內容一般的都是表現著在反映現實，同時在技巧上又要相當不錯的，因此撰稿人的範圍較狹一點，只是些熟名字的少數作者。這刊物，一些人譽為開創了在成都的文藝刊物相當嚴整的現象。不過另一些人又覺得不滿足，但究竟還缺少富有血肉內容的作品，雖然在雜文方面倒有幾篇頗為出色的有積極意義的文章。」

一九三八年四月初，周文就剛讀完的《工作》第二期寫了一篇評論，文章的名字就叫〈《工作》第二期〉，分兩次發表在四月九日的《四川日報》副刊〈談鋒〉上，我沒有找到這篇文字，但上面這一段論述是全方位的，是值得作為對《工作》文學史地位認定的參考的。

為了便於更具體地瞭解《工作》，我把我手頭最後三期的全目照錄在下面。

第六期（民國二十七年六月一日）：孟實〈再論周作人事件〉、顧綬昌〈我看見了英國〉、劉盛亞〈海上的夜宴〉、方敬〈保護色〉、何其芳〈坐人力車有感〉、卞之琳翻譯紀德原作〈新的糧食（二）〉。

第七期（民國二十七年六月十六日）：何其芳〈成都，讓我把你搖醒〉、謝文炳〈警報〉、陳翔鶴〈悼死哀生〉、郭夢愚〈續萬縣見聞〉、卞之琳翻譯紀德原作〈新的糧食（二續）〉。

第八期（民國二十七年七月一日）：周煕良〈詩的朗誦問題〉、何其芳〈論家族主義〉、謝文炳〈崇拜英雄和擁護領袖〉、羅念生〈鱗兒〉、李石鋒〈漢口街頭記〉、卞之琳翻譯紀德原作〈新的糧食（三之一、二）〉、工作半月刊社〈更正〉和〈暑假休刊啟事〉。

再根據間接材料，鉤沉出頭五期《工作》的部分篇目。

創刊號（民國二十七年三月十六日）：何其芳〈論工作〉、卞之琳翻譯紀德原作〈《新的糧食》譯前話〉。

第二期（民國二十七年四月一日）：何其芳〈論本位文化〉、沙汀〈一傷兵——滬戰回憶瑣記之四〉、卞之琳翻譯紀德原作〈新的糧食（一之一）〉。

第三期（民國二十七年四月十六日）：楊應雷〈萬縣見聞〉、周文〈沒有時間的城市〉、卞之琳翻譯紀德原作〈新的糧食（一之二）〉。

第四期（民國二十七年六月十六日）：何其芳〈論救救孩子〉、卞之琳〈地圖在動〉、卞之琳翻譯紀德原作〈新的糧食（一之三）〉。

第五期（民國二十七年六月十六日）：周文〈吃表的故事〉、何其芳〈論周作人事件〉、謝文炳〈談野勁〉、沙汀〈同難小記〉、卞之琳翻譯紀德原作〈新的糧食（一之四）〉。

「戰時小叢刊」和「戰時小叢書」

福建教育出版社一九九三年十二月印行的十六開巨卷硬精裝賈植芳、俞元桂主編的《中國現代文學總書目》第二百七十四頁左欄登錄了

> 《轟炸下的南中國》曹聚仁等著。戰時小叢書。戰時出版社 1938 年出版。

緊接著是「目次」，列出本書全部文章篇目。

這裏，「戰時小叢書」不確，應為「戰時小叢刊」；因為我恰好存有《轟炸下的南中國》，有實物作證。一字之差，涉及到另一套叢書。

《轟炸下的南中國》為「戰時小叢刊之五」，我還存有「戰時小叢刊之三」《魯迅與抗日戰爭》、「戰時小叢刊之四十」《怎樣保障世界和平》、「戰時小叢刊之四十六」《蘇聯已開始助我》（扉頁書名為《蘇聯已開始助我抗戰》）等。上述頭三本「戰時小叢刊」的封面只是紅黑兩色，紅色的是頗具功力的手體毛筆字書名，黑色的為一幅木刻作品以及其右的豎排作者署名，大體方正的木刻作品下為楷體出版社名，也是豎排的紅色書名右肩處即緊靠裝訂線上方是叢刊編序號。

四川文藝出版社一九九二年九月初版、一九九六年十月第二次印刷的姜德明《餘時書話》論及「戰時小叢刊」中的《戰時散文選》和《戰時小說選》的兩文都附有書影，其封面的模樣與我

存有的《轟炸下的南中國》、《魯迅與抗日戰爭》和《怎樣保障世界和平》一樣。姜先生對「戰時小叢刊」來了一個「篇幅不大，發行及時，開本統一，設計一致而又樸素大方，帶有濃厚的戰時色彩」的簡要特點概述，我也有此同感。然而，待到目睹「戰時小叢刊之四十六」《蘇聯已開始助我》時，姜先生所言「設計一致」就被實物糾正了。原來，這套「戰時小叢刊」還有另外的封面！

《蘇聯已開始助我》的封面為大紅滿版底色，當然是「紅色政權」的象徵。書名直排在最上端，為飛白，相當如今的特號美術手體字，從右至左讀，占滿了寬度位置。作者署名和圖案為黑色。圖案為克里姆甯宮建築的上半部，紅旗在城牆上飄揚。城門左右是史達林和列寧的巨幅畫像，兩位蘇共領袖人物從畫面上俯瞰著一隊隊持槍前行的戴著鋼盔的兵士。《蘇聯已開始助我》署名「錢俊瑞等著」，收文十四篇。用作書名的文章全名為《蘇聯已開始助我抗戰》，譯自 China Weekly Review；最末一文〈中俄攜手起來〉是上海白俄辦的俄文《每日新聞》社給宋慶齡的信，信寫於一九三六年八月十六日。中間十二篇文章的作者是胡愈之、錢俊瑞、駱耕漠、金澤華、潘念之、丘舉、張西曼、楊瑜、貝葉、于炳然、王紀元、姜君辰。

僅僅封面變了，內文版式、字型大小和連排等，以及無版權頁和扉頁不寫出版年月，都與早先的「戰時小叢刊」一致。尤其可珍視的，是《蘇聯已開始助我》最末一面即第七十三頁背面有份「戰時小叢刊」的書目，總共開列有十八本書，是可靠的史料，比轉了幾次手的東西值得相信，全錄如下——

江淮間的運動戰　長江等著　實價三角

活躍的西線　汪鏗等著　二角五分

中原大戰的序幕　陸詒等著　二角八分

山東前線　劍心等著　二角五分

我們的戰士　長江等著　實價三角

日本國內的革命怒潮　王紀元等著　三角五分

組織民眾與訓練民眾　阮毅成等著　三角六分

經濟恐慌下的日本　陳豹隱等著　三角五分

國共合作的前途　蔣介石等著　三角五分

抗戰的勝利前途　胡適等著　實價三角

抗戰中的女戰士　沈茲九等著　二角五分

八路軍的戰略與戰績　林彪等著　二角八分

光明的前途　潘梓年等著　二角八分

游擊戰術與游擊活動　彭德懷等著　實價三角

婦女與抗戰　宋慶齡等著　實價三角

民眾與抗戰　漆琪生等著　二角五分

走上絕路的日本　張仲實等著　實價四角

一九三八年的世界　金仲華等著　三角八分

這裏的十八本，再加上前面說過的六本，「戰時小叢刊」有二十四本可以認定下來。從間接的比較可靠的材料中，又找到以下書目——

《八百孤軍》（田漢等著），戰時小叢刊之二

《毀滅中的日本》（郭沫若等著），戰時小叢刊之十一

《戰時詩歌選》（馮玉祥等著），戰時小叢刊之十八

《抗戰將領訪問記》（郭沫若等著）

《抗戰人物志》（杜衡等著）

《鐵蹄下的平津》(阿英等著)

《漢奸現形記》(賈開基等著)

《東線血戰記》(曹聚仁等著)

《西線血戰記》(長江等著)

《北線血戰記》(徐盈等著)

《戰地歸來》(田漢等著)

《戰時的後方》(張天翼等著)

《名城要塞陷落記》(長江等著)

《飛將軍抗戰記》(鄭振鐸等著)

又得十四本,「戰時小叢刊」有三十八本已經知道了書名。據說這套叢刊共九十多本,不知道是怎麼統計的。我估計只要多留心,這套叢刊不僅可將每本書的書名、序號弄準確,湊齊一套實物也有可能,我收存的那本《蘇聯已開始助我》就是校址設在成都的一所著名大學圖書館論斤賣出又被擺地攤的人「五角一本,隨挑隨選」叫號著售零時被我買下的。可見,各大小公共圖書館不識貨的僅僅混飯吃的所謂館長、館員一旦統統「下崗」,讓愛書、懂書的行家「上崗」,於學術當大有益處。

《蘇聯已開始助我》書末「戰時小叢刊」已出書目下端還有一則「戰時小叢刊」的「總經售」地點,為「上海北新書局駐粵辦事處」,具體位址是「廣州多寶路多寶街十九號」,「分售處」有廣州、昆明、漢口、重慶、成都和西安六個城市的北新售書點,還寫了街道。此係版本學家們一直在尋覓的,這一下可以有點眉目了。——原來「戰時小叢刊」與北新書局有關係,即便不一定是該書局的出版物,該書局在印刷資金、售書渠道方面是出了大力的。研究抗戰出版物的學者應儘早多挖掘當事人的原始記憶，否則，「謎」將繼續存在。

一開始說過的「一字之差，涉及到另一叢書」，即指馬上擬敘述的「戰時小叢書」。也是偶然在地攤上碰到的一本長十六點五釐米、寬十釐米的接近小本條三十二開的《偉大的魯迅》，蕭三著，封面、扉頁和目錄中的「參」當時同「三」，但正文是「蕭三」。此書列為「戰時小叢書之五」，有版權頁，一九三八年五月出版，「出版者」亦署「戰時出版社」，「經售處」也是「北新書局駐粵辦事處」。同樣令人欣喜的，這本小冊子的版權頁背面有「戰時小叢書」頭一批共十四本的書目——

戰時大鼓詞　趙景深　一角
戰時教育問題　楊東　一角
戰聲（詩集）　郭沫若　二角
誰先干涉日本的侵略　陳清晨　二角
偉大的魯迅　蕭三　一角
抗戰中的青年出路　楊晉豪　一角六分
國共統一戰線及其前途　汪馥泉　二角
戰地巡歷　田漢　一角
抗戰期間的文學　阿英　二角
怎樣寫抗戰文藝　楊晉豪　二角
民族統一戰線論　平心　二角
抗戰時期的新聞宣傳　任白濤　二角
民眾怎樣參加游擊戰　丁三　二角
希特勒之謎　　二角

這是嚴格依「戰時小叢書」序號排列的。《餘時書話》第一百七十頁云：「趙景深先生回憶抗戰生活時說過，他在抗戰爆發以後，會同楊晉豪先生一起利用剪報，曾經編輯出版了一套抗戰小叢書，足有四五十種之多。」我查閱了自創刊至今的《新文學史料》，沒找到姜先生所引趙景深文之出處，趙景深幾本回憶類小冊子，也沒有專文談及「戰時小叢書」。但從剛抄錄的書目推測，倘若趙景深和楊晉豪曾合編過一套「抗戰小叢書」，肯定就是「戰時小叢書」。「利用剪報」也是實事，〈偉大的魯迅〉就初刊於《救國時報》，原題〈紀念魯迅逝世一周年〉；可能篇幅不夠，又補排了浩然〈魯迅先生逝世一周年〉。兩文有一萬六七千字。

這冊以蕭三署名的《偉大的魯迅》不見登錄於相關書目專書，恐怕蕭三本人生前一直不知道此書出版的事。

從上述已知書目分析，「戰時小叢刊」和「戰時小叢書」是統一規劃的，前者編收多人合集，後者以單人著述形式印行，內容全是從當時的已出報刊上剪輯得來。然而，《婦女領袖宋氏三姊妹》的封、扉所標示的不同的「戰時小叢書之四二」和「戰時小叢刊之一」又給剛才的定義帶來了麻煩。

和《蘇聯已開始助我》的封面設計風格差不多，《婦女領袖宋氏三姊妹》也是木刻模樣的粗放型圖案，紅的底色佈滿封面，上端一排的書名飛白，「戰時小叢書之四二」和作者署名「宋慶齡等著」是黑字。占封面滿版大半的主體圖案是「宋氏三姊妹」的半身正面像，眉清目秀的二姐宋慶齡居右前，「孔夫人」宋藹齡居左前，居中的是「蔣夫人」宋美齡。這個封面設計在左下方有一處手體飛白字「飛」，這是封面設計者的簽名，他就是魯少飛嗎?——真讓人激動呢:「戰時小叢書」和「戰時小叢刊」的一些謎團在一點一點地以實物形式解開!

《婦女領袖宋氏三姊妹》暗碼第九十四頁即最後一面又是一批「戰時小叢刊」共十八本的書目、編著者和定價,因為這是可信的材料,不計與前述重複,照錄——

抗戰中的郭沫若 丁三編著 二角六分
虎鎮徐州的李宗仁將軍 楊君傑編著 一角六分
名城要塞陷落記 長江等著 實價二角
逃遍了半個中國 楊振歐等著 實價三角
台兒莊血戰記 方秋葦等著 一角六分
「皇軍」的獸行 范式之等著 二角五分
戰區通訊 朱民威等著 實價二角
青年與抗戰 柳湜等著 二角五分
光明的前途 潘梓年等著二角八分
戰時教育問題 向仲衣等著 二角五分
戰時歌劇選 田漢等著 一角五分
西班牙與中國 愛倫堡等著 二角二分
蘇聯已開始助我 錢俊瑞等著 一角六分
日蘇必戰論 羊棗等著 二角六分
日本國內的革命怒潮 王紀元等著 三角五分
經濟恐慌下的日本 陳豹隱等著 三角五分
走上絕路的日本 張仲實等著 實價四角

去其重複者,累計前面的三十八本「戰時小叢刊」書名,已可知近五十本的「戰時小叢刊」書名、作者編者署名和定價了。

別把定價看成可有可無的數目，它顯示了該書的厚度，如定價「二角」的就是九十頁左右的樣子，依此類推，可大體知道各本書的頁數來。

雖然《婦女領袖宋氏三姊妹》的封面標示的叢書名為「戰時小叢書之四二」，但根據書末的廣告，可斷定應為「戰時小叢刊之四二」。這是封面設計者「飛」的失誤。或者因為封面包括扉頁的內文在兩個地方印，待到裝訂到一起時就產生了歧誤。

出版「戰時小叢刊」和「戰時小叢書」的戰時出版社是《救亡日報》的圖書編輯部，成立於一九三八年一月，一九四一年皖南事變後因《救亡日報》被迫停刊而同時停辦。戰時出版社，是個總其成的編輯部門，各地大多有前冠城名的該社，如漢口戰時出版社、廣州戰時出版社、桂林戰時出版社、成都戰時出版社。甚至在縣份上也有，如浙江金華地區的永康在當時就有一個戰時出版社，還出過書，可參閱二〇〇〇年第五期《浙江出版》上《晚清、民國時期浙江的出版機構》一文的附表〈民國時期浙江省編印、出版過圖書（的）單位名錄〉。

「戰時小叢書」目前我只見到一本實物，「戰時小叢刊」見到實物的較多。據一位新文學書話作者透露，說這兩套叢書、叢刊合共有一百五十六十種。然而，至今不見有人詳細回顧這兩套書的編印情況。這，只能表明從事此書業者以為在那個火熱的戰爭年代，出兩套配合時勢鬥爭的書，僅僅是做了該做的事，不足掛齒。

暢銷的抗戰詞集《中興鼓吹》

在成都一家私人舊書店的冷攤上得見一本《中興鼓吹》，作者盧前，即南京文人盧冀野，獨立出版社印行。正三十二開本，封面極薄，白底已返舊成暗黃，單色紅字為書名、作者名、出版社名。靠近裝訂線的右側自上至下有寬近四個釐米的紅色塗飾，上面飛白出叢書名《民族詩壇叢刊》，盧冀野的好幾種著作如《楚風烈》、《吳芳吉評傳》等都列入這個「叢刊」。這是一本戰時特色極濃的印品，內文用紙為粗糙的熟料草紙，裝幀設計極簡陋。但很可能是作者本人參與編校設計，使得小冊子洋溢著嚴謹認真的文化氣息。雖然攤主開出天價，我終於用一個星期的澆裹換回了這本連封面在內才六十多頁的舊書。

這本《中興鼓吹》，只缺版權頁和封底。全書沒有編製目錄，在編頁碼時將文字隔為三個部分。中間部分是詞，又分卷一、卷二，各占一半，共四十四頁，詞與詞之間僅用稍大一點字型大小的題目分開。使用連排，是為了節約成本。開始部分是「序」和「題語」，作者陣容相當可觀。作序者只有陳立夫一人，陳是中國國民黨內擔任要職的官場文人，他一九三八年三月寫的序，不是泛泛之說，他是讀完了盧冀野整部詞稿的。從序文看，陳立夫重視文藝，他說：「吾於是乃不得不有所言，近代民族運動之興起，類皆以文藝為其前鋒，史例繁賾，毋勞瑣舉。」對《中興鼓吹》所體現的創作態度之「真誠」，陳立夫激賞，並嚴厲籲督創作態度不夠「真誠」的人：「世有處此民族存亡大變之今日，未能體認自身之任務，仍作無病呻吟者，吾請熟讀冀野之書。」為詞集「題語」的都是學問功底深厚且聲名卓著者，如歐陽竟無、潘伯鷹、龍榆生、任中敏、林庚白、陳匪石、酈承銓、許凝生、李冰若、江絜生等，或短文或詩詞，均落到實處說幾句。末了是〈關於作者〉，這相當於「附錄」，選抄了易君左、陳衍石、陳詩尊、吳宓、夏敬觀、葉恭綽、錢基博等人論及盧冀野的文字。也應該屬於「附錄」性質的詞評，夾在中間一部分每首詞之後，評論者有汪辟疆、唐圭璋、林庚白等，由於只能點評不能展開述說，這些詞評文字顯得概念化，無非是「神似稼軒」、「似易安小令」這類不著邊際的東西。

玩味上列名單，這一群人與中國新文學旗幟魯迅似乎迥然相異。他們好像自成一個文化部落，游離於新文學主潮之外，仍陶醉於文言舊境，仍……但是，且慢！同被譽為新文學又一旗幟的郭沫若，這時也歡快地鼓著掌加入了陳立夫、潘伯鷹們禮贊《中興鼓吹》的隊伍。在郭沫若寫畢於一九四〇年五月三十一日的重要長篇文論〈「民族形式」商兌〉中，他明確地說：

> 盧冀野先生的《中興鼓吹》集裏面的好些抗戰詞，我們讀了同樣的發生欽佩而受鼓舞。

除了作為詩人、史家的郭沫若當年的「現場記錄」之外，更有《中興鼓吹》的暢銷史實佐證。《中興鼓吹》或許是中國新文學時段舊體詩詞集版本最豐富的一種，僅就手邊可靠的有限資料，其不同版本就有：一九三九年六月獨立出版社初版《中興鼓吹》、一九四二年六月獨立出版社增訂本《中興鼓吹》、一九四二年九月貴陽文通書局印行的由任中敏精編的《中興鼓吹》、一九四三年三月在福建永安印行的建國出版社版《中興鼓吹抄》，以及成都茹古書局刻本《中興鼓吹》、桂林漢民中學印本《中興鼓吹》和南京所印足本《中興鼓吹四卷》，還有由陸華柏等人配曲的音樂專版《中興鼓吹歌譜》、由書法家沈子善教授親寫的行書範本《中興鼓吹帖》和開明書店印行的楊憲益翻譯的《中興鼓吹》英譯本，更有二十年代頗為流行的巴掌大小的袖珍線裝三卷本《中興鼓吹》在漢口廣為發行，供人們工餘戰隙從衣口袋內取出就地誦讀。我在冷攤上得的這本《中興鼓吹》，從權威書目所載各版本頁碼來對照，是一九四二年由獨立出版社印行的增訂本。

書名《中興鼓吹》，潘伯鷹〈題語〉說：「中興之音，充沛而雄，聞之者懦夫有立志，彼哀以思者不得比。顧余獨未聞有人焉，震發高歌，此其所以為憾者也。金陵盧冀野出樂府一帙，余讀之躍起曰：在斯矣！遂題之為『中興鼓吹』。」這兒潘氏有好功之嫌，書名的版權並非歸他，詞集正文第三十二頁有：「且濡毫鼓吹我中華，中興業。」書名即源此而來。《中興鼓吹》除個別詞章歌頌作者心目中的「吾黨」即中國國民黨外，絕大部分內容是直接激勵和讚揚全國各地的抗戰成果的。像我這種舊學毫無根底的人，多讀幾遍、甚至不少首詞只看一遍，就可懂得盧氏詞章之所詠，足見郭沫若所言「發生欽佩而受鼓舞」之真確。當時的青少年，更不用說中老年，大都接受過或多或少的文言文教育，詩經、唐詩、宋詞，能讀能背者不在少數，《中興鼓吹》的出書正適合了這個閱讀潮流。一首詞，幾十個字，幾分鐘可默誦多遍，正為抗戰特殊環境所急需。前面羅列的各種已知的《中興鼓吹》的版本，累計其印數，怕要大得數以萬計、甚至幾十萬計。但，要收齊《中興鼓吹》的全部不同的版本，在今天已很困難。

令人深為惋惜的，在半個多世紀其後的漫長歲月裏，不僅史家們隻字不提盧冀野《中興鼓吹》在抗戰史上的功績，而且盧氏在生前最後兩三年即四十年代末五十年代初一直處於失業狀態，年僅四十六歲的盧冀野一九五一年四月十七日病逝後，家中一貧如洗，遺屬只好變賣盧氏藏書來維持最起碼的生活。郭沫若當年對盧冀野《中興鼓吹》的史實「現場紀錄」，悄無聲息地從後出的郭著中刪除得乾乾淨淨，數以千萬計的文學讀者再也無法從〈「民族形式」商兌〉這篇文論名篇中找見「盧冀野」和「《中興鼓吹》」的字眼，而文學研究家、歷史研究家們幾乎沒有人去幹笨拙的一字一字地彙校幾個文本的工作。而且，隨意改動史實的原始記錄還不列入違法行為……對盧冀野《中興鼓吹》而言，動手腳於「新文學又一旗幟」的郭沫若的有關文字，等於抹煞一個愛國文人的輝煌功績！

毋庸諱言，靠中國國民黨元老之一「于院長」于右任的舉薦，盧冀野的確成了蔣政權的參政重要成員；但不僅盧氏沒有惡行，而且他沒有隨「蔣委員長」、「于院長」們去臺灣，已是擁護新成立的中華人民共和國之實際行動，照理他最低待遇該是得到一份工作、有飯吃。他的《中興鼓吹》，用盧冀野作於抗戰期間的白話散文〈楊復明——南京人物山水之一〉中的話說，是「忠國」，不是「忠君」。盧冀野描述的楊復明是一位以死來反抗日寇入侵南京的六十四歲老翁。他還為楊復明作詞一首，擬編入足本《中興鼓吹》第四卷。除了《中興鼓吹》，盧冀野的抗戰詞還有《烽火集》一冊出版。也就是說，在八年抗戰期間，盧冀野向全國抗戰軍民奉獻了三四百首抗戰詞，有不少還被譜曲廣為傳唱，——這是不小的勞績呀！

盧冀野其人，《中興鼓吹》之末〈關於作者〉中易君左這樣寫道：「其鬑鬑之鬚一蕞疑秋煙，其體如東陵瓜而面如銅錢，其髮蓬蓬如秋風掃杜陵茅屋之巔，而其心如火之熊熊燃，其肝膽，其骨骼，皆鏗然如金石之堅！而豪飲又絕似李青蓮，登樓慷慨亦似王仲宣。奉母至孝而對妻至賢，教子有方而交友無偏，其殆天性之使然。授參且駐會，四海之內莫不知有盧前。……其人其詞皆將萬世傳！」我摘抄這段中省略掉的，是寫盧氏抗戰間流浪到我已寓居十多年的成都之以苦為樂的樂觀狀。「授參且駐會」，是盧冀野受于右任提攜所任之職，其知名度相當於郭沫若的「第三廳廳長」。

易君左在友人書後捧場，可信嗎？易氏所寫盧冀野之狀是三十四歲時「留影」。我們翻開與盧氏僅有同學之誼的浦江清的私人日記，浦氏寫的是「年方二十五」的盧冀野，他說「盧甚狂放，以江南才子自負」，其新詩「脫胎中國舊詞曲句法，不學西洋格律，甚有可取處」。浦江清的日記是一九八七年六月才由生活讀書・新知三聯書店公開出版，他寫的時候當然是真情留存，與十年後易君左所述大體一個思路。由盧冀野這種氣質、這副體魄的文人以舊詞形式抒寫神聖的中國抗日正義戰爭，套用汪辟疆、唐圭璋們寫過的「評點」，果真該說「神似稼軒東坡」、「直逼陸放翁」也！

野夫《木刻手冊》三版本

一九四二年二月一日，野夫在江西「上饒鄉間」為他的《怎樣研究木刻》的再版增訂本寫的後記中，有關於該書初版和再版的說明。

> 此書原由浙江麗水「會文圖書社」出版的。初版出書日期為一九四〇年二月一日。共印三百冊。一九四一年夏，「會文」本擬即行再版，奈突經「四一九」浙東事變，因交通的障礙，郵寄發生困難，使書報的發行受到莫大的打擊，以致一擱再擱，直擱到今年初春，才商得「會文」當局的同意，將版權償還筆者。同時經過朋友的介紹，將此書移交桂林「文化供應社」續版。

這種「續版」《怎樣研究木刻》書名被改為《木刻手冊》，其版本名稱，依照作者自述，該叫做「再版增訂本」，出版時間為一九四三年十月。上引作者的說明雖是當時所講，但一些有關細節仍未交代。

《木刻手冊》的初版書名是《怎樣研究木刻》，出版時間不是「一九四一年二月一日」，而是一九四〇年一月一日由設於浙江麗水中正街的會文圖書社出版並發行，由金華四牌坊金華書店「戰時木刻用品社金華分銷處」總經售，全國各大書店代售。這些項目都登錄在《怎樣研究木刻》的版權頁上，還聲明「版權所有　不許翻印」。野夫說《怎樣研究木刻》「這本小冊子是一九三九年夏，當浙江省『戰時木刻研究社』舉辦『第一期木刻函授班』時，匆促而又潦草的寫成」的。《怎樣研究木刻》在書前印有野夫的已故弟弟鄭邵勤生前的臥病照相，照相下面橫排「紀念最親愛的弟弟」，緊接著的是野夫悼念弟弟的新詩，有二十三行，分為四節，四節的首句都是感歎句，分別是「我怨恨！」、「我痛心！」、「我相信！」、「我立誓！」。最後一節只有四行：「我立誓！／以最大的毅力來繼續你未了的心願，為／你——和一切枉死的——及現在正受難的人群，而／奮鬥到底！」（再版增訂本《木刻手冊》將本詩末兩行並為一行。）鄭邵勤同他的哥哥野夫一樣，都是「野風畫會」成員，被同行分別昵稱為「大鄭」、「小鄭」。鄭邵勤追隨在「天一影片公司」擔任置景師的哥哥野夫抵港不久不幸病故，野夫的深情悼念是有原由的。

關於初版本《怎樣研究木刻》的印數，作者野夫有兩種說法。一為剛引用了的他在「上饒鄉間」說的「共印三百冊」，二是六年後的一九四八年的八月五日他「於滬濱」寫「重著新版」《木刻手冊》之〈三版增訂感言〉所說的「由浙東麗水會文圖書社編入寫讀叢書之一，印了三千冊」，並且說在桂林印的《木刻手冊》也是「續印三千冊」。初版本《怎樣研究木刻》上沒有印數記載，根據當年的木刻工作者和學習木刻的人員狀況，估計「三千冊」是較為準確的說法。

《怎樣研究木刻》列入「寫讀叢書別輯之一」，這裏的「別輯」是個人專著的意思。與後兩個版本比較，《怎樣研究木刻》所寫的木刻技術技巧部分，內容沒有太大的變化。後來有較大充實的，是初版中的第三章〈中國新興木刻藝術發展的概況〉。一九三九年十二月五日野夫寫完這一章後，就有一個明確的預告：

「這篇東西只能算是十年來中國木刻藝術運動發展的概況，當然是很不完備的，而且也不免只側重於幾方面，因為個人所知道的到底有限。希望知道得更多的朋友們，能夠寫出更詳細的材料來，以期湊成一部比較完整的《中國新興木刻運動史》！」

即便顯得簡陋的初版本，當年所發揮的作用仍然相當大，因為它是當年有關木刻的三五種系統教材之一。野夫的弟子黃永玉在四十多年後寫的〈遲到的追念〉一文也認為野夫寫的關於木刻的這個「教本」對他很有用，他深情地說：「這個『寶書』才使我初步明白木刻的正式工序是怎麼開始的。」

《木刻手冊》的〈再版增訂後記〉未提及書名更改，倒不是有意迴避，而是當時的戰爭環境導致通訊不暢；恐怕直到野夫看見樣書，才發現書名已改了。改換掉原書名《怎樣研究木刻》，啟用《木刻手冊》的新書名，是桂林文化供應社編輯部所為。當時，該社組編了一套《青年自學指導手冊》，到一九四八年秋共組稿了八本，即廖伯華《珠算手冊》、楊承芳《英文手冊》、冼群《戲劇手冊》、艾蕪《文學手冊》、顧均正《物理手冊》、唐錫光《化學手冊》、賈祖璋《生物學手冊》和野夫《木刻手冊》。

「續印」的再版增訂本《木刻手冊》的封面上，文字包括書名、作者署名和出版社名全為套紅。右下的一幅占了近乎四分之一位置的木刻作品多半出自野夫自己之手，揭示了作者撰著本書的目的。無題木刻作品的左上角那三架飛機當然是以戰爭象徵的轟炸機為背景；主體部分是一個嚴肅而憤怒的木刻家，他手握木刻刀，其思維活動用右方的一個大問號和木刻家的頭部、身體均化為木板繼而又演變為炮彈的精妙設計來顯現，表明木刻家立誓為中華民族的解放事業貢獻自己的木刻藝術。

和封面上的木刻裝飾畫作品所傳達的主題一樣，再版增訂本《木刻手冊》的內容也充滿了特定的時代感。第五章〈木刻概況〉的第一節〈木刻的特質〉尤為突出，作者從「木刻是大眾的藝術，木刻是鬥爭的藝術，木刻是新興藝術部門的生力軍」的立論出發，分述四點：一、木刻有粗暴的性格，線條強硬，光暗強烈，宜表現力量、宜表現飛機火炮；二、具有鬥爭性，多半描劃勞動階級群像，攝取被壓迫者的呼聲以及戰士們英勇的姿態；三、木刻用刀在木板直接刻出，工具簡單、經濟，適於在戰爭中運用傳播；四、木刻反映時代、刻劃時代，是站在時代最前面的一種最鋒利的鬥爭武器。其餘章節如第二章〈緒論——木刻在抗戰時期的重要性〉，第九章〈木刻製作的幾個基本條件〉中的第六節〈技巧與理論〉、第七節〈形式與內容〉以及最末一章即第十章〈木刻創作的準備〉的四個小節〈基本學習〉、〈生活修養〉、〈採取題材〉、〈學習與摹仿〉，都是時時高揚抗戰旋律，時時強調正確的無產階級思想和健康的勞動者的感情，比之二十多年後的階級教育、革命教育來，有過之而無不及。

對於史學研究者來說，再版增訂本《木刻手冊》相當有價值的是第三章〈中國新興木刻藝術發展的概況〉，有一萬三千字的篇幅。之所以有價值，是所述「概況」全都是作者親自參與了的木刻運動的現場紀實，而且條理分明，毫無其他章節的說教氣味，是平心靜氣的史實敘述。「概況」分起源、復興期、萌芽期（也就是遭受打擊期）、成長期（也就是受難期）、全盛期、延續期（也可以說是散漫期）、振作期，大量的各地木刻運動的實況，使得這一章有一種史實厚度。有了這一章，魯迅作序白危編譯於一九三七年印行的《木刻創作法》和一九四九年出版的陳煙橋著《魯迅與木刻》就顯得薄弱多了。

說到魯迅與木刻，野夫的這本《木刻手冊》在本質上也貫穿了魯迅精神，有一些段落就是魯迅式的語言，還有一則很長時間未編入魯迅著作的書信原文，是魯迅寫給野夫的親筆信，原信手跡未能保存下來，但這封信的主要內容卻因野夫此書的引用而被後人知道。野夫有聆聽魯迅教誨的榮幸，魯迅給他寫過好幾封信，有一封信甚至長達三千餘字，幾乎是函授教材。他受益於魯迅多多，在行文方面，自覺地傳佈著魯迅的思想和觀點，當然也就情理之中了。野夫接觸魯迅時，正是魯迅大寫雜文的時代，因此野夫這本《木刻手冊》也有大量的雜文筆法，誠如初版序即〈前言〉的作者陳仲明所讚揚的，作者「對藝術界一切不良的傾向，指責得也確當而嚴格」。由於戰時環境的惡劣，再版增訂本《木刻手冊》土紙印刷，所附插圖四十一幅大多模糊難辨。

一九四八年夏末秋初，野夫在上海對再版增訂本《木刻手冊》來了一次大規模的補修，幾乎是另外一本書了。所以，一九四八年八月仍由「文化供應社」印行的《木刻手冊》，在扉頁書名上方就特意用黑體字標明此書為「重著新版」。

何以要印「重著新版」《木刻手冊》，野夫〈三版增訂感言〉中說得很明白：「『文供社』銷完三千冊後，即未續印，勝利以來，因交通逐漸恢復，及木運地區逐漸寬闊，而有關木刻技法的書籍反不多見，戰前及戰時出版的幾種亦都未續版，『中國木刻用品合作工廠』『新藝叢書社』在戰時編印的一本《給初學木刻者》，亦於本年春間售罄，該社因經費無著，一時無力再版，而各地初學木刻者又迫切需要，後經文供社同意犧牲原有紙型，重加修正重排付印，感激之餘，便不辭炎夏的威逼，花了一個多月的時間，把它從頭至尾重寫一遍，添了不少章節，插圖亦重選重製，……」

把再版增訂本和重著新版本兩種《木刻手冊》細加對照之後，就可以發現前一種版本的不少有待完善的地方。

重著新版本《木刻手冊》把原來十章的內容只劃分為七章，即版畫概說、木刻概說、用具及材料的準備、刻作的程式、畫面構成諸要素、學習步驟、木刻史話。這章節還可以再縮並，比如：木刻本屬於版畫之一，可放在一起述說；刻作程式、畫面構成和學習步驟也可放在一起。但是，與原來的章節劃分一比較，後者的更趨於條理分明就顯現出來。原來的章節為：一、魯迅先生所留給我們的遺言，抄了五段魯迅論及木刻的語錄；二、緒論，談「木刻在抗戰時期的重要性」；三、中國新興木刻藝術發展的概況，述說截至作者撰述之日的「不滿十年」的中國「木運」經過；四、版畫概說；五、木刻概說；六、木刻的用具及材料；七、木刻製作的程式；八、拓印；九、木刻製作的幾個基本條件；十、木刻創作的準備。這十個章節的劃分，確實體現了「為了適應木函班需要的迫切」而急匆匆的慌亂。

和再版增訂本《木刻手冊》一樣，重著新版本《木刻手冊》的基本木刻知識以外的史實述說也是相當有價值的。而且，前一種的中國新興「木運」只寫到一九四〇年冬，九年多，不足十年；而重著新版本《木刻手冊》則補寫至一九四八年秋，多出了將近十年，幾乎就是《中國新興木刻史簡編》。當然，不僅僅是多出了十年時間，在內容上來了一次重新編撰。尤其是對同一個事件的述說，前後的差異頗有研究價值。舉幾個例子。

提到艾青時，「再版增訂本」隱晦地說「剛從法國回來的一位先進的藝術同道者」，「重著新版本」擴寫為「剛從法國回來的藝術朋友蔣海澄（即後來專從事新詩工作的艾青）」，接下去不遠處還明確載錄「會員海澄……又鋃鐺入獄，……判了五年」。

說到「春地美術研究所」的被強令解散，「重著新版本」只是一般的敘事：「『上海』『新華』兩美專有好多學生都中途轉到那裏面去，不料卻因此引起一班藝術大師的忌視，……」而「再版增訂本」卻是詳盡的敘說事件原委並照錄當時「藝術大師」的「忌視」的說話：「那一次展覽會，卻給與上海文藝界一番空前的激動！同時，大概因為『春地』所展覽的作品有了新的『形式』和『內容』，給與一班美術青年一種新的刺激和啟示的關係，所以都很踴躍的參加到『春地』裏去。當時『上海』，『新華』兩美專的少數學生（有的已經繳了學費的）也參加到那邊去，想不到這卻引起了所謂『藝術大師』們的妒忌，據說他們會議以後的結論：『「春地」成立還不到三個月，對各方面的影響已經是這樣的大，假使讓它辦到一年兩年，那麼，我們的學校都不要辦了……』結果，『春地』果然於這幾句話的威力之下而被法捕房抄散了。」

「再版增訂本」《木刻手冊》這樣寫魯迅在「第二回全國木刻流動展覽會」上：「先生在會場中被許多青年包圍著，奮不顧身的向一班青年解答許多問題的當兒，而竟講得白涎從口縫裏不停的淌著，甚至講得面色慘白，確是許多人親眼見到的事實。」所寫是事實無疑，卻有點彆扭。「重著新版本」變為這樣的了：「魯迅先生也於最後一天扶病前往參觀，老人家看見親自扶植的新興木刻，很快的從幼苗變成粗枝大葉的綠蔭，興奮得竟忘卻了自己的病體，與在場的木刻青年及許多熱情的觀眾談論有關木刻的問題達數小時之久。然而誰會想到這位青年導師，一代的文豪，中國新木刻藝術的保姆，竟於木展閉幕後不到一周的十月十九日，停止他的戰鬥生命，與世長辭了。」前後兩種描述，對於研究者都有價值。話語方式的隨便或莊嚴，與時代的文明程度息息相關。後一種表述，正朝著一九五〇年代後的方向靠攏。

前面介紹過再版增訂本《木刻手冊》具有濃厚戰時色彩的封面，重著新版《木刻手冊》的作者在「重著」時已經用相對永久性質的素材和語言來述說了，因此到了這一版的封面也煥然一變。書名由原來的長宋字變為略微扁寬的字體，仍是紅色。書名之下是扁黑美術字的「野夫　著」。居中偏下是黃永玉的一幅綠底套色木刻《柳葉搖搖草青青》，有的書上誤將這幅木刻稱為「講故事」，也說得過去。因為畫面上一派快樂，赤著上身的老大爺手拿紙扇坐在青草地上，歡笑地面對坐在矮凳上兩個表情愉快的小孩，正在說著話。一雙小孩的頭頂上是掛滿果實的葡萄架，老大爺的身旁是被夏風吹拂的垂柳。說是夏天，除了老大爺赤著上身和兩個男女小孩身著短袖上衣背心外，還有地上的茶壺和茶碗。不知有無先例，封面上的木刻被計入全書的插圖之一，列為《插圖目錄》的第二十四幅圖，即最後一幅。

列入目錄的二十四幅插圖，全是每幅插圖獨佔一面，還有幾幅彩色的。印得清晰，用紙也好。屬於技法指點的插圖不計入目錄，隨文配插，各章分別以英文字母順序編次，同樣印得很清晰。

兩種《木刻手冊》的中國新興「木運」現場記實，加起來有四萬多字，都是極其寶貴的史料，弄中國現代藝術史的人不可不讀。野夫對他獻身的中國新興「木運」的熟悉程度，只有用「如數家珍」和「瞭若指掌」這類詞語來形容了。哪個縣份哪個地方有哪幾個人在從事木刻活動、已有什麼作品，野夫清清楚楚。他對一二十年的中國「木運」家底，太熟悉了！我們現在的專業人士，包括級別很高的國家級專家，真該學學野夫的敬業精神。

野夫，複姓鄭邵，乳名育英、毓英，昵稱育男，學名虔，別字誠之、誠芝。野夫的本來姓名應該是「鄭邵虔」。他的木刻作品一般署名 EF，「野夫」便是「EF」的諧音。赴港擔任「天一影片公司」置景師時，更名為「鄭未明」。他是浙江樂清人。樂清屬浙江溫州轄地，現為縣級市。其生卒年月，一九八一年人民文學出版社十六卷本《魯迅全集》的注文就有兩種說法：第十二卷第三百〇一頁為「1906－1974」，第十五卷第四百八十九頁為「1909－1973」。這是不該存有的訛誤！當年參與《魯迅全集》編注的班子頗具實力，不難找到野夫的檔案材料。據浙江當地印行的地方誌類讀物，野夫一九〇九年生，一九七三年秋卒。

野夫以版畫家名世。他畢業於劉海粟主辦的上海美術專科學校。從學校出來後，野夫先後與人發起組織「春地美術研究所」（亦稱「春地畫會」，一九三二年五月，上海）、「野風畫會」（一九三二年八月，上海）、「上海繪畫研究會」（一九三三年，春）、「鐵馬版畫社」（一九三六年一月，上海）、「上海木刻作者協會」（一九三六年十一月）、「春野美術研究會」（一九三七年九月，浙江樂清）等美術社團，創辦《鐵馬版畫》（上海，一九三六年一至八月，共出三集）、《戰時木刻半月刊》（浙江，一九三九年十一月至一九四〇年四月，出至第二卷第二期）、《木刻藝術》（印行於浙江麗水、福建赤石、上海，一九四一年九月至一九四六年九月）等，主要是提倡版畫的美術期刊。

抗戰期間，野夫在浙江麗水與人創設「木刻用品供應社」，後發展為合作工廠，在贛、閩、滬等地生產木刻刀具，同時舉辦木刻作品展覽會。出版的著作除《木刻手冊》外，還有小裝飾木刻作品《點綴集》、《合作運動畫集》、《給初學木刻者》等。

一九五〇年後，野夫擔任中國美術家協會的副秘書長，還被選為全國文聯候補委員，執教於「中央美院華東分院」即後來的「浙江美術學院」，並兼任總務長。一九五七年的「運動」過後，野夫下放到中國美術館研究保管部。「文革」期間，野夫飽受迫害。在五七咸寧幹校，他靠製作過木刻的靈活的雙手，以繪畫藝術和木工技巧相結合，為幹校創制出新型農具。

從五七咸寧幹校回到北京，野夫已是衰老不堪，連去訪問相距不到兩公里的熟朋友，也會迷路，甚至在歧巷裏徘徊良久，幾瀕昏厥，……

野夫的《木刻手冊》未見在野夫去世後重印，他的木刻作品也未見有人搜編成書交出版社印行《野夫木刻作品集》，更說不上組稿編印懷念和研究野夫的專集了。我這篇文章就作為一個後學晚輩敬獻給野夫墳上的小小花圈，像野夫作詩悼念他的弟弟一樣，用以對中國新興木刻先驅者之一的野夫的懷念吧。

宋雲彬輯《魯迅語錄》出書前後

二十世紀六十年代中後期和七十年代前期，也就是「文革」時期，全國各地都自印《魯迅語錄》，是繼《毛主席語錄》之後版本最多的又一個偉人的語錄。人們便以為《魯迅語錄》是「文革」時期的創舉。其實，早於「文革」二十多年，就有至少四種「魯迅語錄」問世，宋雲彬輯錄的便是其中之一。

一九三九年七月十一日，在桂林「文化供應社」任出版部主任的宋雲彬因患腳疾住進醫院療治，他利用這段大塊的空閒時間繼續從魯迅雜感集子中輯選《魯迅語錄》，這一天他輯了二十條左右；第二天、第三天接著選錄，得數十條；到了本月二十六日，已輯得二百四十多條。八月份繼續選錄，但不多，就每次「若干條」罷。

一九四〇年一月八日，桂林「生活書店」到了六十元一套的二十卷本《魯迅全集》，宋雲彬以九折優惠價購得一套。這對他的《魯迅語錄》繼續充實非常有益，他開始系統閱讀。五天後的十三日、十四日以及二十二日他都在「補選」。三月二十八日得知端木蕻良從香港寫給艾蕪的信中希望宋雲彬把《魯迅語錄》交給他主持的香港大時代書店出版；這或許就是宋雲彬作於一九四六年六月的〈沈雁冰〉中講的「有一位朋友，寫信慫恿我把《魯迅語錄》付印，說《魯迅全集》難得，有此一書，則嚐鼎一臠，可知全味，嘉惠青年，實非淺鮮云云」吧？

還來不及表態，一九四〇年四月三日，宋雲彬得知桂林「大時代書店」有雷白文編選的《魯迅先生語錄》在賣，他趕緊跑去，聽說最後一本被一個叫「王一清」的人買走了。當天晚上宋雲彬在日記中自責道：「余自去年四月起，即有魯迅語錄之輯，十月中旬已將付印，忽欲加增補，因循遷延，遂為捷足者先登矣。今以此事為彬然言，彬然謂余一生大病即在作事因循遷延。此良友藥石之言也。」自責之後，也只有「把原稿藏擱起來」。

然而，一九四〇年七八月間此事有了轉機。那個約半年前買走《魯迅先生語錄》的王一清又出現在桂林，宋雲彬向他借來那書，細細翻閱一過，才發現原來他自己選錄了的雷白文沒有選，同時雷白文選錄的他大都沒有選，宋雲彬輕鬆地想道：「這原是各人觀點不同，我不敢說我選的比雷先生更精當，但覺得《魯迅語錄》仍有付之排印的必要⋯⋯」。

這「毫不猶豫地把它付印了」的《魯迅語錄》一九四〇年十月印出初版發行一萬八千冊，一年以後的一九四二年三月再版又印了三千冊。在當時一本書不足半年印銷二萬一千冊，要算暢銷書了。另據文化供應社一九四二年五月所印冼群《戲劇手冊》卷末書目，到這時，《魯迅語錄》已印了「六版」。然而，《魯迅語錄》上市並呈暢銷之趨勢時，已有謠言產生：那位早先「寫信慫恿」付印《魯迅語錄》的「朋友」也說宋雲彬在自己的出版社裏「吃魯迅」，說他得了好多好多稿費⋯⋯

宋雲彬為什麼要編選《魯迅語錄》？他這樣解釋：「宋朝的理學家有語錄，蘇聯的高爾基也有人替他輯語錄，我何妨也來輯一冊《魯迅語錄》。」宋雲彬輯的《魯迅語錄》共三百六十六則，分上下兩編、二十一個門類，他為之作了一篇序，書末是以筆劃為序的篇名索引，正三十二開，全書有二百三十多頁；封面上的書名「魯迅語錄」是集的魯迅手跡，封面右下方是一幅約占去四分之一面積的木刻魯迅側左頭像。宋雲彬輯《魯迅語錄》之「文化供應社」桂林印本於一九四四年夏湘桂戰爭時停版，一九四六年六月、一九四八年六月和一九五一年一月在上海聯益出版社三次重印，均由文光書店總經售。

除了雷白文、宋雲彬編選的魯迅語錄，早於「文革」二十多年出版的此類圖書還有一九四一年四月由上海激流書店印行的僅有一百八十二頁的舒士心編的《魯迅語錄》和一九四六年十月由上海正氣書局印行的篇幅更少總共只有六十頁的尤勁編《魯迅曰——魯迅名言鈔》。

輯《魯迅語錄》時的宋雲彬四十二三歲，按當時的人口質量已經算老年人了，加之他天天都從事文字工作，他僅憑記憶所寫的稍遠一點的事，免不了會有差錯。比如，一九四〇年九月一日他寫的《魯迅語錄》的〈序〉一開始所說「去年七八月間，因患腳疾，進廣西省立醫院療治，在醫院裏做我的陪伴的，是一部《魯迅全集》」就與他的日記所記不一樣，當然該依日記為準。

還有一點可供揣測的線索，不妨一說。雷白文編的《魯迅先生語錄》雖然標明一九三七年十月編者自印，但它在桂林「大時代書店」發售，與該書店老闆端木蕻良不會毫無關係。這位端木蕻良「此地無銀三百兩」的那封致艾蕪的信，實際上不打自招地說明了他手頭正經營著魯迅語錄的一本書稿的買賣。從宋雲彬日記中得知，當時桂林「大時代書店」站門市的銷售《魯迅先生語錄》的人「云寄到數十冊，霎時即告磬」，足見「好賣」。而且壟斷桂林文化城長達半年之久，其利潤當可觀矣！也因此，當宋雲彬輯《魯迅語錄》在「文化供應社」出版並呈暢銷之勢時，沒有要到這部書稿的弄出書生意的人罵宋雲彬「吃魯迅」，勉強可列入「情理之中」。

說宋雲彬「吃魯迅」的究竟是誰？宋雲彬一九四〇年二月二十五日的日記有載：「午後與錫光同去科學印刷廠，請湯養吾估印《國民必讀》價。湯慫恿余印《魯迅語錄》。」是「湯養吾」嗎？可以斷定：不是！只能是端木蕻良。——因為先有一九四〇年三月二十八日的宋雲彬日記「端木蕻良致艾蕪函，希望余輯之魯迅語錄，交香港大時代書店出版」，後有一九四六年六月的宋雲彬文章〈沈雁冰〉中「有一位朋友，寫信慫恿把《魯迅語錄》付印」的敘述。

不僅在《魯迅語錄》出書之前有波折，出書之後仍不平靜。正當《魯迅語錄》暢銷時，《野草》編輯部收到一個「左」得出奇的署名「諸葛靈」的題為〈偉大作品——給宋雲彬先生〉的投稿。據「諸葛靈」自述，此稿作於一九四一年九月二十四日，在他那裏壓了兩個月，十一月二十二日夜把文章抄了一遍，並補寫〈抄後記〉才決心投寄。諸葛靈的〈抄後記〉中說：「本文寫後，壓下到如今，偶翻出抄一抄，特寄給宋先生編的《野草》，倘若不因文拙庸俗，得大量以提早刊出，萬幸萬幸，否則，本文可得宋先生過眼，亦可了卻心願。」這「抄後記」其實就是一紙「勒令」，威逼宋雲彬非刊登不可，不然就顯得氣量狹小。正如秦似一九八四年十二月為次年年底由生活・讀書・新知三聯書店出版的《宋雲彬雜文集》所作〈序〉的第三節中回憶的：此系青年人所為，真是不知天高地厚也。只揀諸葛靈來稿中說及《魯迅語錄》的看看，就知道秦似在幾十年後對此事的結論並非沒有道理。

諸葛靈說：魯迅死後，「來吃他的肉」、「來平分油膩」、以「理」魯迅「其事」為由而「大肥其腰」的首推「應運而生」的《魯迅語錄》的輯者；「《魯迅語錄》的輯者宋雲彬先生，是位以『研究』名人來出名的『作家』，是目下內地少有的雜文專家」，但魯迅的〈在鐘樓上〉引用宋雲彬「參加夾攻」魯迅的〈魯迅先生往哪裡躲〉原文的話「我想宋雲彬先生不會選入『語錄』裏罷」……

宋雲彬一九四二年二月七日讀過諸葛靈的來稿後，給具體執編第三卷第六期《野草》的秦似寫了回覆，答信以〈附宋雲彬來函〉為題刊於諸葛靈文稿之後。宋雲彬說：「諸葛靈先生的〈偉大作品〉……務請予以發表，不必為弟顧慮也。我沒有寫文章來答覆」，是因為「目前的文壇何等光怪陸離」，「把筆墨浪費在無謂的爭論上，實在是不應該的」。但宋雲彬還是忍不住反駁道：「他說我曾參加圍剿魯迅，只要一讀魯迅那篇〈在鐘樓上〉，就可以知道他是如何的信口雌黃了。」

六十年前薄薄的一本《魯迅語錄》，竟有如此豐富的故事可說，這正是舊書的魅力所在。

艾蕪《文學手冊》的版本

一九三九年十月成立於廣西桂林的「文化供應社」營運不到一年就露出了不景氣的勢頭，當時擔任該社出版部主任的宋雲彬在一九四〇年八月一日的日記中就有「文供社前途暗淡」的載錄。為了振興「文化供應社」，該社同仁們商量策劃了一套以青少年讀者為對象的普及性文化讀物。這套讀物的書名每本都只有四個字，後兩個字為「手冊」，當然有青少年求學者非讀不可的號召力。現在可見實物的確證已經出版了的此套讀物有廖伯華的《珠算手冊》、《化學手冊》、《物理手冊》、《生物手冊》，楊承芳的《英文手冊》，野夫的《木刻手冊》，冼群的《戲劇手冊》以及下面要敘述的艾蕪的《文學手冊》。

文化供應社的編輯宋雲彬和傅彬然都知道自一九三九年一月起就來到桂林的艾蕪有一個習慣：他隨時隨地總帶著一個小本子，注意記錄別人生動活潑或者富有個性的說話，即便在鬧轟轟的市場上，聽到小販一句富於形象性的話他也會馬上記下來；從一個廣西老婆子的口中，艾蕪甚至記錄下幾十首寶貴的歌謠。這樣，《文學手冊》的作者當然就非艾蕪莫屬了。艾蕪晚年回憶道：「有時覺得人家說的好，就隨手記了下來。有時報刊雜誌要我談談寫作經驗，便也把古今中外作家的談話，寫去發表。後來桂林文化供應社要我寫本文學入門一類的書，我就用平素的筆記報刊雜誌上的文學短論，加以系統化，再研究一次，又充實一些材料進去，便成了《文學手冊》。」艾蕪自己輕鬆地交稿後，還覺得

《文學手冊》是他無意中集成的一部讀書筆記。正趕上艾蕪要去香港，他並沒有看重這部只是動用了平時的積累而在寫作時不花大氣力的僅僅只有七萬字的書稿，連版權都留給了文化供應社。

一九四〇年十二月十三日，艾蕪結束全稿後，寫下不長的〈後記〉。這〈後記〉再版時被抽去，不再為人所知，故全文抄錄如下。

> 由愛好文藝而從事寫作，在這一段路上，我自己的確像瞎子一樣，是摸索著走的，而且也走了不少的冤枉路。但終於沒有迷途，還能向一個文藝工作者應走的路上走去，這不能不感謝一些前輩作家的。他們談的文藝修養，談的創作經驗，雖然有時只走短短的一段，但也像黑夜中的火炬似的，照見了我們應走的路，使我們不致摸索，感到迷茫。現在我寫的這一本書，便是把過去許多作家的經驗之談，有系統地編在一塊，仿佛在黑夜的路上，沿途安置無數的火炬似的。希望有愛好文藝而又願從事寫作的人，不致再像我似的胡亂摸索，走許多冤枉路。
>
> 又這本書，是偏於文學修養一方面，目的在幫助文學愛好者，從事文學修養的基本工作，故關於專門詳細講論詩歌，小說，戲劇，文藝思潮以及文學史之類，都暫時劃在本書範圍以外。
>
> 在這抗戰時期，參考書不容易找到，幸賴友人多方幫助，才勉強編成了這本小書。如巴夫林林徐西東蘆荻劉麟孫陵陳爾冬周鋼鳴諸兄，都能把他們心愛的書，放在我這裏有數月之久，是不能不深為感謝的。又雲彬兄代查參考資料，亦極使作者感激。

這個初版本一九四一年三月印五千冊，七月再版又加印五千冊，而後是三版、四版，第四版還是「普及版」，當然是書價不高，一般的讀者和窮學生也買得起。無疑的，《文學手冊》已經成了深受廣大讀者歡迎的暢銷書，為「文化供應社」銷量最大的書。同行中友善者如巴金和魯彥力勸艾蕪收回版權，艾蕪自己也意識到如此受到歡迎的書應該好好地認真修訂一下再印。於是，他與「文化供應社」負責人幾度磋商，決定用三個月時間弄一個增訂本出來，仍交由「文化供應社」印行。

就在修訂《文學手冊》的時候，艾蕪家裏留住著一個專程來桂林慕名向他求教的浙江籍文學青年曹湘渠（筆名「風砂」）。修訂工作結束後，艾蕪讓曹君讀了一遍全稿，並興奮地對曹君說：「這才對得起讀者了！」增訂本多出了六萬字，總字數是初版本的近兩倍，添補最多的是關於語言的部分。《文學手冊》修訂本以「增訂五版」的名義一九四二年十月印行。這個「增訂本《文學手冊》」在桂林印了兩次，一九四三年十二月增訂七版上市不久，因湘桂戰爭爆發，「文化供應社」攜帶該書紙型在香港於一九四六年四月、一九四七年九月加印兩次，又於一九四八年十月、一九四九年四月在上海以「青年自學指導手冊」的叢書名印了「新三版」和「新四版」。

《文學手冊》經過增訂後，一直被文化供應社視為重點書。統一製版附在該社八種手冊各卷卷末的書目廣告置於醒目位置占了一半篇幅的就是《文學手冊》。加花邊的《文學手冊》廣告，除了「艾蕪　著」和書價「四元五角」外，還有近兩百字的一段生動實在的文字：「著者本其多年創作之經驗，寫成本書。書凡四篇，長八萬餘字。關於文學的本質，學習文學與創作的方法，以及目前文學運動的思潮等問題，莫不有詳細的敘述。本書最大的特點，不是空洞抽象的理論敘述，而是指導寫作的具體說明，每篇舉例甚多，許多著名的作品，都有周密的分析。而著者的文字，更深入淺出，把一些深奧的問題，娓娓講來生動有趣，讀者不但對於文學經驗有所瞭解，而且是寫作最寶貴的指針。」

一九八〇年十二月十六日艾蕪在成都為一九八一年六月湖南人民出版社重版印行的簡體字橫排本《文學手冊》寫的〈重印後記〉中說道：「解放後，這本書沒有再印了，連出這本書的文化供應社也不存在了。」對此艾蕪記憶出錯，一九五一年三月該書在北京最後一回以「文化供應社」的名義加印，紅色字的版權頁上的印地和印數是「京再版 1500 冊」。

上述增訂本的各個印本全據同一紙型印出，沒有版本學意義方面的差別，其中任何一個印本都是「增訂本《文學手冊》」的原貌。

關於對此書初版本的修改，一九四二年四月十二日艾蕪為此增訂本所作〈後記〉寫道：「這本《文學手冊》增訂本是根據作者去年出的《文學手冊》來改寫的。因《文學手冊》出版一年後，多蒙友人愛護，得到不少的批評，又蒙讀者不棄，來信提出作者未曾談及的其他問題。同時作者亦感到有好些不滿意的地方，故將其儘量改訂，該補充的加以補充，該改寫的加以改寫。所費時日和精力，亦差不多和寫《文學手冊》相等。」

詳細對讀《文學手冊》的初版本和增訂本，只感到後者是對前者的方向完全一致的進一步豐富和擴充。如此受到歡迎的書，何以在「解放後」的首都只印一千五百冊呢？這是一個重要信號，預示了該書的不合時宜——即與「新時代」有些格格不入。

果然，一九五一年十二月二十九日，何其芳寫了一封專談《文學手冊》的長信給艾蕪，從各個方面當然「主要是有關思想和方向方面的問題」作了居高臨下的「暢談」，下面順序摘錄。

> 《文學手冊》的「缺點主要是有關思想和方向方面的問題講得太少，太不明確」，「應該多花點時間增訂一下，把馬列主義的文藝理論、毛主席的文藝理論中的一些基本原則扼要地通俗地寫進去。應說明文學是意識形態，在階級社會裏是有階級性的，不管自覺或不自覺，都是階級鬥爭的工具。應說明今天的文學工作者應站在人民大眾的立場並力求站在工人階級的立場，以反映工農兵為他們的作品的主要內容。因此從事文學工作的人必須參加工農兵群眾，學習馬列主義」；「第六節〈文學的主要功用是什麼〉，應改寫。這一節應按照馬列主義的文藝理論作嚴格的說明」；語言這一段「可以參照毛主席在〈反對黨八股〉中的關於語言的說明，史達林的〈馬克思主義與語言學問題〉」來「改寫」；「第三十三頁第四行，恐不應過分講我們的文字的缺點，也應講一些優點。可參照人民日報六月六日關於語言的社論」；第九十頁，我覺得不必講香港英帝國主義者辦的學校如何『重視』文藝」；「講現實主義與浪漫主義一節，可參考近來蘇聯的文藝理論改寫」……

何其芳的信有三千七八百字，末尾還說「怕信過重，就寫到這裏為止吧」。艾蕪讀信時，他不會因最後一句的「這些意見不一定對，僅提供你參考而已」感到輕鬆，他當然清楚此信就是代表著文藝界最高領導層的聲音，必須照辦！

和當時的廣大從「舊社會」跨入「新社會」的文藝工作者一樣，艾蕪也想「緊跟形勢」，他馬上根據何其芳的意見，在一九五一年三月「文化供應社」北京印本上進行修改。我有幸見到留有艾蕪手跡的這個未能刊印的修改本，將主要的修改內容轉述如下。

應該說，何其芳在信中提出的主要問題，艾蕪都儘量地作了補寫和改動。在〈目錄〉第一頁增加兩個小標題〈六　學習文學需要學習馬克思列寧主義嗎？〉、〈七　學習文學需要到工農兵群眾中去嗎？〉。在正文第六、七、八頁，多次補入「勞動人民」、「工人階級和勞動人民」的字眼。在第七十二頁、第一百四十三頁改補進「階級不同」、「階級性」和「階級」共六處。第八十七頁談到讀書時補入「如馬克思恩格斯列寧史達林及毛澤東主席等人的著作」。第九十至九十一頁那一段乾脆全刪，在第九十九頁補入「學習馬克思列寧主義」。第一百頁將「研究人生」改為「研究現實生活」。第一百一十三頁將「新哲學社會科學」改為「馬克思列寧主義」。在第一百三十八頁一個小節的末尾補入「我所以在前面再三強調我們文學工作者要首先學習馬克思列寧主義，其中主要原因之一就是為了要正確地認識和理解我們現代新的人物」。在《文學手冊》正文最後一頁即第二百二十頁，補入「亦即是向社會主義現實主義走去」。

當然還有一些別的改動，但上述改動是配合何其芳來信精神的重要改動。估計艾蕪的這個修改本沒有交出去，即便交出去也過不了何其芳那一關。而且，從一九八一年六月湖南人民出版社印行的《文學手冊》的〈重印後記〉第一句「《文學手冊》這本書，是我一九四二年四月十二日以前寫成的」來看，對於何其芳拿「延安文藝座談會」以後的「精神」要求《文學手冊》，艾蕪是內心不贊成的，但他曾經有過的修改是不可能忘記的，因為何其芳的信他一直保存著。

一九八一年六月湖南人民出版社印行的橫排簡體字本《文學手冊》，誠如艾蕪說的是「一九四二年以前的面貌」，一些「小的修改」多為個別字詞的更易。細加對讀，不僅出版社的「同志」改了「言語」為「語言」（但第三十四頁第四行仍有「言語」），還改掉了一些艾蕪的個性辭彙，如第九十六頁第十一行「深入研究」原為「下細研究」。但是該訂正的字卻又沒有改過來，如第三十七頁的「敲豬匠」應改為「劁豬匠」、第四十五頁的「區黑」應改為「黢黑」……等等等等。

四川文藝出版社在艾蕪生前印行的十卷本《艾蕪文集》沒有編入《文學手冊》。其實，和《南行記》一樣，《文學手冊》也是艾蕪的代表作，而且擁有的讀者更多。現在，對於初學寫作的人，《文學手冊》仍然可以作為必讀書之一。艾蕪以平易近人的寫作姿態，在書中說的那些讀和寫的道理，永遠都不會過時。比如，艾蕪講真正要從一部書中汲取營養，必須反反覆覆地讀，而後再盡可能多地找來關於這部書的評論仔細閱讀，看別人有什麼心得體會，驗證或者補充自己的認識。——故弄玄虛的人，會說「如今是電腦時代了，誰還如此笨拙地讀書」；然而，真要吃文學這碗飯，就只有走艾蕪指定的路才可能成功。

關於何其芳，一九八八年五月二十三日，艾蕪在「川醫」住院治病期間，寫下的回憶文章中說：「他是個很好的黨員，真誠擁護黨的，百分之百接受領導的，……」但是我們沒有發現艾蕪談到何其芳令其修改《文學手冊》的事，他不拿上個世紀五十年代的修改本再版，也是一種表態。

順便訂正一下：一九九二年九月北岳文藝出版社印行的《艾蕪傳——流浪文豪》第一百七十六頁說「增訂後的《文學手冊》交給桂林三戶書社再版」是「小說家言」，當不得真的。

最後介紹一下上述四個不同印本的封面。「文化供應社」的桂林兩個印本封面基本一樣：上切口和正中是花紋裝飾，正中為倒三角形剪紙圖案、上切口為「T」一正一反在兩條粗線內構成花邊，顏色是橘黃色。「文學手冊」四個字手寫藍色，倒三角圖案上是「艾蕪著」、下是「桂林文化供應社印行」。「增訂五版」在書名下多出與圖案顏色相同的放在括弧內的「增訂本」三個字。到了北京印本，封面重新設計：仍是正三十二開，四周圍了橘黃色的花邊，花邊內上方一塊紅色長方形飛白出書名和「艾蕪著」。至於二十世紀八十年代初湖南人民出版社印行的版本，其封面也簡樸：綠色的滿底，中上方一排線條飛白花紋，書名豎排，出版社名設計成一方印章。

到了如今，或許會有一批嚴謹的學者意識到：上個世紀頭五十年間出版的書尤其是名著，如剛才說的《文學手冊》，最好按照原貌一字不動地重印；那些可笑的修改，無論是作者自改還是他人強改，都只能給後人留下笑柄。何其芳的那封口氣十分強硬的關於《文學手冊》必須按照他所講的進行修改後才能再版的長信，不久就被事實宣佈作廢了！當然，艾蕪本人也無法超越歷史，因為他畢竟有一個修改手跡本《文學手冊》留給了後世的人，可供我們細細考察他當時的心靈歷程。

張恨水《八十一夢》的版本

在五四至一九四九年十月這三十年間產生的中國新文學名著的版本敘述方面，最為混亂不清者莫過於張恨水的《八十一夢》了。即便現在，仍可從一些本該嚴謹的公開正規出版物上，不斷發現關於《八十一夢》版本敘述的錯誤。這些錯誤較為常見的有兩種：一是說整部作品只寫了九個夢，二是說作品最初連載時因某人恐嚇才致使作者被迫結束全篇並憤而寫下〈楔子　鼠齒下的剩餘〉以回擊當局對《八十一夢》的扼殺。後一種說法不僅沒有條件知道實情的晚輩人包括張恨水的子女這麼講，連與作者同時代的老同事、老朋友如張友鸞也這麼講。至於前一種說法，便是中國新文學所謂「研究界」的通病了——又急於多出成果同時又懶得多看點材料，只好就已知的說。兩種誤傳的不斷擴散，導致《八十一夢》的版本實況在作品問世已逾七十年後的今天仍不為人全知。為了不浪費篇幅，下文只正面述說，不做「撥亂」的工作。

「重慶新民報連載本」和「新民報社十四夢本」

張恨水上個世紀三十年代末從南京來到重慶，當年連載《八十一夢》的《新民報》總經理陳銘德在「中華民國三十年冬盡於陪都」為《八十一夢》初版單行本寫的〈序言〉說作者的「願望」是「願意貼緊在這抗戰司令台下，不辭任何艱苦，盡他所盡的一份力量」。到了重慶，張恨水看到的抗戰勝利以後的「情狀」是什麼呢？他看到了就對同事們說，說了就寫，寫出來的就是連載於一九三九年十二月一日至一九四一年四月二十五日重慶《新民報》上的《八十一夢》。

查閱當年連載《八十一夢》的重慶《新民報》副刊《最後關頭》，一九三九年十二月一日這一天的《最後關頭》版面緊挨下面的廣告左上方有一小塊《八十一夢》，用一個小圓圈內標漢字數碼「一」表示連載序號，作者署名「恨水」，有五百多字。開篇是〈楔子　鼠齒下的剩餘〉，排了二十一行。全部連載每期大都是這麼一小塊，有時由於稿擠就只得刊登一二百字。在編序號方面倒有一點趣聞，不妨一說。連載到〈第五十八夢　上下古今〉時，序號「二六九」錯成了「九二六」，下一次沒作更正，將錯就錯地順延「九二七」、「九二八」……接著編下去。但到了「九七一」就不再續編，從「九七二」到最後結尾，都沒有序號。還有序號編漏了、編重了的，如有兩個「一二二」，就因為沒編「一二一」。

「楔子」，就是「小說的引子」，佯述接著要讓讀者閱讀的內容的來源。從重慶《新民報》全部連載看，《八十一夢》的寫作過程是從容的，最後一夢是〈第八十夢　回到了南京〉，之後是〈尾聲〉，連載結束時有打著圓括號的「全書完」。「重慶《新民報》連載本」《八十一夢》很難見到，其真實面貌不廣為人知。這是完整的一部作品，開始是〈楔子〉，最後是〈尾聲〉，中間是以「我」為貫穿線索的十四個「夢夢自告段落」的夢。

《八十一夢》在重慶《新民報》連載完後，不到一年時間，一九四二年三月南京新民報重慶社印刷部作為「新民報文藝叢書之一」排印了該作品的平裝正三十二開單行本。為了敘說的方便，把這個版本命名為「新民報社十四夢本」。張恨水一九四二年一月「於重慶之南溫泉」給初版本寫了〈自序〉，接著是陳銘德的〈序言〉。此書是「合法」出版物，封底有「重慶市圖書雜誌審查委員會　審查證圖字第二〇二九號」。

這個初印本一上市，就呈暢銷局面：僅一九四二年在重慶便印了四版——三月初版、五月再版、九月三版、十二月四版。翻過年來，一年沒有加印。一九四四年四月印了第五版。同時這個「新民報社十四夢本」《八十一夢》還在上海、南京等地被翻印，印數相當大，統計起來很困難，也無人統計。晚年的張恨水還回憶說一九四幾年的延安，也有《八十一夢》的翻印本。無論何地的印本，都得以實物為據。張恨水不止一次地說他聽人說有《八十一夢》的延安翻印本，不知他親眼看到過這種印本沒有？

「新民報社十四夢本」《八十一夢》「初版」即現在說的「第一版第一次印本」，密密麻麻地用小五號字印在粗糙的草紙上，不是校對精良的本子。在第二次印本末尾附了〈八十一夢勘誤表〉，表分五欄：回數、頁數、行數、原文、誤。「原文」是正確的句子，「誤」敘說「×誤×」。該表列出八十多處勘誤，全書不足二十萬字，而且還有來不及列入表內的差錯。勘誤表後是張恨水的「筆者謹識」:「勘誤表附諸書後，以便讀者檢查。如發現仍有差錯，此書有三版機會，當再補入此表。」話是這麼說了，我見到的第五次印本還有不少差錯仍未補入表中。

《八十一夢》的「重慶新民報連載本」和「新民報社十四夢本」，內容上沒有大的出入。然而由於重新排版，有關人員對作品邊寫邊載帶來的一些難以避免的疏漏之改正，再就是作者本人和編校人員對原刊文字的修訂，都將導致作品發生版本學意義上的變化。具體來說，「新民報社十四夢本」《八十一夢》與連載本比較，有以下變化。

首先，對全書文字來了一次總的梳理。不少地方增減一個或幾個字，使得句子趨於規範和完整，此類例子舉不勝舉。第二，是進一步地加工。比如，「把來賓扔在這裏」進一步加工為「把來賓撇在這裏」、「聽我內人哼兩句」進一步加工為「聽我內人唱兩句」、「我這玉鉤斜的書法」改為「我這玉鉤斜的筆法」、「蘿蔔煮鯽魚」精確為「蘿蔔絲煮鯽魚」等等。第三，補加了一些句子。如〈尾聲〉在解釋「九九八十一」時就補入「或有人說：律法，九九八十一為一宮，你難道表示這是你唱的宮調？我說：中國小說，向來不登大雅。章回小說，更為文壇所不屑道，果如此說我未免太自誇了，非也，非也！不過」一節。最後，具有歷史經濟學研究價值的，是作者對連載本中的大量數目字如物價、薪水等的「漲幅」性改動，比如〈第三十二夢　星期日〉頭半部分就有一組數目字的改動。

連載本：「消費方面，也感到家在故鄉，和家在重慶，有三與一之比。假使太太在故鄉沒有來，我每月寄百十塊錢回去，家裏要過極舒服的日子。現在重慶這個家，每月是四百到五百塊錢的開支，家裏老太太，按月還要寄三五十元去。加上各種應酬，每月總要六七百塊錢開支……這次過年，不是武公送我五百番，就是個大問題。」初版本改為：「消費方面，也感到家在故鄉，和家在重慶，有十與一之比。假使太太在故鄉沒有來，我每月寄百十塊錢回去，家裏要過極舒服的日子。現在重慶這個家，每月是一千五百元到二千塊錢的開支，家裏老太太按月還要寄百十元去。加上各種應酬，簡直不堪想像……這次過年，不是武公送我二千番，就是個大問題。」

物價上漲方面的改動，諸如絲襪子由每雙十塊漲到二十塊、新鮮鯽魚由每斤「一塊六七毛」漲到「七八塊錢」、撲克牌由一副八塊錢漲到一副八十塊錢……寫到薪水：原說八塊錢是當錄事的半個月薪水、是當勤務的一個月薪水，改為八十塊錢是當錄事的一個月薪水、是當勤務的兩個月薪水。

詳細考察研究從「重慶新民報連載本」到「新民報社十四夢本」的所有改動，雖然異常艱辛，卻很有必要，也相當有價值。因為這一回的改動，沒有作品、作者之外的因素介入，是純粹的文學藝術性質的修改。

「通俗文藝版刪節本」

一九五五年一月，社址在北京的「通俗文藝出版社」把《八十一夢》重版，印了兩次，總發行量五萬五千冊。我們據實稱呼這個本子為「通俗文藝版刪節本」。該刪節本在一九五七年八月被「上海文化出版社」租用紙型加印五萬冊，這是「無產階級文化大革命」爆發前最後一次印行。二十世紀八十年代初，中國出版界有所復蘇，開始出版老作家的舊版書。一九八〇年七月，四川人民出版社重印了《八十一夢》的「通俗文藝版刪節本」。印數很大，首次開機便是三十二萬五千冊——當然是「書荒」過後不正常的現象。然而，不得不承認，這個刪節本以極大的優勢如易得、是橫排本（川人版還是簡體字本）等佔領了市場，連弄專業研究和搞教學的人都在使用它。

「通俗文藝版刪節本」去掉了陳銘德的〈序言〉以及作者的〈自序〉和〈尾聲〉，還砍掉〈第二十四夢　一場未完的戲〉、〈第五十八夢　上下古今〉、〈第六十四夢　「追」〉、〈第七十七夢　北平之冬〉和最後一夢〈第八十夢　回到了南京〉整整五個夢，剩下的九個夢均有不同程度的以刪節為主的改動。為什麼要如此大動割除手術？

張恨水自己一九五四年八月三十日為該刪節本所寫類似檢討書的〈前記〉只交代了〈第二十四夢　一場未完的戲〉何以要全刪：由於當時「我思想上的糊塗」，「承認國民黨反動派是『正統』」，「現在重印的時候我自己刪去了這一章」。除了五個整夢的全刪，保留的九個夢都有刪節，如開篇〈第五夢　號外號外〉一處就刪去八百多字，是說當年文藝界狀況的。配有年輕女秘書和勤務兵的「牛博士」對「我」誇耀，說他「臨時要在這裏找間房子，準備一夜的工夫，寫好一個劇本」，「我」吃驚他的寫作速度之快，「牛博士」卻高傲地說：「我們定下星期六起作為慶祝勝利戲劇周。抗戰以來，我對於宣傳上，盡了最大的努力，大後方的大都市，我都跑遍了。對得起國家，對得起社會，也對得起我所學。這一周戲劇，要結束我這三年以來的生活了。」

「通俗文藝刪節本」《八十一夢》只有十二萬字，比前兩個版本少了近八萬字。五四後三十年間出現的文學名著被刪改的命運，《八十一夢》也沒有逃脫。更讓人不解的：至今還未見到當年操刀大砍《八十一夢》的決策人和執行者的有關回憶，專事「張恨水研究」的教授和學者們也不去追問。——這懸案還得繼續懸下去……

其他重印的版本

時間大步向前跨，到一九九三年一月和一九九七年四月，我們終於盼來了太原和北京印行的兩個全本《八十一夢》！太原那本是北嶽文藝出版社編在七十多卷本的《張恨水全集》長篇小說第三十六卷中的，大三十二開硬精裝本，接著一九九三年八月用同一紙型改出正三十二開換了封面的平裝單行本。北京那本是收入《張恨水作品經典》中的，由群眾出版社出版。——不客氣地說，二十世紀九十年代上市的這兩種《八十一夢》，對張恨水名著進行了無知的糟蹋！——判其「無知」，應該算是溫柔的表述；參與這兩個印本的編校人員，連原著文字都未能讀通！下面略舉數例，並稍加說明。

陳銘德的〈序言〉中，「鼠咬蟲齧」被誤為「鼠咬蟲齒」、「潤育至富」被誤為「潤吉至富」、「爽亢豪慨」被誤為「爽兀豪慨」——冠於篇首的序，有了幾處此類「硬錯」，太煞風景了吧？

接下來的作者〈自序〉，有一句「吾本家山念破」被誤為「吾本家山全破」。改「念」為「全」屬於妄改，妄改者記不得陳銘德〈序言〉說及作者來重慶前把「老太太和一家人」送回「故鄉山上」的話了。「家山念破」典出詞牌名「念家山破」，極言思念故鄉和親人之情，語詞結構類似辛詞中的「欄干拍遍」。「家山」的意思為故鄉，辛棄疾〈識愧〉一詩首句「幾年羸疾臥家山」中的「家山」就是指故鄉。〈楔子〉中，「無以難之」被誤為「無法難之」、「參透」被誤為「滲透」、「蕨薇」被誤為「蕨蕨」。

兩篇序言有點文言氣，但大白話的正文也錯。作品開篇：「東首一間房子」，「東首」誤為「東西」；「還有一件相因，可以奉告的，就是我家裏許多木器家私，都可以借用」，「相因」是「佔便宜」的方言褒義表述，卻被誤為「原因」、「家私」，被誤為「傢伙」；「車子上竹竿挑了長短白布橫披」，「挑」被誤為「跳」；「在門口上貼了紅紙條，上寫……」，「上寫」被誤為「正寫」……

錯成這個樣子的書，讓人怎麼讀？好在讀者也不計較，似乎也沒有什麼機構來「抓」此類算不了「嚴重問題」的小事情。

讓人為之抱不平的，是作者張恨水——他這本《八十一夢》，從問世到現在，沒有一個理想的優質版本：不是錯字百出，就是被刪改得體無完膚……張恨水的故鄉安徽潛山有「張恨水研究學會」，我寄希望以該學會，在其會刊上發表嚴謹學者對張恨水著作校勘的成果，提倡認真，以扎實的「張研」勞績繼承前輩作家的好傳統。

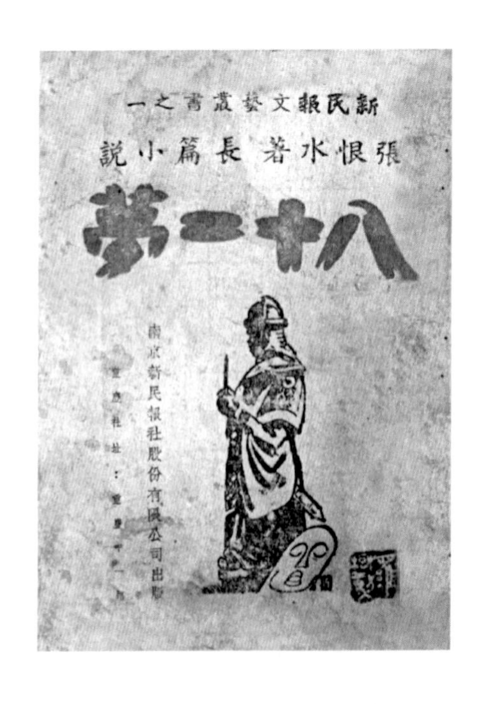

寫於昆明和成都的《經典常談》

一九四〇年夏至一九四一年夏，按西南聯合大學規定的教師「輪休」制度，在此校任教的朱自清可以帶薪離校休假一年。一九四〇年上學期，一放暑假，朱自清就離開了學校臨時校址所在地的雲南昆明，於這年的八月四日到達在四川成都租得的、夫人及孩子已搬至此處的家成都市東門外宋公橋報恩寺內的旁院三間沒有地板的小瓦房。這座小尼庵內的那三間小瓦房被葉聖陶稱為「望江樓對面朱先生的寓所」。

這三間小瓦房的「朱先生的寓所」曾迎接過不少同事和朋友，李長之就是其中一位。李長之在〈雜憶佩弦先生〉一文中說他「二十九年」到成都見到朱自清時，「適逢朱先生休假」，「他住的地方是成都東門外的一座古廟」，朱先生的桌上「擺著《十三經注疏》」。

李長之見到的坐在「擺著《十三經注疏》」桌旁的朱自清的時間大約為一九四〇年十一月上旬或中旬，這時朱自清正修訂從昆明帶來的一疊向青少年介紹中國古典文化精華的文稿。葉聖陶一九四〇年十一月二十日的日記所載「乘車至佩弦所，觀其所作《古典常談》稿數篇」證實了《經典常談》的初稿《古典常談》的修訂和補寫工作著手於朱自清回成都家中大體安頓好家務瑣事以後的這年十一月前後。這時節，朱自清夫人剛產過小孩，尚不能起床；朱自清的兒女又多，大一點的均在校讀書。作為學者、散文家和教授的朱自清真是學問、家務兩不誤，照顧家眷的同時仍從事著學術研究。

朱自清是一九四一年十月八日離開成都的，他順岷江而下，途經樂山、宜賓、瀘州、敘永等地，十一月初抵達昆明。休假期間，朱自清已在成都家中基本完成了《古典常談》的修訂補寫，有近八萬字。到昆明後，料理完雜務，朱自清又對全稿進一步潤色。一九四二年一月的二十八、二十九和三十日他都在「校正」《古典常談》，一月三十一日開始寫序，二月二日寫畢。二月三日，朱自清步行一大段難行的馬路，從他的住處走到楊振聲的住處，把全部《古典常談》稿包括序和《古典常談》正文都交給楊振聲。楊振聲建議把書名改為《經典常談》，朱自清沒有立即同意。但在歸途中經過考慮，朱自清認可了楊振聲所擬的書名。

何以提到朱自清《經典常談》總要說到楊振聲呢？查朱自清日記，一九三八年九月二十日載曰：「下午訪沈及今甫，定教科書目錄。」　日記中「沈」即沈從文、「今甫」就是楊振聲，「定教科書目錄」即商定「教育部教科用書編輯委員會」委託編寫的教科書具體內容。當時楊振聲主持隸屬於「中央研究院」的「教育部教科用書編輯委員會」，沈從文為該編委會委員。這回是編寫一本介紹中國古代文化精華的教科書，寫作任務由朱自清擔任。

說幹就幹，四十歲剛出頭的朱自清次日便在沈從文家中寫〈詩經第四〉，第五天寫〈三禮第五〉，第七天開始寫〈春秋三傳第六〉。然而，畢竟不是專業寫作，加之戰亂中的昆明也不是一個讓人可以靜心做學問的處所。朱自清這部書稿的寫作斷斷續續拖到一九四二年一月十日，他才最後下決心結束寫作，這一天是星期六，朱自清在日記中寫道：「近來，我必須寫完關於中國古代典籍的《古典常談》，並為之寫序。」

《經典常談》全部書稿交給楊振聲後，朱自清日記有三個多月沒有關於《經典常談》的記錄。直到一九四二年五月十四日，日記上才寫道：「下午至圖書館研究《經典常談》中之兩問題。看來須加校正。」這兒的記錄，曾有人懷疑朱自清已見到《經典常談》樣書，其實，這是講書稿在出版審稿過程中的事。「《經典常談》中之兩問題」可能由楊振聲提出，也可能是承印《經典常談》的出版社負責編校的人提出的。朱自清起初以為他是對的，可是「至圖書館研究」後，才發覺自己不對，「看來須加校正」。

經過「校正」後的《經典常談》是什麼時候由哪家出版社正式出版的呢？朱自清的學生季鎮淮一九五〇年和一九五一年編製了一份被公認為可信的《朱自清先生年譜》，把《經典常談》的出書時間列在一九四六年五月，在這年「五月三日」下有：「同月，《經典常談》一書印行（文光書店）。」此說完全失實，但幾乎截至現在的所有關於《經典常談》的初版介紹都襲用此說。

一九四二年二月初朱自清就為《經典常談》寫了序，何以一本七八萬字絕不觸犯時政的知識小冊子要拖四年多，在一九四六年五月才印出來呢？《經典常談》是「教育部教育委員會」下任務讓朱自清寫的，在約稿之前，主事人之一楊振聲早已想定了在什麼地方排印，而且要趕在下半年開學之前出書，以便讓各中學訂購用作參考教材。

既然是「教育部」正式指定的學校參考教材，當然要找一家「正規」一點的出版社。於是，《經典常談》交由重慶「國民圖書出版社」初版發行。這個版本的《經典常談》為三十二開本，全書共一百七十二頁。內文用劣等黃色土紙，是戰時的條件所限。封面也極其簡樸，就在普通白紙上排了黑字的書名、作者名和出版社名，沒有任何裝飾。「國民圖書出版社」是國民黨中宣部控制的以出版發行宣傳國民黨的書刊為主的出版社，一九四〇年七月在浙江金華創辦，後又在重慶建立。該出版社的經營模式，為公私集股。當年國民黨中宣部所屬的出版社只有六家，「國民圖書出版社」即為其一，另五家是「獨立出版社」、「正中書局」、「青年書店」、「中國文化服務社」和「拔提書店」。距《經典常談》版權頁所示初版時間「中華民國三十一年八月」即一九四二年八月十個月之後，在一九四三年五月二十日的日記裏，朱自清記道：「下午到郵局取《經典常談》並稿費二百元。」隔了一天，二十二日的日記裏記道：「上午訪今甫，贈以《經典常談》。下午訪端升。贈夢家以《經典常談》。」是不是初版《經典常談》因故延緩了出版呢？從朱自清一收到樣書就立即送給「鼓勵編撰者寫下這些篇常談」的楊振聲和「允許引用他的《中國文字學》稿本」的陳夢家的行為分析，這種可能性是存在的。

或許由於「國民圖書出版社」初版印行的《經典常談》並未馬上熱銷於中學生讀者群，朱自清的友人，也是大教育家的葉聖陶才在一九四三年秋季開學之前連寫兩篇鼓吹文章，大力宣傳此書是中學生和中學教師的必備書。葉聖陶的兩篇文章分別題為〈讀《經典常談》〉和〈介紹《經典常談》〉，前者發表於銷量頗為可觀的一九四三年八月五日出刊的第六十六期《中學生》，後者發表於專供教師閱讀的《國文雜誌》。

發表於《中學生》雜誌上的〈讀《經典常談》〉直署「聖陶」，號召力之大就不用說了。而且葉聖陶的兩篇文章篇幅都不短，語氣又肯定，大有「不讀《經典常談》，就過不了考試關」、「不讀《經典常談》，就當不好國文教師」的意味，所以產生了促銷作用。葉聖陶對朱自清的《經典常談》真可謂呵護備至，如前所敘，朱自清在成都修訂時，葉聖陶就讀了幾章手稿。一九四三年六月二十六日葉聖陶日記上載曰：「作百三號書致伯祥，附佩弦之《經典常談》三十面，以後次第分寄之。」為了讓友人及早讀到，葉聖陶把剛弄到的一本書拆散，當作信「次第分寄」。這「分寄」給「伯祥」的《經典常談》自然是「國民圖書出版社」印行的真正的初版本。聯繫剛引錄過的朱自清一九四三年五月二十日的日記所載「下午到郵局取《經典常談》並稿費二百元」和葉聖陶一九四三年六月二十六日的日記，可初步判定《經典常談》在「國民圖書出版社」的初版實際見書時間為一九四三年五月。《經典常談》在「國民圖書出版社」只印了一版，因為見樣書不到兩年，朱自清在一九四五年三月二十九日的日記中就寫道：「李君謂簽訂重版《經典常談》合同之公司撤銷了合同。彼建議余將書取出重印。」次日，朱自清便「訪黎東方，就《經典常談》問題進行商談」。收回版權後過了將近五個月，社址移至重慶的「文光書店」接受了《經典常談》，八月二十四日上午朱自清「校正」此書。一九四六年四月十五日和二十六日的朱自清日記分別出現「文光書店」和「文光」，當是去信催問出書情況。

一九四六年五月，《經典常談》在「文光書店」重印。與「國民圖書出版社」的版本對比：這個版本滿頁少了一行，但每行字數沒變，全書總頁數沒變；作者在原序的末尾補了「還得謝謝董庶先生，他給我鈔了全份清稿，讓排印時不致有太多的錯字」一句。重印《經典常談》的「文光書店」一直是「皮包書店」，但因為該書店完全依靠名家、大家如茅盾、鄭振鐸、葉聖陶等出版內行幫忙薦稿、審稿，故這家小小的出版社卻出了不少有價值的書。《經典常談》無疑是葉聖陶推薦給該書店並由葉聖陶親任編校工作的。店小人少，負擔就輕，作者和應邀幫忙審稿的人都可多得一點實惠；故《經典常談》交給「文光書店」後，就再沒有轉到別處去印。

《經典常談》在文光書店一共印了幾版？按一九九〇年七月江蘇教育出版社出版的《朱自清全集》第六卷卷末朱喬森作於一九八九年十月的〈編後記〉，說是到一九四七年十月，「文光書店已經出到第三版」。朱喬森並說緊接「文光書店」第三版的便是一九八〇年的三聯書店「新版」。朱喬森是朱自清的哲嗣，他手頭僅保存有「文光書店」的「第三版」，當然只能這樣講。我有幸購存了一九五〇年一月「文光書店」在上海印的「五版」，版權頁框外右下載有「1－6500」，按當年一般的印量，一次不會印這麼多。同時「五版」印量的起數不該是「1」，而應是「四版」累計數，當然，一九五〇年一月，中國的局面基本趨向已經是大一統，說不定真有這麼多訂數呢。

《經典常談》「五版」發行時，朱自清已去世快兩年。估計《經典常談》在「文光書店」還會重版，因為一直到一九五四年該書店才與同業五家私營書店合併為「上海文藝聯合出版社」，不久又併入公私合營的「新文藝出版社」，即現今的「上海文藝出版社」的前身。

文光書店「五版」《經典常談》與該書店本書初版頁碼一致，正三十二開。也就是說，這個本子的各個印次在內容上沒有「版本學」意義上的不同。封面豎向左三分之一略大一點的地方是書名，大大方方的四個手寫藝術字「經典常談」，書名下右是二號宋體字「朱自清著」；左三分之二略小一點，為裝飾性質的圖案，橘黃色滿底，飛白出一組線條畫，有甲古文、有漢磚車馬、有古幣等等。這個封面，有著強烈的時代特色，簡樸、耐看，與書的內容融為一體。

《經典常談》除了一九八〇年九月北京「生活・讀書・新知三聯書店」條三十二開和一九八九年九月又改排為正三十二開的書前增排葉聖陶作於一九八〇年九月的〈重印《經典常談》序〉的新印本外，還有列入《蓬萊閣叢書》的錢伯城予以「導讀」的去掉葉聖陶序的一九九九年十二月上海古籍出版社的附有朱自清〈柳宗元「封建論」指導大概〉一文的三十二開也是平裝的印本。之前，還有香港「太平書局」一九六三年一月的重排本。估計香港還會有人翻印，臺灣也會有。

按照葉聖陶在朱自清剛去世那年的懷念文章中的說法，使朱自清在文學界「走紅」的〈匆匆〉、〈荷塘月色〉和〈槳聲燈影裏的秦淮河〉「都有點兒做作，太過於注重修辭，見得不怎麼自然」，那麼像《經典常談》這類談學問的隨筆文字其實該是代表朱自清的主要特色的奉獻，也像葉聖陶講的，是「極有用處」的好書。

朱自清甚至在臨死前二十天答復來信詢問「怎樣教學生學習國文」的南克敬時，仍把《經典常談》列為五部「必讀書」的第三部，而且特意點明是「文光」版即文光書店印行的版本。

「屬於往日」的《山水》

只有四萬多字的《山水》，是馮至在二十世紀四十年代出版的唯一的一本散文集子。但是由於馮至本人在晚年「回憶」《山水》出書情況時的故意遮掩，使得該書的初版實況有二十多年一直為文化劫難後的幾代中國新文學研究者乃至廣大讀者所不太明瞭，連由最權威的中國新文學專家合力弄出的《中國新文學大系》也不準確，誤把增訂再版本當成了初版本。

我們來看馮至的有關敘述。

一九七九年八月馮至在黃山療養時，為徐州師範學院《中國現代作家傳略》寫了四千多字的〈自傳〉，涉及《山水》的部分是：「從一九三九年暑假到一九四六年，我在昆明西南聯合大學外文系教德語，整整過了七年」；「這七年的後期，昆明民主運動蓬勃發展，社會上出現了一些小報」，「我應這些小報的要求，寫了不少雜文和抒情的散文。前者我後來選了幾篇收在解放後一九五五年出版的《馮至詩文選集》裏；後者我編成一個集子，題名《山水》，在抗日戰爭勝利後與《伍子胥》先後在上海文化生活出版社出版」。

寫這篇〈自傳〉時的馮至雖已七十四歲高齡，但耳聰目明，顯然還不糊塗，所敘當屬「有意為之」。因為一九八三年一月二十九日馮至為一九八五年八月四川文藝出版社印行的兩卷本《馮至選集》寫很長的「代序」時，也牢記著與四年前寫的〈自傳〉保持高度一致，他強調「《山水》，當它由巴金編入『文學叢刊』

於一九四七年出版時，我在後邊寫過一篇〈後記〉，裏邊抄錄了我在一九四二年為這些散文寫的一段『跋語』」。——明明是為一本已經決定正式出版的書寫的跋語，硬要往別處去說……而且，十年後的一九八九年，「馮至研究者」蔣勤國請馮至「親自審定」〈馮至著譯年表〉時，《山水》的出版時間仍被研究者和作家本人派定在一九四七年五月。真弄不明白，在某段時間裏專門「研究」馮至的人會不去細讀被研究對象的文章！因為，若編製〈馮至著譯年表〉，要準確載錄《山水》的初版時間，至少得讀完馮至為《山水》寫的〈後記〉吧？在蔣勤國見到的那本《山水》的〈後記〉中，馮至明明白白地這樣說：

> 三十一年的秋天，從過去寫的散文中抽出十篇性質相近的，集在一起，按照年月的先後編成一個集子，在封面上題了「山水」兩個字，……等到第二年九月，《山水》在重慶的一個書局出版……

「三十一年」即一九四二年，「第二年九月」即一九四三年九月，「重慶的一個書局」就是「國民圖書出版社」。接下來，馮至說到《山水》的第二個版本是「重新編定」的，而且「又加上三十一年以後的三篇」。這本由文化生活出版社一九四七年五月在上海印行的《山水》，該稱之為「增訂本」，馮至在晚年的文章中有意地把它說成了「初版本」，這是有原因的。

熟悉當時出版情況的人都知道，承印《山水》初版本的「國民圖書出版社」是國民黨中宣部控制的以出版發行宣傳國民黨的書刊為主的出版社，一九四〇年七月在浙江金華創辦，後又在重慶建立，該出版社的經營模式為公私集股。當年國民黨中宣部所屬的出版社只有六家，「國民圖書出版社」即為其一，另五家是「獨立出版社」、「正中書局」、「青年書店」、「中國文化服務社」和「拔提書店」。

明白了這一史況，再聯繫剛從「文革」陰影中走出來的飽受「文革」折磨的文化老人馮至當時的心態，作為後人，我們很難過多地責備馮至他老人家。令人崇敬的是，馮至告別人世前在遺囑中強調希望他的後代必須「老實做人」、「不欺世」。馮至的長女馮姚平即本文稍後所引馮至日記中「昆乖」之「乖」就努力做到了，發表在二〇〇一年《新文學史料》第四期上的〈馮至年譜〉中一九四三年項下就明明白白地寫道：「本年」「散文集《山水》，由重慶國民出版社出版，收入作品十篇」。雖然這裏的記載將「國民圖書出版社」誤為「重慶國民出版社」，但由馮至的子女來據實公佈《山水》初版實況，其意義是重大的。

散文集《山水》是馮至的名著之一，同時又被公認為是五四後三十年間的中國新文學經典作品。然而，對於它的版本之敘述，存在不少混亂，連一九九二年七月花山文藝出版社印行的王邵軍的專著《生命在沉思——馮至》也釋說不一：第一百三十九頁說初版《山水》收有十篇作品，第二百零六頁又說只有九篇。究其原因，仍是馮至本人「三十五年冬，寫於北平」的《山水》增訂本〈後記〉惹的禍，即剛引用過的「抽出十篇性質相近的，集在一起，按照年月的先後編成一個集子」之說。

其實，初版《山水》既無前言也無後記，目錄之後便是九篇作品，依次為〈蒙古的歌〉、〈賽納河畔的無名少女〉、〈兩句詩〉、〈懷愛西卡卜村〉、〈放牛的老人〉、〈一個消逝了的山村〉、〈人的高歌〉、〈羅迦諾的鄉村〉和〈在贛江上〉，三十二開，薄薄的僅有六十四頁，列入「文藝叢書」。參照倖存下來的馮至當年的日記，可以弄清初版《山水》在作者手中抄錄選編甚至某些作品的原始構思情況。

要編印一本散文集，一九四一年最後一天的馮至日記已有所反映，馮至在年底「結賬」時寫下五個項目的第三個便是：「散文幾篇？」

半年之後，一九四二年七月二十六日馮至的夫人姚可昆正式過錄馮至的散文，這一天馮至在日記裏寫著：「昆起始給我抄散文。」僅用了半個月，一九四二年八月九日「《山水》稿抄畢訂好」。次日，馮至「上山將《山水》稿交廣田請其轉交楊今甫」。「廣田」即李廣田，「楊今甫」即楊振聲。後者與當年國民黨政府中宣部直屬的教育和出版機構聯繫緊密，馮至的這本《山水》，還有朱自清的《經典常談》，都由楊振聲推薦給重慶的「國民圖書出版社」印行。這兒關於《山水》的抄錄集稿情況，都引用了當年馮至的《昆明日記》，但是很可惜到了《山水》初版本見書的一九四三年九月，由馮姚平整理的馮至《昆明日記》戛然而止，……或許真的只保存下來這麼多。

然而，已披露的馮至《昆明日記》於瞭解《山水》，其益處至少有下述兩點。

首先，據此可以準確判定一些作品的構思、起草和改定時間。《山水》收錄的作品，篇末都有寫作時間和寫作地點；可是馮至在集稿時憑印象，隨手寫上去的時間是大約的，有的甚至錯了。〈兩句詩〉篇末說是寫於一九三五年，但馮至一九四二年三月二十一日的日記記事後錄有賈島的六行詩，一九四二年八月九日又寫到「補寫〈兩句詩〉」。原題為〈放牛的老人〉的〈一棵老樹〉篇末說寫於一九四一年，但是據馮至一九四二年日記後的「附四」，該是一九四二年七月中旬，與〈一個消逝了的村莊〉寫作時間差不多。〈人的高歌〉的寫作時間可以根據日記精確地定下來，是一九四二年八月五日。

再就是，根據日記可以洞悉馮至創作時的心路歷程，極為難得。一九四二年馮至日記後面的「附四」有「牛（被雨淋死）與牧牛人（離開這裏就死了）」的記載，可助我們理解〈一棵老樹〉即增訂本中易題後的〈放牛的老人〉。〈一個消逝了的村莊〉之構思體現在馮至日記裏有好幾處，幾乎能專題研究，不妨細述如下。

馮至日記末尾倒著寫的附錄文字，是他平時的思緒隨錄。一九四二年馮至日記「附四」就是〈一個消逝了的村莊〉最初構思：「虔誠（每一棵草，每一個塵）」、「有加利樹—鼠曲—菌子」、「狗和野狗—鳥—人」、「穀—泉—路」、「鹿—久已不見—Chartres 的窗畫」、「消逝了的村莊。消逝了的傳說（猶如一個民族死了，帶著它的傳說死了）」。日記中寫有該文一些名句名段的雛形：文章中間讚美鼠曲草「孑然一身擔當著一個大宇宙」，一九四二年五月二十四日的日記就有「對著和風麗日，尤其是對風中日光中閃爍著的樹葉，使人感到——一個人對著一個宇宙」；接下來寫有加利樹的著名段落，在馮至一九四二年五月二十五和二十六日的日記裏分別有「月夜裏，我們望著有加利樹，越望越高，看著它在生長，不由得內心裏悚懼起來」、「夜裏，我們從沒有月光的那方面看有加利樹，就不那樣悚然了」的實寫，後者的觀察沒有進入作品；文章的倒數第二段寫鹿「這美麗的獸，如果我們在莊嚴的松林裏散步，它不期然地在我們對面出現，我們真會像是 Saint Eustache 一般，在它的兩角之間看見了幻境」，一九四二年五月二十六日的馮至日記裏有「看見蜻蜓飛翔，好像過去的青春在這小小的生物身上。這小生物的翅子使人感到虛幻」。

日記中找不到寫作細況的〈賽納河畔的無名少女〉，馮至一九九二年十月九日寫的〈少女面模〉一文中回憶道：「六十年前，我在柏林，經常在藝術商店裏看到」下邊用法語標明的「賽納河畔的無名少女」的「少女面模的複製品」；「少女面含微笑，又略帶愁容，笑不是一般少女的笑，愁也不是一般少女的愁，好像是概括了人間最優美的笑和愁」；「我被這面模所感動，買了一具掛在住室的壁上。我的房東太太看見她，端詳許久，她說，她被這面模所感動，甚至覺得有些悚懼」；「一天，我在街頭散步，在閱報欄裏讀到一篇短文，述說賽納河畔無名少女的事蹟。我受到這篇短文的啟發，馳騁幻想，寫了一篇散文〈賽納河畔的無名少女〉」；「這篇散文，先是在《沉鐘》半月刊上發表，後來收入我的散文集《山水》裏」。在文中，馮至在《沉鐘》後注明是一九三二年，在《山水》後也特意再注明是一九四七年。

怎樣成功地把現實生活中的直觀和直感加工改造成可以進入文學作品的材料，上錄馮至日記、馮至回憶和《山水》相關語句段落的對照，是一份具有實際「操作」價值的好教材。品讀《昆明日記》，三十五六和三十七八歲的壯年馮至活脫脫是一個具有「散文性格」和「散文氣質」的人，一九三九年三月二日他在日記中寫著「雨：一部分化為自己，一部分化給另一個世界」，這不就是飽蘊哲理的散文句子嗎？

細讀《山水》，集子中的文字風景讓我們目不暇給：〈賽納河畔的無名少女〉具有一定的故事性，優美行文的字裏行間飽含詩情和哲理，是美文名篇中的佳作；〈羅迦諾的鄉村〉是五四以來遊記作品的名篇，極其樸素地寫出的瑞士農村生活蕩漾著詩一般的意境，使人感受到灑脫、與世無爭的和諧；〈在贛江上〉張弛有度的結構表明作者具有深層次的幽默風格；原題為〈放牛的老人〉的〈一棵老樹〉意境孤高，功力深湛，是馮至散文的代表作，也是中國新文學誕生以來的散文傑作之一，品賞完該作品，你什麼也說不出來，只有無言的感動；〈一個消逝了的村莊〉富有色彩和魅力，情趣飄逸，感慨絢爛，時空交織的關切和哀愁，像蒼涼的古箏獨奏，撞擊著靈魂，不由得擊節讚歎；……

不必諱言，《山水》中也有不太成功的篇什，最為明顯的是〈人的高歌〉。一九四二年五月十七日馮至在日記中寫道：「與蘇嘉穗、翟立林、昆乖乘汽車遊西山。龍門鑿於乾隆四十六年辛丑——乙卯，十餘年皆吳道士一手之功。成功後即死於是年。意志堅強的人大半在事業未成之先是不會死的。」姚可昆抄錄《山水》快結束前，馮至一九四二年八月五日趕寫了〈人的高歌〉，匆忙中起用了對話體，輕鬆地湊完一個「作品」，卻通篇沒有感染讀者心靈的藝術魅力。對話體並非不能用，〈赤塔以西〉就是以幾個人的對話為主，也沒有失敗。關鍵是要消化素材，有機地組織編排；而且，火候不到，千萬不要落筆。弄創作的人，該引以為戒。

初版《山水》問世三年後的一九四六年冬，定居北平的馮至對該書略有修訂，為了不讓「村」字在篇名上多次出現他將原題〈懷愛西卡卜村〉易為〈懷愛西卡〉，為使得標題更含蓄一些他將〈放牛的老人〉易題為〈一棵老樹〉。同時，還增收了〈赤塔以西〉、〈山村的墓碣〉、〈動物園〉、初刊時篇名為〈憶舊遊〉的〈憶平樂〉共四篇作品。可以肯定，發表於一九三〇年十一月二十日《華北日報》副刊的〈赤塔以西〉，要麼是被「國民圖書出版社」審稿時刪落的，要麼就是馮至集稿時「審時度勢」沒有編入稿本。到了重編增訂本《山水》，大勢已經明瞭，當及時收入〈赤塔以西〉。——這種類似的行為，當年沒有辦法或者不想跑到臺灣和國外定居的中國一部分高級知識份子，恐怕在發表和出版作品時都有過吧？

增訂本《山水》新寫了〈後記〉，其中插入初版本「由於一時的疏忽，……沒有印在書的後邊」的跋語，結尾時馮至深情地說：「無論在多麼黯淡的時刻，《山水》中的風景和人物都在我的面前閃著微光，使我生長，使我忍耐。就是那些雜文的寫成，也多賴這點微光引導著我的思路，一篇一篇地寫下去，不會感到疲倦。」這是魯迅句式的仿寫，很容易讓人記起魯迅散文名篇〈藤野先生〉最後那長長的名句：「每當夜間疲倦，正想偷懶時，仰面在燈光中瞥見他黑瘦的面貌，似乎正要說出抑揚頓挫的話來，便使我忽又良心發現，而且增加勇氣了，於是點上一枝煙，再繼續寫些為『正人君子』之流所深惡痛疾的文字。」馮至是熱愛魯迅的，但他一九七八年八月「回憶」魯迅《野草》中的〈一覺〉提及的給魯迅送第一卷第四期《淺草》的「一個並不熟識的青年」時說的話，帶給「魯迅研究」以極大的干擾，搞得一九八一年人民文學出版社新版十六卷本《魯迅全集》都跟著注釋錯了。這是題外話，打住！接著說《山水》。

寫了〈後記〉的增訂本《山水》，一九四七年年初到了上海文化生活出版社，被編入「文學叢刊」第九集，總編輯巴金這年二月審讀簽字發排，五月就出了書。找不到馮至或巴金各自敘述《山水》增訂本出書前的有關情況，尤其是馮至，他多次撰文說及《山水》、多次向來訪者談到《山水》，就是不談一些實際的史況……整整四十七年後的一九九四年五月，河北教育出版社根據一九四七年五月文化生活出版社初版本重新排印了《山水》，列入四十八本一套的《中國現代小品經典》叢書。這個重新排印的本子，是值得信賴的版本，它不動原文，編者懷疑是作者筆誤或手民之誤時，在相關的字後加上括注。

只有二千多萬人口的臺灣省也重印了《山水》，當然是繁體字本。馮至一九八八年九月二十四日為該臺灣印本寫了〈重印《山水》前言〉，其中談及《山水》的摘要如下：「現在的讀者若是讀了我在三四十年代寫的收入《山水》裏的十幾篇散文，會不會說，他們跟《山水》的距離比《山水》跟明代小品文的距離還遠呢？」「在當年戰火連天、生活極端艱苦的歲月裏，我在其他的創作與研究之外，星星點點地寫了少許樸素的散文，作為一段平凡的心靈記錄，也不無歷史性的意義。」「……今天的《山水》讀者『想也沒有想到的』是屬於往日了。」

臺灣繁體字本《山水》一九八九年三月由位於臺北市安和路二四〇號九樓的「大雁書店有限公司」印行，列為「大雁經典大系」之二，此「大系」的「主編」是居住在美國洛杉磯的「詩人」張錯，一九九〇年七月十一日馮至為這個善於「活動」的「編輯家」兼「詩人」張錯的個人詩集《漂泊》寫了不短的序文。張錯弄出的這個他以為「是當今馮至抒情哲理兼容的散文中最完備的版本」就是加入了〈C 君的來訪〉一文的增訂再版本《山水》的重排翻印，「錯」得很厲害。——據認真讀過這個本子的人說，錯字接近一百處。天啊！四萬多字的小冊子，能夠錯這麼多嗎？真是一家人呢，內地的出版物有不少堪與之媲美。還是香港的一些熱中於舊籍重印的文化人忠厚一點，他們把自己喜愛的老版書拿來影印再版，最多在原版權頁空白處加蓋自己「店鋪」的名稱、位址、電話等，也有改換封面的。

馮至見到這個「大雁書店有限公司」的臺灣印本《山水》後，認為「裝幀素雅，印製精良」，為自己的「四十多年前在艱苦的歲月裏寫的幾篇小文，今日又能以新的裝束面市」而高興，更何況還有「主編」張錯的「導讀」給《山水》「以那麼高的評價」。不過，就在這封一九八九年四月十五日給張錯的信中，馮至還是明白地說：「遺憾的是，《山水》一書中有錯字十數處。」馮至舉例「最顯著者」如將「河北省涿縣」的「涿」誤為「漳」、將「滿洲里」的「里」錯誤地繁寫成「裏」，等等。馮至還想著：「將來此書如能再版，希望得到改正。」他一處一處地改完一本就送人一本，受害的是在書鋪子上花錢買來的不是馮至親手改了錯的本子，他們怎麼讀啊？而且，簽定的出書合同也不完善，書出了，馮至才試著詢問：「大雁書店創業伊始，經費恐不會充裕，稿酬寄不寄都可以。如有餘力致酬，則請開支票抬頭寫中文姓名馮至較為方便。」

中華人民共和國成立後在內地重印的單行本《山水》，我只見到河北教育出版社一九九四年五月的印本。近十年前，一九八五年八月四川文藝出版社出版的《馮至選集》第二卷，收入的散文作品共十三篇，有十二篇選自《山水》，其中包括〈《山水》後記〉。〈蒙古的歌〉和〈兩句詩〉，沒被選進來。再往前三十年，一九五五年九月人民文學出版社印行的《馮至詩文選集》選收了《山水》中的〈赤塔以西〉、〈在贛江上〉和〈憶平樂〉三篇作品。

《山水》裏的作品有沒有版本學意義上的變化呢？先聽聽馮至本人的自述。

一九五五年元旦馮至為含有《山水》中三篇作品的《馮至詩文選集》寫的序裏說：「選集裏的詩文，在個別地方，做了一些必要的修訂。」到了一九八三年一月底，馮至為交給四川文藝出版社的兩卷本《馮至選集》作序時卻認為三十多年前「還是刪改得多了一些」，這回對選入的文字僅僅「進行了適當的刪改和修整，無非是希望它們的面貌比較淨潔一點而已」。和其他作家談自己作品的版本變化一樣，馮至也是含含糊糊的輕描淡寫，事實遠不是那麼回事。下面以《山水》裏的三篇作品為例，說說其版本意義即內容上的變化。

在一九四三年九月國民圖書出版社的初版《山水》之前，集子中的九篇作品都有各自的最初發表本，我們要談的〈蒙古的歌〉就發表在一九三〇年六月十六日出刊的第六期《駱駝草》上。〈蒙古的歌〉編入初版時沒有改動，但在增訂本中有所改動。純文字的調整暫且不說，依次敘述幾處涉及內容的改動。「班禪喇嘛曾來北京，同時中山先生也正住協和醫院」，刪去「也」；將「日本」改為「東洋」；最末一句「讀到啟明先生的《蒙古故事集》的序文」改為「偶然讀到一篇講蒙古故事的短文」。後一處改動，讓我們意識到作者的「政治」思維。

〈赤塔以西〉沒有編入初版《山水》，對勘收入增訂本《山水》和《馮至詩文選集》、《馮至選集》中的該文，足以證明馮至晚年所說「儘量使入選的詩文保持它們原有的面貌」是不太能讓人放心的。作品談及「蘇聯所特有的聲音」，改「艱苦」為「堅苦」；「走入蘇境」後，「沒有人家，沒有墳墓」改為「很少有人家」，刪去「剩下的只是走不完的荒草」；當蘇聯大學生說「我國裏產生過世界最偉大的哲學家——列寧」，刪去緊接著的「他不提柏拉圖，不提康德，而認為列寧是『世界最偉大的哲學家』，我聽著有些愕然」一節；刪去牧師敘說的一節，牧師說的話是「十九年前，我也從西北利亞走過，絕不是這樣荒涼，那時沿路都有賣東西的，車站上也很潔淨。現在呢，一個雞蛋要三十戈比，合中國錢六角。你看，這些小孩子，見人就知道要香煙，用兩根手指在嘴唇上比著，多麼卑下」，句末還有一個嘆號；改牧師的又一句話「共產黨除了殺人放火，沒有一點愛」為「共產黨只知道恨，沒有一點愛，我們替基督說教的人看不下去」，刪去蘇聯大學生反駁牧師的話「戰爭是特殊的情形，你們德國人在法國又何嘗不如此呢」；刪去牧師太太說話中的「看這街道，看這房子，有多麼髒啊」；作品結尾，牧師說辦完該辦的事就「先進天堂」後，作者感歎「我幾乎要打一個冷戰」，被改為「我聽了這句話，好像面對著一個將要死亡的人」。

〈懷愛西卡卜〉的原題是〈懷愛西卡卜村〉，寫於一九三七年上半年作者在上海吳淞口同濟大學教書的時候，初刊於同年七月一日出版的第十一期《西風月刊》。收入《山水》初版本和增訂本時，只有個別的文字修訂，像刪去「我」與「房東太太」談話中對方稱呼的「馮先生」。但到了兩卷本《馮至選集》裏，〈懷愛西卡卜〉就被改動了不少，除無涉內容的諸如改「B君」為「P君」、改「日日」為「一天一天地」和刪去德文的人名地名括注外，重要的改動依次有：「歐洲舊日的社會」被改為「歐洲的舊社會」、「德國革命後」被改為「戰後德國」、刪去述及社會民主黨時的說這些黨人「抱著一種新的世界眼光」、刪去「同時一左一右，兩個極端的黨——共產黨和國社黨」中的「一左一右，兩個極端的黨——共產黨和」、改「國社黨和共產黨天天在街上打死架」為「國社黨天天在街上橫衝直撞」、改社會民主黨黨人自己意識到「這樣和緩而近乎人情，在政治上一定要失敗的」中的「近乎人情」為「妥協」、改「一篇文章洩露了軍事秘密」為「一篇文章政府認為是洩露了軍事秘密」……

上述改動，四五十歲以上的人，不去查看資料也都會明白為什麼馮至要如此刪改。上個世紀五十年代的中國內地，幾乎所有的文化人和知識份子都在跟風，能夠出版一本經過大刪大改後的個人文集，已是無上榮光，哪裡還顧得上什麼文學價值、文獻意義之類的講究！至於上個世紀八十年代初，人們餘悸猶存，自我「把關」的慣性思維，使得一大批重印的幾十年前的名著再遭手術的變形，如剛剛舉例的本屬歐行鄉居題材的散文名篇〈懷愛西卡卜〉的修整。《山水》的十三篇作品，加上〈後記〉，以初刊原貌為完整母本，詳細羅列其後各個版本變遷的異文，再進行深入的分析考察，不是一件輕鬆的活路，否則早就有「捷足者」先登了，且「學術成果」已輝煌於「學界」！

關於《山水》，其各篇的寫作和發表情況，大致明確了。初版印行的不少細節，有待於「國民圖書出版社」相關史料的全方位披露，比如楊振聲當年的日記、書信可能有一些材料。《山水》的增訂本在文化生活出版社印行，還有一些線索可尋，如巴金的言論、李濟生的回憶。一九五幾年馮至對《山水》的刪改，在當時屬於普遍現象，也值得細細研究。

夏衍《芳草天涯》敘往

不管持何種觀點去談論夏衍的四幕話劇《芳草天涯》，都無一例外地認為這是夏衍戲劇生涯中重要的作品。但，有關《芳草天涯》的創作時間、公演日期、劇本印行等，卻往往都以訛傳訛，連正規的大專院校教材所述亦難免致誤。除了「中國現代文學」這門學科「以論代史」弊端的影響之外，從事該學科教學和研究的人員懶於辛勤爬梳亦是一個重要因素。下面就《芳草天涯》幾個方面的史況，依據手頭材料，予以述說。

一、創作時間

夏衍〈《芳草天涯》前記〉是一則短序，序後有「一九四五年春」。於是，這「一九四五年春」就人云亦云地成了《芳草天涯》的創作時間的「定論」，連列為「普通高等教育『九五教育部重點教材』《中國現代文學三十年（修訂本）》一九九九年七月北京大學出版社「第五次印刷」的最新版本在第六百五十頁也仍是「1945 年春　夏衍作《芳草天涯》（四幕話劇）」的釋說。

其實，在一九八五年七月生活・讀書・新知三聯書店《懶尋舊夢錄》和稍晚點的一九八六年五月重慶出版社《白頭記者話當年》這兩本夏衍著作中都有明確的交代。在憶及重慶《新華日報》時，夏衍說：「一九四三年七月，我的妻子帶了子女到重慶來了，一家四口，就不能再擠在文工會的會客室裏了。唐瑜給我在臨江路附近的一個大雜院裏擠出了一間小屋，我們就在那裏暫時安頓下來；當時沈寧十二歲，沈旦華六歲，到晚上，四個人橫排著睡在一張床上，用一張條凳擱腳，這件事四十年後記憶猶新。唐瑜是個熱心人，他賣掉了在緬甸經商的哥哥送給他的半隻金梳子，在中一路下坡蓋了兩間『捆綁房子』（戰時重慶窮人住的泥牆竹架的一種特殊建築），唐瑜和我各住一間，沒有門牌，為了寄信方便，我在屋前樹上一塊木板，上面寫了『依廬』這樣一個很好聽的名字，還養了一頭名叫『來福』的狗，我們一家在這裏一直住到抗戰勝利。《戲劇春秋》、《離離草》、《芳草天涯》這幾個劇本，都是在這間風雨茅廬中寫的。」

在同一篇文章上引這段話約十多頁後，夏衍專門提到《芳草天涯》的寫作時間：「我在全國解放之前寫的最後一個劇本《芳草天涯》，有人在文章中說這個劇本寫於一九四五年春，其實，這個本子的初稿完成於一九四四年秋，也就是我到化龍橋之前，但後來又作了較大的修改，所以交給『中術』，則的確是在一九四五年春。」夏衍特意點明「我到化龍橋之前」寫完《芳草天涯》，夏衍「到化龍橋」的具體日期，弄「夏衍研究」的人不該不清楚吧？接下來，夏衍又憶及《芳草天涯》的修改詳況。

夏衍說：「我過去寫劇本從來是『交出就算完成任務』，很少有『較大的修改』的，這次卻破了例，因為這出戲的初稿是以悲劇結束的，但一九四五年春，我在《新華日報》編輯部看到了毛澤東同志在『七大』預備會議上的講話，其中有一段話：「我們現在還沒有勝利，困難還很多，敵人的力量還很強大，必須謙虛謹慎，戒驕戒躁。』他號召全黨『要團結得和一個和睦的家庭一樣。家庭是有鬥爭的，但家庭裏的鬥爭，是要用民主來解決的』。

最後這兩句話，顯然是為了加強全黨團結而講的，但他用了家庭這個比喻，使我聯想到了《芳草天涯》的悲劇的結尾，我作了一次較大的修改，我把劇中男女主人公的決裂改成了和解，……」這一下可以清楚地說：夏衍《芳草天涯》寫畢於一九四四年秋，一九四五年春修改後交「中國藝術劇社」（即夏衍文中的「中術」）排練。倘再細一點，把當年夏衍的行程表逐日序列，完全可以落實到具體月、日；但很可惜，人們大多只追求「高深」而又空洞的「宏觀」、「理論」之類可以輕鬆操作的東西，對微觀考索的費時費力又難見成效的勞作大多不屑一顧。

二、公演日期

中國藝術劇社究竟哪一天開始公演？我手頭的已有三種說法，都出自本該值得信任的學術專著，有說是一九四五年九月公演、有說是一九四五年十月公演，這兩種都是概數，教材課本基本都採用此兩說。還有一說就具體到某日，出自一九八六年四月西南師範大學出版社印行的蘇光文「編著」的《抗戰文學紀程》一書。該書第二百零六頁「紀程」道：「一九四五年十一月一日中華劇藝社從本日起在重慶公演夏衍的《芳草天涯》。」此「紀程」關於《芳草天涯》的述說，僅引錄的一句就出錯兩次，一是時間不對，二是演出的劇社不叫「中華劇藝社」，而是「中國藝術劇社」，當年簡稱「中術」。

《芳草天涯》開始公演是哪一天呢？因為《新華日報》是中共黨報，而中國藝術劇社演什麼戲，也是執行中共路線的一種行為。我們只須去翻查一九四五年的《新華日報》，就可以徹底搞明白。

一九四五年十月二十九日《新華日報》第一版開始刊登《芳草天涯》公演預告：「十一月一日起《芳草天涯》（夏衍作劇，金山導演）中國藝術劇社在抗建堂公演。」（原刊預告和廣告均無標點，用不同字型大小區別，標點為我補加。）這則預告在下半版第二條。

十月三十日，《新華日報》將預告移至顯著地位，排在報頭右側最上方，內容比昨天的要豐富些：「中國藝術劇社公演　夏衍作劇・金山導演《芳草天涯》　王戎、吳茵、陶金、孫堅白、張瑞芳、趙韞如合演，十一月一日起在抗建堂上演。」

《抗戰文學紀程》的作者當然以上錄兩則公演預告為據，但接下來首演日期就更改了。我估計是十一月一日重慶抗建堂騰不出來，或者是舞臺搭建還無法在這一天完工，後一種可能性很大。

十月三十一日《新華日報》仍在報頭右上側顯著地位預告《芳草天涯》上演，別的文字與昨天一樣，只將「一日」改為「二日」。

十一月一日《新華日報》以加寬加大的更顯眼地位預告：「中國藝術劇社繼《清明前後》又一大公演，四幕劇《芳草天涯》明日公演。」說明「明日上午十時開始售票」。在演員表上補充「輝煌的陣容」。分「日場：二時半」和「晚場：七時半」。告示末尾專門聲明一句：「自備電機，停電無虞。」

首次公演當天即一九四五年十一月二日的《新華日報》在報頭下正中地方辟出一大塊版面，補加「今晚獻演《芳草天涯》」，有詩體排列的內容提要式的告詞：「戀愛使人勇敢，結婚增進幸福，家庭豈是痛苦。劇作者含淚寫下人情的悲歡。」在演員表上仍冠以「輝煌的陣容合演」。但將昨日預告的「日場：二時半」

取消，只說「十一月二日起每晚七時半抗建堂」上演，從以後的告示看，每天不時仍有日場。

內容大同小異的告示，十一月三日首次出現「四幕名劇」和「明日星期，加演日場」、十一月四日應照昨日出現「今日星期，加演日場」、十一月五日的告示上方用方框說「今晚照常上演」並將往天的小號字「自備電機，停電無虞」放在方框下改用大號顯眼字體。接下去，六日照刊告示。七日、八日、九日、十日、十一日、十二日、十三日未見告示，是不是就是《抗戰文學紀程》上所說的「周恩來寫信給劇作者，批評這出戲『寫得很失敗』」所導致的停演呢？待查核。並沒有一直停演，十四日重見告示。十五日、十六日、十七日、十八日（還「加演日場」）、十九日、二十日都有同樣的演出預告。二十一日起，在原告示上端，多出「本年度最優秀的劇作，本年度最完美的演出」的文字。二十四日停演，二十五日為星期日，「加演日場」。二十五日告示上還增補「演期無多，欲觀從速」。二十六日登出一般性告示。二十七日告示明言為「最後四場」。二十八日為「最後三天」，還有「數萬觀眾可以負責推薦，這是本年度最佳的演出」一句頗富誘惑的廣告語。二十九日照刊「數萬觀眾……」，上方是「最後二天，幸勿錯過」。十一月三十日是「最後一天，幸勿錯過」。

「最後一天」之後，或許還有觀眾想看，於是十二月一日《新華日報》頭版報頭右側顯著位置上告示：「加演今明二天三場，明日星期，日夜二場。最後機會，決不續演。」十二月二日的告示相當簡單，大號字只有「最後日夜二場」。

從十一月二日始演，到十二月二日的「最後日夜二場」，《芳草天涯》除一周停演和一天休整外，每天都演，星期日還是下午、晚上連演兩場。據統計，共演出三十七場。

《芳草天涯》的演出，有不少可供研究的題目。如周恩來以中共高層領袖的身分發表評論，何以又連演一月？是誰「救活」了此劇？就值得查考。

三、公演特刊

就在「中國藝術劇社」緊張排練《芳草天涯》預備一九四五年十一月初公演時，重慶「美學出版社」這家熱衷戲劇的出版社趕印了連封面在內僅半個印張的草紙正三十二開本《〈芳草天涯〉公演特刊》。這份「公演特刊」幾乎不為人知，所以我手頭的一大堆談及夏衍《芳草天涯》的文字，都不涉及到它。《〈芳草天涯〉公演特刊》是以「中國藝術劇社」的名義刊行的，但封底蓋有一紫色印章「重慶美學出版社」，表示由這個出版社出版的。《〈芳草天涯〉公演特刊》估計印得不多，僅供內定有關人員參閱，我見的這一本封皮上用毛筆字寫著「鄧雨平三張」，當然是送《芳草天涯》公演戲票「三張」時附帶贈一冊「公演特刊」。

《〈芳草天涯〉公演特刊》封面上四個大號美術手體字「芳草天涯」和也由美學出版社印行的劇本《芳草天涯》書名是一模一樣，更可以斷定它是由美學出版社出版的。「公演特刊」中有一篇徐遲的〈讀《芳草天涯》〉，還可以進一步推測劇本《芳草天涯》和《〈芳草天涯〉公演特刊》是交給徐遲負責編校出版的。徐遲是美學出版社的創辦人之一，社名便是由徐遲命名的。徐遲在編校《芳草天涯》劇本時，細讀了作品，一揮而就，他成為正式評論《芳草天涯》的第一個人。但是，徐遲的〈讀《芳草天涯》〉沒編入徐遲研究專集的作品年表，也沒被收入夏衍研究專集，連編目也沒有過。

《〈芳草天涯〉公演特刊》真可稱得上是物盡其用。封面上是編劇、演職人員名單，封二是舞臺第一幕和第二、第三幕的木刻圖設計，封四即封底是第四幕舞臺設計。封三廣告，靠幾家商店的廣告費印了這本「公演特刊」。沒有編制目錄，順序是夏衍〈《芳草天涯》前記〉、劇情介紹、金山〈《芳草天涯》導演手記〉、徐遲〈讀《芳草天涯》〉、鍾離索〈夏衍（作者圖像）〉（「圖像」是藝術表述，其實是文字描述），最後是六幅演員畫像，各畫像旁有一段頗見功力的介紹文字，都署了名，是簡稱如「雲」、「明」、「玉」、「靜」，行內人士或許知道他們分別是誰。

「公演特刊」正文內除了詳盡的《職員表》、《演員表》和廣告外，還有一則〈啟事〉：「此次《芳草天涯》演出，承中國製片廠、中電劇團、中青劇社等各團體諸多協助，特申謝忱，此啟。」落款是「中國藝術劇社啟」。

這一小冊《〈芳草天涯〉公演特刊》中的文字，除夏衍和金山的文章被廣為人知外，其餘的均遭埋沒。如鍾離索的「作者圖像」〈夏衍〉一文對夏衍的「掃描」是有獨到見解的，他評論尚未上演的《芳草天涯》時寫道：「在《芳草天涯》裏，他試行闡釋（原刊誤植為「譯」）在具體生活中應有的民主作風。因為民主不能只是一個政治口號，它正貫串著整個的人類生活。這是在爭取民主高潮的產物。」僅這一句，讓我們對夏衍《芳草天涯》就會有一個閱讀時切入領會的角度。或許鍾離索與夏衍有交往。

查不到鍾離索的材料，他可能與徐遲一樣，當時在「美學出版社」當編輯。

介紹六位演員時，各配有一幅素描，畫家在肖像素描上署名「S TONE」，不知道是出自廖冰兄、丁聰、葉淺予、特偉中的哪一位之手？肖像旁的說明文字剛才已說過，是頗見功力的，特錄〈王戎—許乃辰〉供賞：「一個坦白得像孩子一樣的性格，為了研究一個問題，他會跟你談上數小時，為了替朋友們抱不平，他會跟人吵架，甚至打架，總之他是一個熱情的朋友。這次他的角色許乃辰，也是一個熱情的青年，為了一點小問題他會跟孟小雲吵嘴，觀眾們可以在《芳草天涯》的演出中去找尋。這介紹決不是虛說。」這段介紹署名「靜」。從文字中，可知「靜」與王戎是熟識的。

四、劇本印行

在《芳草天涯》公演特刊中，有一則〈新書介紹：詳目備索〉：「《芳草天涯》（劇本），美學出版社出版，重慶九尺坎鐵板街六號。」就是說，當《芳草天涯》公演時，劇本已成書待售。

承印《芳草天涯》的美學出版社是一家私營小型出版社，由沈鏞覓集資金，袁水拍、徐遲、馮亦代和剛提及的廖冰兄等四位畫家操持編務，一九四二年底開始出書，只維持了三年多時間，出版三十本左右的書。夏衍的作品除《芳草天涯》以外，還有《邊鼓集》、《法西斯細菌》以及改編的劇本《復活》也在美學出版社印行。

《芳草天涯》一九四五年十月印行初版。趕上整月的不斷公演，促使十一月再版、十二月印第三版。第三版《芳草天涯》印出後不久，美學出版社在重慶就停業了；加之意外的事故，在別的城市也沒恢復。所以後來再見到《芳草天涯》，便是一九四九年十一月的開明書店的版本了。

上世紀五十年代以後，《芳草天涯》一直沒出過單行本。一九八四年九月中國戲劇出版社《夏衍劇作集》第二卷收入的《芳草天涯》，根據的版本是美學出版社一九四五年十二月第三版，實際上也就是初版面貌。

現在不知道未經改動過的初稿本《芳草天涯》還存在不存在？強大的政治攻勢迫使《芳草天涯》未問世就大加修改，這恐怕也只有二十世紀的中國四十年代以後才會存有的獨特文學創作現象吧？

《太陽照在桑乾河上》問世前後

二十世紀四十年代中後期即一九四六年至一九四七年，或可再稍稍挪後三四年，到一九五二年春，一部約二十二萬字的丁玲著長篇小說《太陽照在桑乾河上》，自著手創作到獲得當時在中國被視為重大榮譽的「一九五一年度史達林文學獎金二等獎」的六七年間，有關這部作品的論爭在中國共產黨領導下的文藝部門主要負責人中持續進行著。由於這種論爭不見於報章雜誌，所以一直未引起研究者和教學工作者的注意。《太陽照在桑乾河上》出版前，論爭集中在這部作品是否值得出版的問題上；《太陽照在桑乾河上》出版後，論爭轉移到這部作品是否優秀的問題上。

《太陽照在桑乾河上》問世前的論爭

一九五五年三月號《人民文學》發表了丁玲的〈生活、思想與人物〉，此文係丁玲這年二月上中旬間在北京舉行的各地電影劇作家、導演、演員參加的會議上的演講。在〈生活、思想與人物〉中丁玲不經意向我們隱隱約約地透露了一個資訊，就是《太陽照在桑乾河上》於一九四七年八月寫至第五十四章（全書共五十八章）時，丁玲將全部謄清稿呈周揚審閱，卻被「批評」的事。丁玲說：

> 書沒寫完，在一次會議上，聽到了批評：說有些作家有「地富」思想，他就看到農民家裏怎麼髒，地主家裏女孩子很漂亮，就會同情一些地主、富家。雖然這話是對一般作家講的，但是我覺得每句話都衝著我。我想：是呀！我寫的農民家裏是很髒，地主家裏的女孩子像黑妮就很漂亮，而顧湧又是個「富農」，我寫他還不是同情「地富」！所以很苦惱。於是，不寫了，放下筆再去土改。

經瞭解，丁玲所講的「一次會議」即一九四七年十月間中共晉察冀中央局在河北省阜平抬頭灣村附近召開的土地會議，丁玲聽到的「批評」就是彭真在大會報告中提到的有關文學作品反映土改的部分。毫無疑問，周揚已及時通讀或委託別人通讀了成稿的五十四章《太陽照在桑乾河上》，並將他的意見向彭真講過，或由周揚等人代筆寫入了彭真的報告中。

周揚最早對《太陽照在桑乾河上》的意見當時沒有形成文字。查丁玲一九四八年六月二十六日的日記才知道：周揚認為丁玲的長篇小說首先是「原則問題」即彭真所講的「『地富』思想」，這是「政治」上的問題；第二是表現手法上的「老一套」。有了這兩條來自華北文化、文藝主管負責人的「鑒定」，這部作品當然在華北就很難問世了。直到一九四八年六月二十六日，周揚仍不斷地在背後努力阻止《太陽照在桑乾河上》的出版。而且周揚向胡喬木談了，弄得胡喬木也表示要親自審讀。到胡喬木來條子要看稿時，《太陽照在桑乾河上》的出書，事實上已成定勢。我們來看丁玲這邊催促作品出版的進度，這是一九四八年六月的事：

十四日，丁玲告訴周揚，她已把從周揚處索回的前五十四章《太陽照在桑乾河上》根據各方意見通改了一次，並「突擊完工」了最末四章。但周揚對丁玲創作非常冷淡，仍勸丁玲到他手下做文藝行政工作即所謂「文委的工作」。

十五日，黃昏時丁玲在去西柏坡的「婦委」的路途中，遇毛澤東和江青。丁玲不失時機地講了她把全部《太陽照在桑乾河上》手稿已帶來的事。毛澤東答應要讀小說原稿，江青也隨聲附和表示要讀。後又見到周恩來，丁玲應周恩來之請詳談了《太陽照在桑乾河上》的內容。足見周揚反對丁玲長篇小說出版的事，在西柏坡中共中央上層領導人中已是人人皆知了。

十六日，估計是因為毛澤東說要讀《太陽照在桑乾河上》原稿，丁玲便將稿子交給胡喬木，丁玲希望：「如在政策上沒有問題，有可取之處，願出版。」胡喬木承認文藝上「現在有偏的情況」，並表示小說稿「不一定要看」，意思是先出版，「有問題可以將來討論」。胡喬木已經在替丁玲一方和周揚一方做調解工作了，使對立面雙方都有臺階可下。

十七日，丁玲晚飯後到蕭三處，又到艾思奇處。在敘舊的同時，丁玲免不了要重點談《太陽照在桑乾河上》出版受阻的事。

十九日，丁玲與周恩來「談了一夜」，當周恩來談及「文委由周揚暫兼」時，丁玲感慨地想：「咱們裏面有石頭呵！要搬石頭呵！」文化圈內的人都知道，這兒丁玲所謂的「石頭」就是指周揚。在丁玲心目中，《太陽照在桑乾河上》出版受阻，便是周揚這「石頭」阻梗所致。

二十日，《太陽照在桑乾河上》擺在胡喬木處，沒有人看。丁玲找艾思奇，請他先行審讀。江青也來看丁玲，告訴說要讀《太陽照在桑乾河上》手稿。

二十三日，艾思奇讀完《太陽照在桑乾河上》，對陳伯達講可以出版。陳伯達立即來看望正生著病發高燒的丁玲，通報了這一好消息。這是上午的事。不料下午，風雲突變。胡喬木派人送來條子，改口說「俟看後出版」。丁玲心裏當然清楚：一方面說明胡喬木對丁玲自述長篇的情況不夠相信，另一方面胡喬木又對周揚關於丁玲長篇的評價太相信。

丁玲有些灰心喪氣，她在這一天即二十三日的日記中寫道：「總之，我不能再管了，出版不出版靠命吧。」

六月很快就要過去。丁玲將隨中國婦女代表團啟程赴匈牙利參加世界民主婦聯第二次代表大會。她向胡喬木道別時，胡喬木對她說：「你是個作家，該帶著書出去。」《太陽照在桑乾河上》終於有了出版希望，胡喬木組織蕭三與艾思奇突擊審稿。估計七月十五日前後，下午三點室內悶熱，毛澤東要到戶外散步，胡喬木便召來蕭三和艾思奇借陪毛澤東散步的機會，在樹林子裏經過進一步的討論，形成了最後的決議：《太陽照在桑乾河上》寫得好，個別地方修改一下可以出版。七月十七日，已抵達大連的丁玲得知了胡喬木傳達的最後決議。就在散步的那天下午，胡喬木同蕭三、艾思奇商定後，已將意見告訴了毛澤東，毛澤東聽後還讚揚了丁玲。按理，描寫華北地區土改的《太陽照在桑乾河上》立即在華北出版應該不再困難；然而，事情仍有曲折。

《太陽照在桑乾河上》在華北出版受阻

查閱丁玲《太陽照在桑乾河上》手稿，可以發現作為序言的《寫在前邊》是最後寫的，不是成書發行前寫的「一九四八·六·十五於正定聯大」的六月十五日，而是「六月十日」。這兒的「正定聯大」應理解為「校址在河北正定的華北聯合大學」，陳企霞當時在這所大學任文學系主任。丁玲臨時借宿的房子是沙可夫安排的。沙可夫於戰爭年代和新中國成立初期在文藝界的地位還是比較顯要的，但現在卻幾乎不被人提及。

丁玲逝世後，陳企霞口述了懷念丁玲的文章〈真誠坦白的心靈〉，發表於一九八六年第十一期《瞭望》週刊，其中專門談到《太陽照在桑乾河上》出版受阻事——

> 《太陽照在桑乾河上》脫稿後，她請我看了看。我被這部作品吸引住了。這是她根據自己不久前參加土改的經歷而創作的一部長篇小說。作品描寫了華北桑乾河地區暖水屯在一個月時間裏所經歷的偉大變化。暖水屯實際就是丁玲去過的河北涿鹿縣溫泉屯。在小說中，對整個土改鬥爭，從工作組進村發動群眾、組織鬥爭，到分配地主的財物，及農民為保衛勝利果實而參軍，都有真實而生動的描寫。這是根據地作家寫的第一部正面反映土改的傑出作品。一九四七年夏天，丁玲寫完了《太陽照在桑乾河上》。照理說，這樣及時反映現實生活的作品，在當時是很需要的，但由於作品刺痛了某些人，他們便指責作品反映的是富農路線，致使作品在華北未能出版。作品被拒絕後，丁玲見到我不由得流了淚，我也很替她難受。要知道，這部

> 作品來得不易呵！它是丁玲深入實際的產物，上面聚集了她的心血和愛憎。
>
> 我只好安慰她說，你不如到東北去；換個地方，或許還有出版的希望。聽了我的勸告，她果真到東北。有價值的作品，它的光輝決不會因非議而消失。在東北，《太陽照在桑乾河上》很快就出版了，並且受到讀者的熱烈歡迎。有人甚至讚揚它是一部「史詩似的作品」。後來，華北也出版了這部書。對華北的讀者來說，讀這部書就更有親切感了。

陳企霞所講的「作品刺痛了某些人」導致「在華北未能出版」，的確是事實。文學界流傳著有趣的猜測，說《太陽照在桑乾河上》中的文采就是寫周揚，丁玲挨整時還為此作過專門辯解，說文采的原型是某某某，而不是周揚。其實，這沒什麼值得大驚小怪的；文采身上的不良習氣，一般知識份子都難以避免。周揚當時總管華北解放區的文化、文藝、新聞出版等部門，他對《太陽照在桑乾河上》不滿意，就可以阻止作品在此地公開出版，足以證明宗派主義盛行，難怪丁玲要高呼：「咱們裏面有石頭呵！要搬石頭呵！」

「石頭」既然已經形成，要「搬」也不是一件容易的事。丁玲只好忍屈，攜帶書稿前往哈爾濱，這時已是一九四八年八月十三日。丁玲立即與兩年前在大連籌設光華書店、此時已在哈爾濱主持東北光華書店的邵公文見面，正式商談在該書店印行《太陽照在桑乾河上》有關事宜。邵公文與丁玲同在延安生活過，光華書店等於東北解放區的生活書店，受中共中央的直接領導，加上又有胡喬木等人對《太陽照在桑乾河上》的評定意見，邵公文二話不講，抓緊安排，幾乎是火速排印，實現了胡喬木的願望：讓丁玲帶著她的長篇新著出國了。

正如陳企霞所預料的，光華書店一九四八年八月初版發行《太陽照在桑乾河上》後，很快地，這部長篇小說被各解放區爭相翻印，連華北解放區也有了印本。是不是因為廣泛受到歡迎就被一致認為是優秀作品呢？且慢，周揚仍是中共文化界、文藝界重要領導人，他當然不會輕易放棄他的觀點，並且或明或暗要實施他的設想。

《太陽照在桑乾河上》出書後反應平平

有些史實，中國解放區文學研究界採取視而不見的忽略態度；周立波《暴風驟雨》上卷的搶先出版和《太陽照在桑乾河上》的艱難問世就是一例。同為湘籍作家的丁玲和周立波都深入了上個世紀四十年代末的土改運動，也各自貢獻了一部長篇小說。周立波《暴風驟雨》還沒寫完，就在一九四八年四月由佳木斯東北書店出版了上卷，並且召開了熱熱鬧鬧的研究座談會。下卷遲至一九四九年五月才由北平新化書店出版。周揚不支持甚至拖延阻止《太陽照在桑乾河上》的出版，與留出通道讓《暴風驟雨》盛行有沒有關係？研究界教學界都樂意當「和事佬」，不去揭示歷史上存在過的現象。況且周揚也高明，他沒有留下詆毀《太陽照在桑乾河上》的文字……

檢閱倖存的丁玲日記，在一九四八年十月二十九日這一天，她作了這樣的記錄：

> 《文藝戰線》編輯部召開《桑乾河上》座談會，到會者，劉芝明，周立波，嚴文井，舒群等。劉與舒均未讀完，李之華亦未讀完。記錄伍延秀，文戎。嚴文井認為是一部好作品，提一點意見，是反教條主義沒有強調。

丁玲日記中沒有記下周立波等人在座談會上的發言內容，記錄下的嚴文井的發言實在算不上對一部文學作品的評說。我曾經請教當年目睹東北解放區文學狀況的馬加先生，他回憶說「丁玲的《太陽照在桑乾河上》寫好後，先拿給周揚看，周揚認為不好。後經蕭三、胡喬木、艾思奇介紹，拿到東北的光華書店得以出版。當時在東北，周立波的《暴風驟雨》出版後曾舉行過一次座談會，反響很好；丁玲的這本書出版後，當時在東北沒有什麼反響。於是，一九四八年在哈爾濱也開了一個《太陽照在桑乾河上》座談會。」當時馬加在長春，沒有能參加這個座談會。但後來馬加讀到了這次座談會的發言記錄。馬加印象中周立波、嚴文井等人的發言，不是很贊成這部書，評價不高。丁玲本人可能也不大高興，沒主張公開刊登座談會發言。

馬加的回顧與丁玲日記和陳企霞的憶文，內容差不多，都證明著《太陽照在桑乾河上》問世後基本是被冷落的。

《太陽照在桑乾河上》的聲譽來自史達林？

至少我怎麼也想不通，何以中國自己國度產生的長篇創作卻要到蘇聯去參加評獎，又是一個以人家國家領導人個人姓名冠呼的一個獎項？答案恐怕只能是：蘇聯方面欲對中國的全面控制以及中國自己所推行的「全盤蘇化」。為了敘述的方便，仍然使用老稱謂只說「蘇聯」，不說「前蘇聯」。

我無意中曾經看到過一個材料，說是史達林曾當面問當年史達林治下的蘇聯文化部部長，究竟是「史達林獎金」重要還是「諾貝爾獎金」重要？這位只准也同時只能唯上是從的蘇聯文化部部長就被迫表態：「『史達林獎金』當然更重要。」史達林竟然真的相信了，馬上做出了「最高指示」：「那你們就好好評。」丁玲生前是否知道這一內情，不可考。但他們那一代人，真是把受到蘇聯領導人的讚揚當成一個大砝碼的。

一九三九年十二月，蘇聯人民委員會通過一項決議，決定設立史達林獎金，以鼓勵科學技術的發明創造和促進文學藝術發展繁榮。從一九四一年起，每年評獎一次。該獎由有關方面的著名人士組成評獎委員會，對所提出的候選人參評成果進行評選，於十月革命節公佈獲獎名單並頒發獎金。獎金分為三等：一等獎十萬盧布，二等獎五萬盧布，三等獎二萬五千盧布。史達林文學獎金同其他方面的獎項一樣，一九五三年史達林逝世即隨之停止。

那一年，有一批被譯成俄文的反映當時現實的中國文學作品，其中就有由蘇聯女漢學家波茲德涅耶娃·柳芭譯為俄文的《太陽照在桑乾河上》，參加一九五一年度評獎的就是這個俄文譯本。但是，同時掌握在「史達林文學獎金」評審委員會成員手中的反映中國二十世紀土改運動的除了《太陽照在桑乾河上》，還有周立波《暴風驟雨》。蘇聯人給予《太陽照在桑乾河上》二等獎，讓《暴風驟雨》屈居三等獎。二十世紀五十年代中國的輿論基本上是封閉式的，我們找不到報刊上的任何「雜音」。反正是一片歡呼聲，是統一的、是與黨和人民的利益一致的……

倒是二十世紀八十年代中期，我去訪問丁玲時，丁玲一時興奮，談了一九五四年第一次「人大」會議散會時，丁玲擠在人群中正要出門時，被王震發現，王震大聲叫住丁玲，高聲地說：「你的《太陽照在桑乾河上》寫得很好，比《暴風驟雨》好得多！」丁玲說完這一句，又孩子似地笑著小聲對我說：「當然，這後一句我不敢寫在文章裏。」王震的話表明著在中共上層領導人中，對《太陽照在桑乾河上》和《暴風驟雨》是有鮮明對比的。甚至可以講，王震的話是說給就坐在主席臺上的周揚們聽的。

蘇聯人給了《太陽照在桑乾河上》一個「一九五一年度史達林文學獎金二等獎」的確帶給丁玲莫大的榮譽。連馮雪峰也改變了他的看法，寫了一篇被丁玲認為很難超過的高水準高評價的專論《太陽照在桑乾河上》的文章。

一九五七年九月四日在中國作家協會黨組擴大會議第二十五次會議上，馮雪峰作的檢討中有談到丁玲《太陽照在桑乾河上》的。仔細閱讀馮雪峰的檢討，關於丁玲《太陽照在桑乾河上》的一段不像是故意編造的假話假事。馮雪峰說：

> 當一九四九年第一次文代會在北京遇見時，我覺得丁玲很活躍，並且很驕傲，已經是文藝界的一個要人，心裏是反感的，她對我並不重視。有一次她送了一本在東北出版的《太陽照在桑乾河上》，說：「這是送給你最大的禮物吧。」我聽了，心裏也有反感。

但當《太陽照在桑乾河上》一在蘇聯獲獎，馮雪峰馬上就與丁玲長談一次，撰寫了長篇論文〈《太陽照在桑乾河上》在我們文學發展上的意義〉，給予丁玲的這部一直遭冷遇的作品以高度評價。

當然也有不趨炎附勢的評論家，如許杰在一九四九年十月就撰寫並發表了〈論《太陽照在桑乾河上》〉，其中的論述和評價既實在又誠懇，可惜不為人所知。

至於從開始就一直堅持冷淡《太陽照在桑乾河上》的周揚之所以使得丁玲到死都不肯原諒他，恐怕在這部長篇創作上也打了一個解不開的結。丁玲上個世紀五十年代的落難，強加於其頭上的著名的「一本書主義」罪名或許就是周揚心中此類積鬱的一次大爆發。我們不能把任何事都虛幻地推給歷史，像丁玲與周揚的歷史情結，必須不蹈空地說透。我無法看到一些「機密」、「絕密」材料，僅僅根據公開出版的文字梳理了有關《太陽照在桑乾河上》這部書上周揚一方與丁玲一方的「論爭」，希望有更詳盡的文章來談這個問題。

唐弢注魯迅《門外文談》的版本

社會科學文獻出版社一九九三年五月印行的《唐弢紀念集》中的〈唐弢年譜〉，一九七二年至一九七四年沒有事蹟登錄。其實，這幾年從河南回到北京養病的唐弢仍然在進行研究、在做文化工作，比如由《人民日報》副刊部兩次內部發行並由人民出版社公開出版了的《門外文談》，就是一個值得登錄的成果。

一九七二年春節過後，受姜德明之約，唐弢四月初「開手」為《人民日報》副刊部注釋《門外文談》。不出半個月，這年的四月十六日，唐弢在給姜德明的信中說：「《門外文談》，遵囑已將注釋做完，抄完後再送上。至於出不出，當然要『顧全大局』。我問孫用有些問題過去為什麼不注，他說當初找不到出處，現在我倒抄齊了。我想注得既要通俗，使一般人能看，也要給寫批判文章或研究魯迅的人提供一些材料；既要按照你的意見儘量詳細，但也不能嚕嚕嗦嗦。因此是雙方兼顧。」唐弢還輕鬆地說：給《門外文談》做注釋，是「一種消遣」。

被唐弢自己認為「難免佛頭著糞」的「病中排遣歲月之作」的《門外文談》注釋初次印本，一九七二年十月內部發行。此書僅僅在扉頁上印了出版時間，沒有注明是何處出版的。開本的寬度略窄於正三十二開本，高也切去了正三十二開本的一指寬度，為寬一十二點五、高一十七釐米的規格，使得開本頗為搶眼。加上內文版面設計的每頁二十二行、每行二十一字，四周空白較多，可以說：凡是懂得書籍形式美的內行讀書人，見到了不可能不喜愛。並且，封面只有魯迅手書的「門外文談」和簽名，用亮膜覆於重磅白紙上，六十八頁的戔戔一薄冊，別提多爽眼了。

反正那天我在舊書地攤上看到這書，無法控制「遇寶」的喜悅，急促地把這書拿在手裏，馬上掏出一疊錢，準備著被「敲竹槓」。萬萬料不到，地攤設主只要一元錢！讓我把多久多久的煩心事兒，都頓時拋得盡淨，覺得：有逛舊書市場習慣的人，簡直就是上帝的寵兒。

魯迅的《門外文談》原文只有一萬一千多字，唐弢的注釋用六號古宋字排，比正文的五號古宋小一號。累積計算，唐弢的注釋有兩萬多字。魯迅的原文有十二小節，唐弢的注釋分別排在各個小節之後。唐弢注釋的條目在每一小節的數量分別為：〈一　開頭〉十一條、〈二　字是什麼人造的〉十條、〈三　字是怎麼來的〉十二條、〈四　寫字就是畫畫〉六條、〈五　古時候言文一致麼？〉七條、〈六　於是文章成為奇貨了〉十三條、〈七　不識字的作家〉九條、〈八　怎麼交代？〉十三條、〈九　專業呢，普遍化呢？〉七條、〈十　不必恐慌〉十條、〈十一　大眾並不如讀書人所想像的愚蠢〉十二條、〈十二　煞尾〉一條——合共一百一十一條。

這一百一十多條注釋，也不全是「原創」性質，因為一九五六年九月人民文學出版社印行的十卷本《魯迅全集》第六卷所收的《門外文談》就有四十一條注釋。

對這些現成注釋的硬性史料，唐弢在借用的同時，免不了被現實裹挾，違反做注的規範，來一點「政治表態」。比如注釋〈十　不必恐慌〉裏的「宋陽」，十卷本《魯迅全集》第六卷的注文為平實的敘事：「宋陽，即瞿秋白。」到了唐弢這兒，就擴寫成了：「宋陽，即後來墮落為叛徒的瞿秋白。」

十卷本《魯迅全集》第六卷迴避了沒有注釋的如「吳稚暉」，唐弢給補注了，而且也是「穿靴戴帽」:「吳稚暉（一八六六——一九五三），國民黨右派反共分子。一九〇二年參加上海愛國學社，與章太炎等從事《蘇報》工作，次年，《蘇報》被封，由於吳稚暉的出賣，章太炎和鄒容被捕。一九二七年蔣介石陰謀策動反革命『清黨』運動，吳稚暉多方為之出謀策劃，屠殺了無數共產黨員。」

今天，我們會很容易發現上述注釋的不妥，但是當年強大而又完全不讓人講道理的所謂「政治」氛圍，實在太難逃脫了。唐弢注釋的《門外文談》，還是以知識和史料為主的益於後世的讀物。

拿到一九七二年十月由《人民日報》副刊部內部印行的注釋本《門外文談》後，唐弢瀏覽了一遍，頗為不滿，他雖然反復地在給人送書時講「還是由於我的疏忽」、「主要是我粗枝大葉之故」，但幹過編輯行當的人都明白，這是對承印承編一方的牢騷。我們查不到主事人姜德明對於此書的回憶，姜德明寫過兩篇追悼唐弢的文章，都隻字未提他編印注釋本《門外文談》的舊事。根據常理，是姜德明過於相信了唐弢。其實，任何作者對他自己文稿的誤筆誤植都難以全部辨識。一般作者，在讀自己文稿的校樣時，大多愛關注內容的訂補改換，而對編校往往是忽視的。認真的編校工作是極其艱辛枯燥的苦差事，沒有足夠的文化信仰和耐力，是弄不出好的讀物來的。姜德明在當年為文化事業是盡了力而且也有成效的，比如被唐弢說成「《人民日報》內部搞了幾個小冊子」的有注釋的魯迅作品印本，就被一些單位甚至出版社翻印。

唐弢所說的「疏忽」，除了「錯注、誤植、漏植、衍植之處甚多」外，還有「該注而沒有注的」等等。一九七三年七月《人民日報》副刊部重新改排、重新設計封面，印了寬一十一點三、高一十八點五釐米的條三十二開的本子，每頁二十四行、每行十八個字，有七十六頁，封面不再覆膜，素面朝天，書名換成魯迅手稿《門外文談》篇名的繁體字手跡，仍是小一些的魯迅簽名，簽名下是魯迅的筆名陰文印章。

這個本子可能換了一個印刷廠，因為書中夾雜有一些繁體字。

一九七三年十月十五日，在給巴金的信中，唐弢說：「《門外文談》注釋了一次，內部印的，現在發現錯誤頗多，正在修改中，將來如果出版，自當送奉。」

唐弢預告的「自當送奉」的《門外文談》，就是一九七四年五月由人民出版社公開印行的本子。六十六頁的闊大三十二開本，字型大小大了一號、行距也留得寬了一些，注釋增加了不少。從唐弢寫給人民出版社該書責任編輯的信中，瞭解到《門外文談》的編校進度：截至一九七三年十月底，出版社已經看過一校，葉聖陶、胡愈之都在關注著書的進度。

這個版本的注文，有不少變化。剛才舉過的兩個例子，「宋陽」恢復成了「即瞿秋白」、「吳稚暉」的罪名卻被加成「屠殺了無數共產黨員和革命人民」。也就是說，彌漫在《門外文談》注釋中的「政治」氛圍還是很濃烈的。要知道，一九七四年正是「無產階級文化大革命」如火如荼轟轟烈烈進行的年代。作為著名文史學家的唐弢不得不積極地或者是違心地替「石一歌」修訂所謂的《魯迅傳》……

人民出版社版《門外文談》的〈出版說明〉，遵照出版社的意見，用了一九七三年四月十五日《人民日報》第三版范詠戈專論文章的第一部分，唐弢自己也覺得「這段話說得不錯」，但是又怕惹陳望道「生氣」，因為文中說「魯迅洞察了這場論戰的實質」。唐弢寫信請姜德明核實，他說：「這段話有否來歷？倘有，就讓他們照抄不動，倘沒有，我想改得稍為婉轉些。」信是一九七三年五月十八日寫的。一年後，唐弢注釋的《門外文談》才出版。

從唐弢一九八〇年四月二十二日給范用的信中，我們得知「唐弢注魯迅《門外文談》的版本」系列中還有一個「胡喬木校訂本」存放在唐弢那裏。唐弢說，他注釋的《門外文談》出版後，胡喬木「極為注意，他親自仔細校訂過，四屆人大後，又找我談了一次。他的主要意見是以文字改革為主，不要太湊合時尚，……」

不要因為胡喬木是當年中國大陸政權最高領袖的秘書，就忽略他的文化思考。就我讀過的胡喬木談論語言文字方面的書信，我認為他對語言文字有濃厚興趣，也有可以借鑒的扎實的建設性心得。胡喬木對漢語標點符號的合理使用，有不少正確的研究成果。但是，很可惜，三十多年過去了，不僅唐弢注釋的魯迅《門外文談》沒有由他的弟子修訂再版，連胡喬木「仔細校訂」過的唐弢注魯迅《門外文談》，也照樣引不起「出版家」的絲毫興趣。

後記

自一九九六年秋由友人捐助印行《新文學散札》以後，這十多年我的著述的出版，全由同行友人中的熱心人代為安排一切。我曾在出版界當編輯二十五六個年頭，深知一部賺不了錢的非大眾讀物之出版的艱辛。因而，對於代為操持我的著述刊行的同行友人，我的內心永存感激。

也是專業研究界同行的臺灣出版家蔡登山先生，是眉睫鄉弟今年三月初介紹我與其聯繫的。像近十年前在南京印行我的一部著述時徐雁先生的爽快一樣，未及謀面的蔡登山先生從外地出差回到臺北，一見到我發過去的伊妹兒，就即刻作復，全信如下。

> 龔先生：
>
> 我三月二十日就去大陸，剛剛才回到臺北，因沒帶電腦，遲覆為歉。
>
> 您的許多大著，我早就拜讀過，出版是不成問題的，您把電子文本直接發給我就行了。
>
> 蔡登山

於是，全新編排的我之第一部臺灣版中文正體字本《昨日書香——新文學考據與版本敘說》就如此順利地進入了出書運行程序。

在中國現當代文學研究方面，我的文章走的是胡適等前輩倡導並力行的「實證研究」路子。大陸同行學者中，我愛讀的有朱正、陳漱渝、朱金順、姜德明、倪墨炎、陳子善、陳福康、欽鴻、謝泳、劉福春、張大明等人的著述，我幾乎買齊了我可以見到的這些同行學者們已出的專業圖書。我的文章，如果說要找源頭，除了可靠的有關史料，就是我提及的這些同行們的著述了。

擺出「博大精深」的「學術」架子，下筆就是少則幾萬十幾萬字多則幾十萬字的「宏觀理論」，說實話，對這類文字，我是厭而遠之的。被我稱為「作業本」的近一二十年不少由「國家學術基金」供作出版經費的碩士或博士包括他們的「導」的某些所謂「論文」，連同大量先申請經費再趕時間「出成果」的各大專院校和科研機構由官方指定的所謂「學術帶頭人」的「專著」，我買了不少，卻無法讓我產生細細讀完它們甚或哪怕瀏覽一遍它們的興趣。

是誰把趣味無窮的學術研究，弄成了這副模樣？我自己，沒有能力回答這個問題。

我只樂意在我的能力範圍內，努力「弄清楚」一些事情。我不相信一個民族的學術界會永遠被非學術的「管理體系」強制著遠離學術。

我對我的學生講：「花了大氣力寫出文章，還得再花一筆錢款買下幾頁被指定的核心期刊的版面求發表，這不是學術正道！」然而，中國大陸學術研究界，據說至少在大專院校，此風之盛已久矣。

我是二〇〇七年十一月才從四川文藝出版社調入四川師範大學文學院擔任教職的，我還沒有進入特定的「學術評價體系」。如果一定要以在被指定的所謂「核心期刊」發表規定字數長度的所謂「宏觀理論」論文為指標考核我，那麼我寧願被判為「沒有完成任務」而遭到扣發澆裹的處理，也不願稍有損壞於我四十多年自主研讀過程中自然養育的做我心目中的學問之興味。

與臺灣蔡登山先生的合作，這部台版中文正體本《昨日書香——新文學考據與版本敘說》僅僅是一個開始。接下來，我擬向蔡登山先生推薦大陸諸如流沙河、張阿泉和張歎鳳等師友的書香十足的美文結集，也加入到秀威精品圖書系列中去，共同為繁榮中國的書香事業而努力。

二〇〇九年六月四日清晨於川師大南門東側桂苑
三十八幢我之寄宿舍門外之大樹下草就

國家圖書館出版品預行編目

昨日書香：新文學考據與版本敘說 / 龔明德著.
-- 一版. -- 臺北市：秀威資訊科技, 2010.03
面； 公分. -- (語言文學類；PG0342)
BOD 版
ISBN 978-986-221-415-2 (平裝)

1. 中國當代文學 2. 考據學 3. 版本學
4. 文學評論

820.908　　99002635

語言文學類 PG0342

昨日書香

——新文學考據與版本敘說

作　　者 / 龔明德
主　　編 / 蔡登山
發 行 人 / 宋政坤
執行編輯 / 黃姣潔
圖文排版 / 鮑婉琳
封面設計 / 陳佩蓉
數位轉譯 / 徐真玉 沈裕閔
圖書銷售 / 林怡君
法律顧問 / 毛國樑 律師
出版印製 / 秀威資訊科技股份有限公司
台北市內湖區瑞光路 583 巷 25 號 1 樓
電話：02-2657-9211　傳真：02-2657-9106
E-mail：service@showwe.com.tw
經 銷 商 / 紅螞蟻圖書有限公司
台北市內湖區舊宗路二段 121 巷 28、32 號 4 樓
電話：02-2795-3656　傳真：02-2795-4100
http://www.e-redant.com

2010 年 3 月 BOD 一版
定價：300 元

讀　者　回　函　卡

感謝您購買本書，為提升服務品質，煩請填寫以下問卷，收到您的寶貴意見後，我們會仔細收藏記錄並回贈紀念品，謝謝！

1.您購買的書名：______________________

2.您從何得知本書的消息？

☐網路書店　☐部落格　☐資料庫搜尋　☐書訊　☐電子報　☐書店

☐平面媒體　☐ 朋友推薦　☐網站推薦　☐其他__________

3.您對本書的評價：(請填代號　1.非常滿意 2.滿意 3.尚可 4.再改進)

封面設計____　版面編排____　內容____　文/譯筆____　價格____

4.讀完書後您覺得：

☐很有收獲　☐有收獲　☐收獲不多　☐沒收獲

5.您會推薦本書給朋友嗎？

☐會　☐不會，為什麼？______________________

6.其他寶貴的意見：______________________

____

____

____

讀者基本資料

姓名：______________　年齡：______　性別：☐女　☐男

聯絡電話：______________　E-mail：______________

地址：______________________

學歷：☐高中(含)以下　☐高中　☐專科學校　☐大學

☐研究所(含)以上　☐其他__________

職業：☐製造業　☐金融業　☐資訊業　☐軍警　☐傳播業　☐自由業

☐服務業　☐公務員　☐教職　☐學生　☐其他__________

請貼
郵票

To：114

台北市內湖區瑞光路 583 巷 25 號 1 樓

秀威資訊科技股份有限公司 收

寄件人姓名：

寄件人地址：□□□

(請沿線對摺寄回,謝謝!)

秀威與 BOD

BOD（Books On Demand）是數位出版的大趨勢，秀威資訊率先運用 POD 數位印刷設備來生產書籍，並提供作者全程數位出版服務，致使書籍產銷零庫存，知識傳承不絕版，目前已開闢以下書系：

一、BOD 學術著作—專業論述的閱讀延伸
二、BOD 個人著作—分享生命的心路歷程
三、BOD 旅遊著作—個人深度旅遊文學創作
四、BOD 大陸學者—大陸專業學者學術出版
五、POD 獨家經銷—數位產製的代發行書籍

BOD 秀威網路書店：www.showwe.com.tw
政府出版品網路書店：www.*gov*books.com.tw

永不絕版的故事・自己寫・永不休止的音符・自己唱